ELENA TOPILSKAJA

Denn kalt ist der Tod

Buch

Mascha Schwezowa, Staatsanwältin in St. Petersburg, erhält illustren Besuch: Die bekannte Filmschauspielerin Tatjana Klimanowa kommt in ihr Büro und erklärt, dass sie seit längerer Zeit anonyme Anrufe erhalte und glaube, heimlich verfolgt zu werden. In ihrer Verzweiflung bittet sie Mascha um Hilfe, aber der sind die Hände gebunden: Solange die Klimanowa keine konkreten Beweise vorlegen kann, darf sie nichts unternehmen. Doch einige Tage später ist Tatjana Klimanowa tot. Bei ihr findet man eine Menge Schlafmittel, einen Abschiedsbrief, und ihr Hausarzt bestätigt, dass die Schauspielerin in letzter Zeit psychisch sehr labil gewesen sei. Alles deutet auf einen Selbstmord hin, zumal alle Welt weiß, dass die Klimanowa über die Trennung von ihrem Mann Andron Latkowski niemals hinweggekommen ist. Er hatte sie für eine Jüngere verlassen, und seither hatte die Schauspielerin nie mehr zu ihrer alten Fröhlichkeit zurückgefunden. Doch trotz all dieser Indizien ist Mascha misstrauisch. Und tatsächlich, ihre weiteren Ermittlungen bestätigen, dass lange zurückliegende Geschehnisse bis in die Gegenwart hineinwirken …

Autorin

Elena Topilskaja war siebzehn Jahre lang stellvertretende Staatsanwältin des zentralen Stadtbezirks von St. Petersburg. Dabei wurde sie mit besonders schweren Fällen betraut und hat einige Aufsehen erregende Fälle gelöst, darunter den eines psychopathischen Serienmörders. Heute arbeitet sie in einer großen Anwaltskanzlei und ist stellvertretende Vorsitzende der Kommission für Menschenrechte des Gouvernements St. Petersburg. Berühmtheit erlangte sie durch ihre Krimis mit der Kommissarin Mascha Schwezowa, die sich in Russland auch als Fernsehserie großer Beliebtheit erfreut. Elena Topilskaja lebt in St. Petersburg.

Elena Topilskaja

Denn kalt ist der Tod

Roman

Aus dem Russischen von
Kristiane Lichtenfeld

GOLDMANN

Die Originalausgabe erschien 2003 unter dem Titel
Роковая роль
bei Neva Publishing House, St. Petersburg.

FSC
Mix
Produktgruppe aus vorbildlich
bewirtschafteten Wäldern und
anderen kontrollierten Herkünften

Zert.-Nr. SGS-COC-1940
www.fsc.org

Verlagsgruppe Random House FSC-DEU-0100
Das FSC-zertifizierte Papier *München Super* für Taschenbücher aus dem
Goldmann Verlag liefert Mochenwangen Papier.

2. Auflage
Deutsche Erstausgabe Februar 2006

Umschlaggestaltung: Design Team München
Umschlagfoto: photonica/Hesser
Redaktion: Alexander Groß
JE · Herstellung: MW
Satz: deutsch-türkischer fotosatz, Berlin
Druck und Bindung: GGP Media GmbH, Pößneck
Printed in Germany
ISBN-10: 3-442-45933-8
ISBN-13: 978-3-442-45933-9

www.goldmann-verlag.de

1

Alles begann damit, dass ich in Uniform zum Dienst erschien. Nach dem Staatsanwaltschaftsgesetz ist es natürlich vorgeschrieben, dass staatsanwaltschaftliche Angestellte bei Gerichtsverhandlungen und auch bei anderen Anlässen von Amts wegen Uniform zu tragen haben, nur wird diese Vorschrift mit Erfolg ignoriert, vor allem im Sommer, wenn sich die Uniformjacke nicht unter dem Mantel verstecken lässt und einen in öffentlichen Verkehrsmitteln alle Welt anstarrt oder gar noch ihre Witze macht. Genauer gesagt hat es solche Anzüglichkeiten in den harmlosen Jahren der Stagnation gegeben; in unseren heutigen wirren Zeiten hingegen kann man ohne weiteres eins über den Schädel kriegen – einfach so, im Namen des Volkes, und solch ein Schlag gilt allem, was irgendwie nach Staatsanwalt aussieht.

Obwohl, manchmal rettet einen auch ein Mantel nicht: Einmal fuhr ich nach Aviagorodok, um der Belegschaft von den Umständen zu berichten, unter denen ihr Kollege eine Straftat begangen hatte. Natürlich trug ich Uniform – das Ganze ist nämlich lange her –, ich sah damals sehr jung aus, und in Zivil hätte mich niemand für voll genommen. Nach glücklich absolviertem Vortrag stand ich wartend an der Bushaltestelle, tat niemandem etwas zuleide, aber plötzlich legte sich ein angetrunkener Pilot mit mir an. Unter meinem offenen Mantel hatte er die dunkelblaue Dienstkleidung entdeckt, und eine halbe Stunde lang, bis der Bus endlich kam, nervte er mich mit der Frage: »He, sag mal, wieso stimmen da die Knöpfe nicht an der Uniform?« Er machte sich nicht einmal die Mühe zu überlegen, ob er vielleicht keine Stewardess vor sich hatte.

Larissa Kotschetowa, unsere Gehilfin bei der kriminalgerichtlichen Aufsicht, hat sich – wenn sie vom Gericht aus irgendwohin essen geht – darauf spezialisiert, die Uniformjacke zusammen mit dem Mantel, Ärmel in Ärmel, auszuziehen und das Ganze lässig in die Garderobe zu geben. Dabei glaubt sie im Ernst, dass die hellblaue Uniformbluse und die »Regatta«-Krawatte, hinten mit einem Gummizug gehalten, niemanden ringsum in ihr eine Angestellte der Staatsanwaltschaft vermuten lassen.

Für mich ergab sich in letzter Zeit nur höchst selten die Notwendigkeit, die Dienstuniform zu tragen, erst recht seitdem ich ein schickes Kostüm als würdige Geschäftskleidung erworben hatte. Vor Neujahr war uns eine hübsche Geldsumme ausgezahlt worden – zusammen mit den Raten für Verpflegung und medizinische Versorgung hatte sich ein einmaliger Betrag ergeben, für den man nicht nur Lebensmittel kaufen, sondern darüber hinaus auch noch andere Anschaffungen machen konnte. Alle meine Kollegen schwärmten nach Mobiltelefonen aus, da die den nordwestlichen Markt erobernden Netzbetreiber jedermann eine Mobilfunkverbindung zum Spottpreis versprachen. Ich indes, als glückliche Besitzerin eines Handys – das Geschenk meines ausländischen Verehrers –, ging in einen seriösen Laden und kaufte mir für die Arbeit ein Kostüm in der hinreißenden Farbe von Burgunderwein. Gegebenenfalls hätte ich in dem Kostüm natürlich auch ins Theater gehen können, nur hatte sich eine solche Gelegenheit bislang nicht ergeben.

Die Kanzlei geriet schlicht aus dem Häuschen, als ich in

dem Kostüm zur Arbeit kam. Wahres Vergnügen bereitete mir unsere neue Bereichsstaatsanwältin, die mir demonstrativ den Gruß verweigerte, als wir uns auf dem Flur der Städtischen Staatsanwaltschaft über den Weg liefen – kurz, mein Kostümchen machte Eindruck.

Mein Freund und Kollege Gortschakow kommentierte meine solide Neuerwerbung mit dem bissigen Satz, dass manche Leute – er wolle keine Namen nennen – die Ausgabe fürs Handy sparen könnten, da sie gröblich gegen die Gesetze verstießen, die da vorschreiben, dass Staatsbedienstete von Personen, mit denen sie nicht nahe verwandt sind, keine Geschenke annehmen dürfen, deren Wert das Fünffache eines Mindestarbeitslohns übersteigt. »Verpfeif mich doch bei der Kaderabteilung«, schlug ich ihm, keineswegs beunruhigt, vor. »Schreib eine Anzeige, dann werde ich entlassen, und alle meine Fälle darfst dann du bearbeiten, du Prinzipienreiter«, fügte ich hinzu und drehte mich vor dem Spiegel, um die Kostümjacke auch von hinten zu betrachten.

Und heute früh, nachdem ich meinem Sohn das Frühstück gemacht und ihn dann auf den Schulweg geschoben hatte, fiel mir jäh ein, dass ich vergessen hatte, die geplatzte Naht am Rock zu nähen, und nun nichts besaß, worin ich zum Dienst gehen konnte. Die Naht war natürlich nicht von ungefähr geplatzt: Vor zwei Tagen waren Soja und ich in aller Frühe zum Dienst angerückt, an der Treppe warteten wir auf den Staatsanwalt mit den Schlüsseln zum Büro, und um uns die Zeit zu vertreiben, wetteiferten wir darin, wer das Bein höher recken könne. Siegerin wurde ich, allerdings um den Preis eines zerrissenen Rocks.

Weil ich nun sah, dass ich keine Zeit mehr hatte, um den Schlitz zuzunähen, und weil ich wusste, dass an einem alten Rock der Reißverschluss kaputt war, ein weiterer Rock in der Wäsche lag, mir aber eine wichtige Vernehmung unter Teilnahme eines bekannten Rechtsanwalts bevorstand, kroch ich in den Schrank und holte die Uniform hervor.

Der Chef, als er mich erblickte, lächelte. Er mochte es grundsätzlich, wenn seine Mitarbeiter in Uniform zur Arbeit erschienen, schuf das doch die Illusion einer soliden Behörde. Wenn man von mir, von Ljoscha Gortschakow und der Unterstaatsanwältin Kotschetowa einmal absah, glich das heutige Kollektiv der Staatsanwaltschaft noch mehr einem Kindergarten als zu jenen Zeiten, da ich jung war. Damals vermochte der Chef seine jungen Mitarbeiter nicht ohne ein Lächeln zu betrachten – sie waren so etwas wie seine Kinder –, und die heutigen betrachtete er wohl, mit schon wehmutsvollem Blick, wie seine Enkel: diese Bübchen, denen ein Pioniertuch eher anstehen würde als die Staatsanwaltskrawatte. Ein solches »Bübchen« war einmal zum Gericht beordert worden, um dort die staatliche Anklage zu unterstützen – der junge Mann ging zum Richter, sagte, er sei der Staatsanwalt, und auf die Frage, wie er heiße, antwortete er: »Petja.« Die Richter amüsierten sich bis heute darüber.

Eine altgediente Mitarbeiterin, und noch dazu in Uniform – das war dem Chef jedenfalls eine doppelte Freude. Er lächelte nicht nur, sondern sagte auch etwas Nettes zu mir, was mich natürlich augenblicklich weich werden ließ. Unser Staatsanwalt verfügte eindeutig über hypnotische Fähigkeiten; zu Beginn meiner Tätigkeit bei der Staatsanwaltschaft hatte ich mich anschaulich davon überzeugen können, dass die Redensart »Ein Blick von ihm ist wie das Geschenk eines Rubels« keineswegs übertrieben ist, sondern die ganz reale Eigenschaft eines bezaubernden Menschen beschreibt. Ein wirklich guter Leiter muss so sein. Unser Wladimir Iwanowitsch verstand es, einem die grässlichste Arbeit als reines Vergnügen aufzubinden, und er machte das so raffiniert, dass wir selbst darum bettelten und er sie uns gleichsam widerstrebend übertrug. Wir kannten ja diese Qualität unseres Chefs, und dennoch waren wir ihm mit leichtgläubiger Liebedienerei ergeben.

»Maria Sergejewna«, sagte er schmeichelnd, in der klaren Absicht, mir etwas anzutragen, das ich nicht würde ablehnen können, und in meinem Innern gab es tatsächlich keinerlei Anspannung, meine Intuition schwieg und machte mich ahnungslos für eventuelle Probleme, die sich aus der Bitte des Chefs ergeben könnten. Als er fortfuhr, dachte ich, was soll schon Schlimmes passieren, was ist dabei, wenn ich für Larissa Kotschetowa die Sprechstunde übernehme.

»Larissa Vitaljewna muss um drei Uhr in der Städtischen Staatsanwaltschaft sein«, säuselte der Chef, während er mich beim Ellbogen fasste und zum Fenster führte, »und ich fahre in die Verwaltung. Die Nachmittagssprechstunde aber sollte nicht ausfallen, wozu sollen wir uns grundlos Beschwerden aufhalsen? Wo Sie gerade in Uniform sind – darin habe ich Sie übrigens schon lange nicht mehr gesehen. Sitzt phänomenal, steht Ihnen ... Eine richtige Amtsperson, eine Augenweide.«

Gern hörte ich seine schmeichlerischen Worte und dachte dabei, dass ich ja in der zweiten Tageshälfte nichts Besonderes vorhatte, dass ich, wenn wenig Besucher kämen, im Sprechzimmer des Dienst habenden Staatsanwalts einige Beschlussfassungen würde formulieren können.

»Natürlich würde ich Sie nicht damit behelligen, ich hätte Gortschakow gebeten, aber der sieht heute nicht nach Sprechstunde aus ... An Ihnen hingegen werden die Bürger ihre Freude haben ...«

Um halb drei erschien Larissa Kotschetowa bei mir. Sie

legte mir die Besuchermappe vor, zeigte mir, wo ich die Namen der Ratsuchenden, ihre Anschrift und ihr Anliegen einzutragen hatte, und schlug vor, gemeinsam Tee zu trinken.

»Dazu gibt's belegte Brötchen, denn du hattest bestimmt noch kein Mittagessen, oder?«, sagte sie mitleidig, während sie sich in meinem mit Beweisstücken voll gestellten Dienstzimmer umschaute. »Was ist eigentlich das da in der Ecke? Es steht dort schon den zweiten Monat. Ich hab immer wieder vergessen, danach zu fragen.« Larissa wies auf einen gegen die Wand gelehnten Betonklotz, aus dem das rostige Gehörn einer Stahlarmierung ragte.

»Ein Sachbeweis.« Ich zuckte die Achseln, und Larissa prustete.

»Na klar, ein Sachbeweis, keine abstrakte Kunst. Zu was für einem Fall gehört das? Ist es vielleicht ein Mordinstrument?«

»Nein«, sagte ich, während ich Tassen hinstellte.

»Ein Vergewaltigungsgerät?«, fragte Larissa erschrocken.

»Nein, nein, ich bitte dich.«

»Diebesgut?«

»Nein, es ist das Stück einer Betonplatte, die auf der Baustelle eines Wohnhauses auf einen Arbeiter gestürzt ist.«

»Und wozu brauchst du das?«

»Die Platte war Ausschuss, einfach ein Stück Beton ohne Armierung; nur aus der Ecke ragten die Metallösen heraus. Als die Monteure dort einhakten und die Platte anhoben, brach die Ecke ab. Und die Platte zermalmte einen Bauarbeiter – nur der Kopf blieb von ihm übrig.«

»Gott, wie schrecklich! Aber lassen wir das, komm, wir nehmen schnell was zu uns.«

Larissa legte die Brötchen zurecht, und wir aßen, aber meine Gedanken wanderten noch einmal zu jenem Unglück auf der Baustelle zurück: Ich sann darüber nach, ob es in unserer Stadt überhaupt ein Haus gab, bei dessen Bau nicht ein Mensch ums Leben gekommen war. Nach und nach jedoch lenkte mich Larissa von meiner düsteren Grübelei ab, indem sie Geschichten von ihren Bürgersprechstunden zum Besten gab. Auf zehn normale Besucher kämen unweigerlich zwei bis drei Kranke, und bei allem Mitgefühl habe man nach solch einer Sprechstunde selbst einen Knacks weg.

»Stell dir vor, Mascha«, sagte Larissa eifrig, »vorige Woche kommt so ein Tantchen, vom Äußeren her ganz manierlich, und erzählt mir mit wehleidiger Stimme, dass von den Nachbarn über ihr Schwefelsäure in ihre Wohnung sickere. Die Säure laufe an den Wänden herunter, im Badezimmer an den Rohren. Die hat mich so voll gequatscht, ich dachte, mein Gott, als ob die Nachbarn nichts Besseres zu tun hätten. Haben Sie denn mal das Gesundheitsamt angerufen?, frage ich. Ja, natürlich, sagt sie, das wollte ich, aber wie ich den Hörer aufnehme, tropft auch da Schwefelsäure heraus … Na ja, das Tantchen war zumindest nicht gewalttätig. Ich schweige, nicke nur. Lass dich bloß nicht auf einen Streit ein, wenn sie dir mit solchem Blödsinn kommen, wer weiß, was da alles …«

»Wieso – was soll schon passieren?«, fragte ich mit vollem Mund. »Meinst du, ich könnte nicht mit Verrückten reden?«

»Vor allem darfst du ihnen nicht widersprechen. Sonst spritzt dir einer von denen noch Säure ins Gesicht.«

»Larissa, was redest du! Schließlich kommen nicht in jede Sprechstunde Psychopathen. Vielleicht werde ich es ausschließlich mit netten Leuten zu tun haben.«

»Wart's ab. Wenn der Andrang groß ist, siehst du gegen Ende der Sprechstunde sogar im nettesten Menschen einen Psychopathen. Donnerstag hatte ich eine Sprechstunde, da kamen alle mit Eingaben, wie auf Verabredung. Ich dachte, der Chef erschlägt mich – ich hatte einen ganzen Berg Beschwerden entgegengenommen. Man bringt es einfach nicht über sich, die Leute einzulullen und ihnen ihre Probleme wegzureden, schließlich sind es fast nur alte Weiblein, herzige Muttchen, die schickt man nicht einfach so weg, also hat sich das gestapelt. Um zehn vor sechs denke ich: Wenn noch so eine Alte kommt, kündige ich, verdammt noch mal. Da geht die Tür auf, ein Mann in mittleren Jahren tritt ein, sympathische Erscheinung. Ich, ziemlich genervt, belle: Name? Er sagt: Latkowski …«

»Etwa *der* Latkowski?«, staunte ich.

»Wie, du kennst ihn?«

»Wer kennt Latkowski nicht? Sein ›Herz in der Faust‹ liegt doch bei jedem fliegenden Bücherhändler. Und außerdem ist ein ganz passabler Film danach gedreht worden.«

»Hast du das Buch gelesen?«

»Ja, und den Film gesehen.«

»Tja … Ich kenne das Buch nicht. Er also: Latkowski, aber mir sagt das nichts. Ich schlage die Besuchermappe auf, trage den Namen ein und frage weiter: Was machen Sie beruflich? Er darauf, schüchtern: Ich bin Schriftsteller. In der Hand hält er ein Papier, offenbar eine Eingabe. Ich kneife wütend die Augen zusammen und denke: Aha, *Schriftsteller*! Und dann auch noch Beschwerden schreiben!«

Ich lachte und fragte: »Was wollte er?«

»Latkowski? Er hat Wohnungsprobleme und muss damit vor Gericht.«

»Der Ärmste! Sicherlich hat er erwartet, von dir um ein Autogramm gebeten zu werden.«

»Ja, genau! Als er ›Latkowski‹ sagte, guckte er mich an, als ob er ein Hollywoodstar wäre.«

»Ein Hollywoodstar nun nicht gerade, aber ein bekannter Schriftsteller.«

»Und was schreibt er so?«

»Thriller«, erwiderte ich, während ich an dem letzten Brötchen kaute.

»Aha.« Larissa kniff skeptisch die Augen zusammen. »Ein Krimischmierfink? Dann schildert er also, wie sich der Kommissar mit Durchsuchungsbefehl in der Tasche eine Schießerei mit der Mafia liefert?«

»So ungefähr. Woher soll er wissen, dass es schon lange keine Durchsuchungsbefehle mehr gibt? Und dass Kommissare beziehungsweise Untersuchungsführer nicht herumballern? Trotzdem, er schreibt interessant.«

»Wovon handelt ›Das Herz in der Faust‹?«

»Von einer Schauspielerin, hinter der ein mysteriöser Mörder her ist. Wobei er sie zunächst durch Anrufe in den Wahnsinn treibt.«

»Hast du das Buch?«

»Ja, ich glaub schon. Soll ich's mal mitbringen?«

»Mach das. Ich muss jetzt los, zum Gericht. Du weißt also Bescheid – kein Streit mit Verrückten. Gib die Tassen her, ich spül sie gleich ab, ich muss sowieso zur Toilette. Im Gericht kann man ja nicht gehen.«

»Toilettenprobleme im Tempel der Gerechtigkeit?«

Larissa, die Tassen in den Händen, blickte sich in der offenen Tür noch einmal um.

»Jaja, du findest das komisch! Weißt du, wie die Toiletten dort aussehen? Ein Loch im Fußboden, wie auf dem Bahnhof. Und ein Eimer zum Nachspülen, einen Wasserkasten gibt es nicht. Seit die Datschensaison begonnen hat, ist auch der Eimer verschwunden.«

Larissa brachte die gespülten Tassen zurück, erteilte mir letzte Anweisungen, dann eilte sie zum Gericht, und ich machte mich bereit für die Sprechstunde. Früher pflegten unsere Unterstaatsanwälte die Bürger in ihren Diensträumen zu empfangen, nach der Gebäuderenovierung jedoch hatte der Chef einen gesonderten Sprechstundenraum einrichten lassen, was viel bequemer war, denn die Leute mussten nun nicht mehr durch das Haus laufen und den Dienst habenden Staatsanwalt suchen, sondern reihten sich diszipliniert vor dem Besucherzimmer in die Warteschlange ein. Zudem gab es die unterschiedlichsten Besucher – manche von ihnen hinterließen einen so markanten Geruch, dass man sein Zimmer in zwei Tagen nicht ausgelüftet bekam. Zu Larissa war einmal eine Flüchtlingsfrau gekommen, die bekannte, von Bahnhof zu Bahnhof zu ziehen und sich ein halbes Jahr nicht mehr gewaschen zu haben. Solche Leute empfing man besser nicht im eigenen Dienstzimmer.

Auf meinem Weg zum Sprechstundenraum des Dienst habenden Staatsanwalts betrachtete ich mit Genugtuung den leeren Korridor. Wenn niemand kommt, dachte ich, kann ich in Ruhe eigene Arbeiten erledigen. Als ich den Raum betrat, entsorgte ich zuallererst einen Berg Zigarettenkippen, die noch von der Vormittagssprechstunde stammten, und sperrte den widerlich stinkenden Aschenbecher in einen Schrank. Gortschakow meinte ja, ein nicht rauchender Untersuchungsführer sei etwas Absurdes, aber ich begriff wirklich nicht, wie man am Rauchen Vergnügen finden konnte. Ljoscha pflegte mir mitleidig zu erklären, dass ich, da ich weder rauchte noch Wodka trank, das Beste im Leben verpasste. Ich beruhigte ihn stets damit, das Versäumte vollauf zu kompensieren, indem ich im Umgang mit ihm regelmäßig Tabakrauch und Schnapsdunst inhalierte.

Nachdem ich in meiner vorübergehenden Bleibe einigermaßen Ordnung geschaffen hatte, legte ich mir auf dem Schreibtisch die Akte über den Verstoß gegen die Vorschriften für die Ausführung von Bauarbeiten zurecht; ich wollte gerade darangehen, die Anordnung eines Sachverständigengutachtens zu formulieren, als jemand an die Tür klopfte, aber so zaghaft, dass ich hoffte, es möge kein Psychopath sein.

»Herein!«, rief ich, und langsam öffnete sich die Tür einen Spaltbreit.

»Darf ich?«, fragte, noch ehe jemand sichtbar wurde, eine melodische Frauenstimme.

»Herein, sagte ich doch.«

Seufzend legte ich den Baustellenfall beiseite.

Schließlich war die Tür so weit geöffnet, dass ich die Besucherin sehen konnte. Sie trug ein nettes Kleid aus klein gepunktetem Stoff, das ihr sehr gut stand, und irgendwie empfand ich deshalb gleich Sympathie für sie.

Seitwärts, ein wenig unsicher, bewegte sich die Besucherin auf den Schreibtisch zu und hielt inne. Ich bot ihr an, sich zu setzen, und blickte ihr direkt ins Gesicht. Das Gesicht hatte etwas Bezauberndes. Der erste Eindruck war: nichts Besonderes, ein schlichtes, mittelrussisches Äußeres, und dennoch konnte ich die Augen nicht davon abwenden. Zudem meinte ich, diese Frau schon irgendwo gesehen zu haben. Insgeheim freute ich mich, hatte ich doch offensichtlich eine »Normale« vor mir, eine, die nicht mit Säure um sich spritzen würde, und bestimmt führte ein zutiefst menschliches Anliegen sie hierher ... Die Frau hatte etwas so Gewinnendes, dass ich ihr wirklich gern helfen wollte.

»Sie sind die Dienst habende Staatsanwältin?«, fragte sie.

Ich bestätigte es, während ich qualvoll nachgrübelte, wo wir einander begegnet sein mochten.

»Bitte, worum geht es?« Ich nickte der Besucherin aufmunternd zu.

»Sie werden wahrscheinlich sagen, ich sei verrückt und sollte einen Psychiater aufsuchen ...«

Das fängt ja gut an, dachte ich. Larissa hatte Recht gehabt – die schlimmsten Psychopathen erscheinen einem zunächst als die nettesten Menschen.

»Mich verfolgt ein Geisteskranker«, fuhr die Besucherin fort, und plötzlich fiel mir ein, wo ich sie gesehen hatte: Sie war die Hauptdarstellerin in der Verfilmung von Latkowskis Thriller »Das Herz in der Faust«. Tatjana Klimanowa, die Schauspielerin. Das durfte nicht wahr sein! Im Leben jedoch war sie ganz anders als auf der Leinwand. Im Kino hatte sie viel größer ausgesehen, als sie in Wirklichkeit war, auch ihre Gesichtszüge waren gröber gewesen. Aber vielleicht hatte das an der Schminke gelegen. Nicht zu fassen, die Klimanowa!

»Bitte, helfen Sie mir«, flehte sie auf einmal, und ich sah Tränen in ihren Augen. Ich musste sie irgendwie ablenken. Ich schlug die Besuchermappe auf und fragte sie nach ihrem Namen.

»Klimanowa, Tatjana Viktorowna. Ich arbeite am Schauspiel- und Komödientheater. Ich wohne ...«

»Erzählen Sie, was passiert ist.«

»Vor zwei Jahren wurde ich von meinem Mann geschieden«, begann sie, und während sie berichtete, wurde sie immer ruhiger. »Die Scheidung hatten wir unmittelbar vor dem Beginn der Dreharbeiten amtlich gemacht ... Entschuldigen Sie.« Sie hielt kurz inne. »Mein geschiedener Mann ist Andron Latkowski, der Schriftsteller. Kennen Sie ihn?«

Ich nickte.

»Als sein Buch ›Das Herz in der Faust‹ verfilmt werden sollte«, fuhr die Besucherin fort, »hatte er zur Bedingung gemacht, dass ich die Hauptrolle spiele.«

»Sie hatten damals ein gutes Verhältnis zueinander?«, hakte ich nach, denn ich glaubte nicht an so viel Edelmut.

»Wir haben auch jetzt ein gutes Verhältnis zueinander«, sagte die Klimanowa. »Aber damals waren wir faktisch geschieden. Ich habe unter unserer Trennung natürlich sehr gelitten, und als der Film dann geschnitten und vertont wurde, landete ich in der Nervenklinik. Die Version für die Allgemeinheit hieß Überanstrengung. Dabei habe ich Andron immer noch geliebt und war völlig am Boden zerstört.«

Sie schwieg eine ganze Weile, starrte ins Leere, und ich nutzte die Pause und beobachtete, wie sich ihr Gesicht verwandelte, wie es einen zugleich träumerischen und leidenden Ausdruck annahm. Mein Kugelschreiber, den ich beiseite gelegt hatte, rollte vom Schreibtisch und fiel auf den Fußboden. Die Klimanowa fuhr zusammen.

»Entschuldigen Sie«, sagte sie erneut. »Aber in letzter Zeit verfolgt mich jemand.«

»Erklären Sie mir das näher«, bat ich. Bisher hatte sie mehr über das Verhältnis zu ihrem Exmann gesprochen als von der Verfolgung durch den Verrückten.

»Nun, wie soll ich das erklären? Vielleicht habe ich mich nicht richtig ausgedrückt. Er belästigt mich eher.«

Eine Belästigung – dafür ist das hier die falsche Adresse, dachte ich. Wieso eigentlich zog ich ihr jedes Wort aus der Nase? Ein Dienst habender Staatsanwalt tat so etwas nicht. Seine Aufgabe war es, alles zu tun, damit die Staatsanwaltschaft weniger Arbeit hatte. Wenn jemand glaubte, verfolgt zu werden, aber nicht wirklich erklären konnte, was vorging, dann gehörte er in die Nervenklinik.

»Wissen Sie, ich lebe jetzt allein … Die Wohnung ist sehr groß, und ich fühle mich darin unbehaglich. Immerzu kommt es mir so vor, als ob …«

»Als ob was?« Immer noch hoffte ich herauszufinden, was sich bei ihr zutrug.

»Nun … dieses Pochen … Oben … über mir geht jemand …«

»In welcher Etage wohnen Sie?«, fragte ich.

»In der obersten. Ich höre, wie jemand auf dem Dachboden umhergeht.«

»Das ist doch nichts Ungewöhnliches. Es können dort Handwerker zu tun haben, Klempner oder Dachdecker.«

»Ja, natürlich. Aber Handwerker schleichen nicht. Sie haben einen festen Tritt. Diese Schritte indessen … die sind so … Als ob sich jemand auf Zehenspitzen bewegt. Wer aber sollte auf dem Dachboden auf Zehenspitzen laufen müssen?«

In diesem Moment schlug im Durchzug die Tür zu, und meine Besucherin erbebte derart, dass auch ich unwillkürlich zusammenzuckte. Sie warf einen raschen Blick hinter sich und klammerte sich krampfhaft am Schreibtisch fest. Sie war tatsächlich zu Tode erschreckt. Die Nervenklinik hatte ihr scheinbar nicht geholfen.

»Ist das alles, Tatjana Viktorowna?«

»Nein«, erwiderte die Klimanowa kaum hörbar. »Ich bekomme auch Anrufe.«

»Von wem?«

»Ich weiß es nicht. Jemand ruft an und sagt nichts.«

Sie sah mich flehentlich an.

»Ich weiß, ich mache einen törichten Eindruck. Genaueres kann ich nicht sagen, aber glauben Sie mir, wenn nachts in der leeren Wohnung das Telefon schrillt und dann im Hörer geschwiegen wird, ist das furchtbar.«

»Und man ruft Sie nur an? Keine Forderungen oder Drohungen?«

Die Klimanowa schüttelte den Kopf.

»Tatjana Viktorowna, hat jemand irgendwelche Ansprüche an Sie? Vielleicht will Sie jemand zwingen, etwas Bestimmtes zu tun?«

»Ich stehe vor einem Rätsel«, sagte sie leise.

»Haben Sie keine Vermögensteilung mit Ihrem Exmann vorgenommen? Wem gehört die Wohnung, in der Sie leben?«

»Niemandem«, flüsterte sie. »Oder vielmehr dem Staat. Es ist die Wohnung meiner Eltern, sie leben nicht mehr. Die Wohnung wurde nicht privatisiert. Und Andron verfügt über Wohnraum.«

»Prozessieren Sie vielleicht gegen jemanden? Schulden Sie jemandem Geld?«

»Aber nein, ich bitte Sie!«

»Haben Sie Kinder?«

»Nein«, erwiderte sie leise und senkte den Kopf. Dann hob sie ihn abrupt wieder und sah mich abermals flehentlich an. »Ich schulde niemandem etwas, ich kann mir nicht vorstellen, was jemand von mir wollen könnte … auf diese Art und Weise.«

»Und wie ist es am Theater, Tatjana Viktorowna? Sie sind schließlich eine Schauspielerin von Rang.«

»Ja, so kann man es nennen.«

»Möchte Sie vielleicht jemand aus dem Theater hinausgraulen? Oder zumindest beiseite drängen? Vielleicht stehen Sie jemandem im Weg?«

»Ach nein, nein«, sagte meine Besucherin fast verzweifelt. »Bei uns am Theater sind lauter nette Menschen. Ich liebe sie alle.«

»Kann es aber sein, dass nicht alle Sie lieben?«

»Das kann sein«, antwortete sie unerwartet energisch. »Aber niemand von unseren Leuten würde solche Methoden anwenden. Werden Sie mir helfen?« Ihre Stimme bebte.

»Tatjana Viktorowna …« Ich machte eine Pause, weil ich nicht wusste, was ich ihr sagen sollte. »Ich muss Sie enttäuschen, aber die Staatsanwaltschaft ist hier machtlos. Nicht ausgeschlossen wäre doch, dass einer Ihrer Verehrer Sie anruft. Die Telefonnummer hat er von der Auskunft, aber er traut sich nicht, Sie anzusprechen, also schweigt er.«

»Was soll ich nur tun?«

»Bringen Sie an Ihrem Telefonapparat eine Anruferkennung an.«

»Und dann?«

»Wenn Sie geklärt haben, wer der Anrufer ist …« Ich hielt inne. Sogar wenn sie das herausfände, was dann? Das Äußerste, was die Staatsanwaltschaft oder die Miliz tun konnte, war, den Ruhestörer vorzuladen und ein strenges Wörtchen mit ihm zu reden. Danach würden sie ihn wieder laufen lassen müssen, denn unser Strafgesetzbuch sah für derartige Handlungen keine Strafbarkeit vor. Nicht einmal nach dem Gesetzbuch über Ordnungswidrigkeiten würde man ihn belangen können. »Wenn Sie geklärt haben, wer der Anrufer ist, bitten Sie Ihre Bekannten, mit dem Menschen zu reden. Sollen die ihm beibringen, dass er sich ungebührlich verhält.«

»Das … ist alles?«

»Leider ja, Tatjana Viktorowna. Unsere Gesetzgebung gestattet es nicht, jemanden für solche Dinge zur Verantwortung zu ziehen.«

Die Klimanowa senkte den Kopf und ließ den Finger über die Punkte an ihrem Kleidsaum gleiten. Dann erhob sie sich seufzend.

»Danke, dass Sie mich angehört haben«, sagte sie kaum hörbar.

Ich breitete ratlos die Hände aus. »Ich würde Ihnen ja gern helfen, aber ich habe keine Vorstellung, wie man das tun könnte. Vielleicht kommen Sie, wenn Sie wissen, wer der Anrufer ist, auch allein mit dem Menschen zurecht. Zumindest werden Sie verstehen, was er will.«

»Danke«, sagte sie noch einmal, wandte sich um und verließ den Sprechstundenraum.

Ziellos blätterte ich in der Besuchermappe und sah dabei noch immer das liebreizende Gesicht der Schauspielerin Klimanowa vor mir. Ob ihr die Nervenklinik tatsächlich nicht geholfen hatte? Allein in der leeren Wohnung, dachte sie bestimmt unentwegt an ihren früheren Ehemann, den sie anscheinend immer noch liebte. Da konnte man wahrlich durchdrehen. Jedoch war es mir nicht vergönnt, den Gedanken weiterzuspinnen. Diesmal war das Anklopfen energisch, und noch ehe ich »Herein!« rufen konnte, zwängte sich auch schon eine große, kräftige Person durch die Tür und verlangte, den Dienst habenden Staatsanwalt zu sprechen.

»Bitte, nehmen Sie Platz«, forderte ich die Dame auf.

Sie blieb stehen und beharrte: »Ich habe mit dem Dienst habenden Staatsanwalt zu reden.«

»Ich höre.«

»Ihnen soll ich das erzählen?«

»Ja, allerdings.«

»Also gut.«

Die Besucherin ließ sich schließlich nieder.

»Sehen Sie, ich habe ein Anliegen von immenser Wichtigkeit. Von meinen Nachbarn über mir rinnt schon lange Schwefelsäure die Wände herunter. Daran bin ich bereits gewöhnt, ich trage zu Hause nur Gasschutzanzug und

Atemschutzmaske. Aber heute Morgen habe ich ein Glas Kefir getrunken und bemerkt, dass es gar kein Kefir ist.«

»Sondern?«, erkundigte ich mich.

»Schwefelsäure, in reiner Form. Nur gut, dass ich nicht die ganze Literpackung ausgetrunken habe …«

2

Am folgenden Morgen sah Larissa zu mir herein, um zu hören, wie die Sprechstunde verlaufen war.

»Larissa, wie sehe ich aus?«, fragte ich, mich von meiner Anordnung eines Sachverständigengutachtens losreißend.

Larissa prüfte eingehend mein müdes Gesicht. »Nicht schlimmer als sonst«, sagte sie schließlich.

»So meine ich das nicht. Sehr jung oder doch auch wieder nicht?«

»Mascha«, erwiderte Larissa behutsam. »Hat dich die gestrige Sprechstunde derart geschafft? Wenn du jung aussähst, hätte ich es dir gesagt.«

»Danke, liebste Larissa.« Ich lachte auf. »Wer sagt einem schon noch die Wahrheit? Aber darum geht es nicht.«

»Worum dann?« Larissa wirkte enttäuscht.

»Gestern kam das Tantchen mit der Schwefelsäure …«

»Ah, die Toropowez! Wie steht's bei ihr, hält sie sich?«

»Sie hält sich. Gestern haben ihr diese Scheusale die Schwefelsäure in den Kefir gekippt.«

Larissa schmunzelte.

»Aber weshalb ich davon rede«, fuhr ich fort, immer noch getroffen vom vorherigen Abend. »Die Dame kommt und fragt: ›Wo ist der Dienst habende Staatsanwalt?‹ Ich fordere sie auf, mir ihre Probleme zu schildern, sie seufzt, lässt sich darauf ein, erzählt ihre Schauergeschichte. Dann fragt sie: ›Ja, kann ich jetzt endlich beim Dienst habenden Staatsanwalt vorsprechen?‹ Dabei saß ich in Uniform da, nebenbei gesagt mit den Schulterstücken eines Majors, und ich sah aus, wie du liebenswürdig angedeutet hast, als gehörte ich hier zum Inventar.«

»Nimm's nicht tragisch«, tröstete mich Larissa. »Sie ist daran gewöhnt, zu mir zu kommen. Jemand anderen erkennt sie als Staatsanwalt nicht an. Sogar wenn gestern der Chef in der Sprechstunde gesessen hätte, wäre sie darauf aus gewesen, mit mir zu reden. Und, gab es sonst noch was Schönes?«

»Eine echte Schauspielerin. Tatjana Klimanowa.«

»Hört euch das an!« Larissa blieb vor Neid die Luft weg. »Wieso kommt zu mir immer nur die Toropowez, und dich besuchen Schauspielerinnen?«

»Du hast wirklich keinen Grund, dich zu beklagen, immerhin war der Schriftsteller Latkowski bei dir. Übrigens der geschiedene Mann.«

»Von wem, von der Toropowez?«, fragte Larissa erschrocken.

»Von der Klimanowa, versteht sich.«

»Ach so. Was wollte sie?«

»Jemand verfolgt sie. Ruft nachts an, rennt über ihr umher.«

»Verstehe. Madame Toropowez lässt grüßen. Vielleicht sollte man die beiden miteinander bekannt machen. Ach ja, hast du mir die Besuchermappe wieder mitgebracht?«

»Ja, hier.«

»Großartig«, sagte Larissa erfreut. »Heute ist nämlich so ein öder Prozess, wegen Immobilien. Während der Zeugenvernehmung habe ich dann wenigstens was zu lesen, sonst schlafe ich ein.«

Larissa eilte ins Gericht, und ich sann noch ein wenig

über die Sorgen der Schauspielerin Klimanowa nach. Was sie erzählt hatte, ähnelte auf verdächtige Weise der Geschichte über das Herz in der Faust aus Latkowskis Feder. Zwar war es lange her, dass ich das Buch gelesen hatte, aber ich erinnerte mich, dass die Heldin ebenfalls nächtliche Anrufe erhalten hatte. Anfangs wortlos, aber dann wurde immer ein bestimmter Satz gesagt: »Niemand liebt dich, du musst sterben.« Wenn's bei ihr im Kopf nicht richtig tickte, vielleicht war sie dann nach den Filmaufnahmen nicht mehr imstande, künstlerische Fiktion und Wirklichkeit voneinander zu unterscheiden?

Es blieb mir jedoch versagt, gründlicher über die Probleme der Schauspielerin Klimanowa nachzudenken. Die Tür ging auf, und der Staatsanwalt kam herein. Nachdenklich blickte sich der Chef in meinem Zimmer um, ging auf den Betonklotz zu und griff an die rostige Armierung.

»Was macht der Baustellenfall, geht's voran?«, fragte er und betrachtete weiterhin das Beweisstück.

»Ich ordne ein Sachverständigengutachten an«, erklärte ich seufzend. Der Chef wusste sehr gut, dass ich jegliche Ermittlungen im Bereich Wirtschaft und Technik hasste; er war bemüht, mir derlei Fälle nicht zu übergeben, aber da ich schon einmal zum Unfallort gefahren war … Außerdem quoll Gortschakows Panzerschrank bereits vor Wirtschaftsfällen über, und mein Kollege jammerte in einem fort, dass manche Leute es gut hätten – in einem Tötungsdelikt könne jeder Dummkopf ermitteln, aber man solle mal versuchen, einen raffiniert eingefädelten Diebstahl nachzuweisen! Im Übrigen spielte er nur den Bemitleidenswerten. Hätte er in einer Bank oder in der Industrie gearbeitet, wäre er längst ein hohes Tier gewesen und hätte das Geld nur so scheffeln können. Er hatte bereits so verwickelte Fälle von Diebstahl aufgerollt, dass mich der Neid packte, aber man bedurfte dafür einer bestimmten Verstandesstruktur. Bis heute wurde auf unseren Untersuchungsführerseminaren, die die Städtische Staatsanwaltschaft monatlich durchführte, eines seiner früheren Fälle gedacht, bei dem es um die Entwendung von Kognak in einer Spirituosenfabrik gegangen war. Damals waren die Kollegen der Abteilung zur Bekämpfung der Veruntreuung von sozialistischem Eigentum (so weit lag das alles zurück!) mit den Materialien einer groß angelegten Bearbeitung völlig fassungslos zu uns gekommen: Ein halbes Jahr lang hatten sie eine Kognak-Mafia überwacht, die den Kognak nicht nur von den Zulieferwegen zum Abfüllbetrieb abzweigte, sondern überdies einen Absatzkanal über den Ladenverkauf einzurichten gewusst hatte. Die Kollegen des operativen Dienstes hatten alle Schuldigen ausgemacht, alles dokumentiert, nur konnte man kein Verfahren einleiten, aus einem einfachen Grund: Es gab keinen Verlust.

Bei der Lieferung des Kognaks an den Abfüllbetrieb wurde nie ein Manko festgestellt, obgleich die Mitarbeiter der Abteilung zur Bekämpfung der Veruntreuung von sozialistischem Eigentum genaue Kenntnis davon hatten, dass aus dem bewussten Behälter jedes Mal nicht mehr und nicht weniger als fünfhundert Liter illegal entnommen und verkauft wurden. Sie hatten sogar schon ihre eigenen Kontrolleure geschickt, weil sie den betriebseigenen nicht trauten. Nichts zu machen – die Menge des Kognaks entsprach den Unterlagen, und auch der Kognak selbst war unverdünnt.

Gortschakow dachte eine Woche lang nach und machte danach den Mitarbeitern im operativen Dienst den Vorschlag, nach dem Abfüllen des Kognaks den leeren Behälter zu untersuchen. Die Männer grinsten skeptisch, nahmen jedoch eine solche Untersuchung vor und fanden am

Boden des Behälters einen Berg Präservative. »Und nun?«, fragten sie Ljoscha Gortschakow. Ljoscha sammelte die Präservative gewissenhaft in einen Karton und nahm sich eine weitere Woche Bedenkzeit. Danach erklärte er den Kollegen der Abteilung zur Bekämpfung der Veruntreuung von sozialistischem Eigentum den Mechanismus dieser räuberischen Entwendung, und seine Hypothese fand ihre glanzvolle Bestätigung, als die Delinquenten verhaftet wurden und in der Hoffnung auf Strafmilderung ein volles Geständnis ablegten.

Wie sich herausstellte, hatten die fleißigen Transportbegleiter, sobald der für den illegalen Verkauf bestimmte Kognak aus dem Behälter abgezogen worden war, genau zweihundertfünfzig Präservative mit Wasser gefüllt, wobei ein jedes zwei Liter fasste. Die Präservative drehten sie zu wie Luftballons und warfen sie in den Behälter. Die Betriebskontrolleure entnahmen dem Behälter Kognakproben, bescheinigten deren völlige Übereinstimmung mit dem Staatlichen Unionsstandard, und danach wurde der Kognak in Gefäße des Abfüllbetriebes umgefüllt. Da der Umfüllvorgang unter Druck geschah, platzten die Präservative, das Wasser vermengte sich mit dem Kognak, sodass die Prüfer auch bezüglich der Quantität des Kognaks nichts zu beanstanden hatten. Danach piesackte ich Ljoscha lange mit Fragen, wie er denn auf die Lösung des Rätsels gekommen sei. Er sagte, er habe zunächst die Präservative gezählt und dann ihre Anzahl dem Volumen des gestohlenen Kognaks gegenübergestellt. Schließlich hätten die Präservative nicht von ungefähr in dem Behälter gelegen, erklärte er seine Gedankengänge.

»Was macht Sie so nachdenklich?«, erkundigte sich der Chef melancholisch, während seine Hand über die rostige Armierung des Beweisstückes strich.

»Die Erfolge von Kollegen«, antwortete ich aufrichtig, denn ich litt unter meiner Einseitigkeit.

Der Chef schien meine Gedanken zu lesen. »Sie beneiden Gortschakow, weil er Wirtschaftsdelikte aufklärt, so wie man Nüsse knackt? Tun Sie das nicht, jeder hat seine Qualitäten. Denken Sie daran, was Kosma Prutkow gesagt hat: ›Ein Spezialist ist nur so etwas wie ein Zuschlag.‹ Will sagen: etwas Einseitiges. Ihr Fachgebiet sind Gewaltverbrechen, also befassen Sie sich damit. Bringen Sie den Baustellenfall zu Ende, mehr Wirtschaftsdelikte werde ich Ihnen nicht übertragen. Ja, weshalb bin ich hergekommen? Dieses dumme Ding« – er strich erneut über die rostigen Hörner – »bringen Sie es bitte in die Asservatenkammer. Morgen kommt eine Revision von der Städtischen Staatsanwaltschaft, und bei uns in den Diensträumen sieht es aus wie Kraut und Rüben.«

»Wladimir Iwanowitsch, und wie bewege ich das Ding vom Fleck?« Meine Stimme klang flehentlich. »Vier Mann haben es mühsam herbugsiert, es ist unverrückbar.«

»Bitten Sie Gortschakow«, erwiderte der Chef achselzuckend. »Außerdem kommen nachher Untersuchungsführer von der Miliz, die schicke ich Ihnen auch zu Hilfe. Es sieht unschön aus. Bei Gortschakow steht sogar eine Gitarre herum. Auf meine Frage, was das sei, schwindelte er mir vor, es würde sich um ein Beweisstück handeln. Wenigstens mich sollte er nicht belügen, ich kenne doch alle Ihre Beweisstücke aus dem Effeff.«

Ich blickte weg. Gortschakow hatte tatsächlich beschlossen, auf seine alten Tage Gitarre spielen zu lernen; er nahm bei einem Musiklehrer Unterricht, zu dem auch mein Sohn ging. Die Gitarre hatte ihm unsere Büroleiterin Soja zum Geburtstag geschenkt, zum Zeichen ergebener Liebe. Nach Hause konnte er das Instrument nicht mitnehmen, ohne ein peinliches Verhör seitens seiner Ehefrau heraufzubeschwören, und so bewahrte er es im Dienstzimmer auf und rechtfertigte sich damit, dass dies ein Beweisstück sei. Eine unwiderlegbare Behauptung, denn ein Beweisstück konnte alles und jedes sein.

»Kommen Sie, wir packen das gleich an.« Der Chef gönnte mir keine Entspannung. »Rufen Sie Alexej Jewgenjewitsch herüber, Soja schließt uns die Beweisstückekammer auf, dann wandert das sofort dorthin.«

Aufseufzend klopfte ich gegen die Wand. Im Nebenraum gab es Bewegung, Schrittgeräusche ertönten – vermutlich war Soja vom Schoß ihres herzallerliebsten Untersuchungsführers Gortschakow aufgeflattert, nun eifrig darum bemüht, so zu tun, als komme sie dienstlichen Pflichten nach. Dann fiel die Tür des Kollegen ins Schloss, und in meiner offenen Tür erschien Ljoschas pausbäckige Physiognomie. Seit ich mit ihm eine Serie erzieherischer Lektionen zum Thema »Wie wahre ich die Vertraulichkeit bei Romanzen im Büro« durchgepaukt hatte, pflegte er sein Zimmer erst zu verlassen, nachdem er sich vergewissert hatte, dass seine Wangen nicht mit Lippenstift beschmiert waren und sein Hemd in der Hose steckte.

Der Gedanke an das stürmische Privatleben meines Freundes und Kollegen ließ mich im Stillen aufseufzen. Auch mich verlangte es nach Liebe und Zärtlichkeit, und ich war, so hoffte ich kühn, nicht der letzte Mensch auf Erden, der es wert war, geliebt zu werden. Jedoch ist es nun mal so, dass wir wählen und gewählt werden, beides aber oftmals nicht zusammentrifft. Ich kannte mindestens zwei Menschen, für die ich das Glück hätte sein können, der Haken war nur der, dass diese physisch und geistig prachtvollen Kerle so gar keine Helden in meinem Lebensentwurf waren. Der einzige Mensch, mit dem ich den Rest meines

Lebens hätte verbringen wollen, verhielt sich unbestimmt und wartete möglicherweise darauf, dass ich mich ihm mit den Worten »Komm zurück, ich verzeihe alles« an den Hals warf. Ich aber wollte, dass er mit den gleichen Worten vor mir einen Kniefall machte. Dieses ganze Herumeiern hatte ich wirklich satt.

So gaben wir uns denn jeder unseren Ambitionen hin, der Gerichtsmediziner Stezenko und ich. Ich wusste genau, dass ich nur ihn liebte und keinen brauchte außer ihm, aber der Ärger über seine Begriffsstutzigkeit hinderte mich, das zu tun, was ich hätte tun müssen. Was hingegen ihn hinderte, wusste der Herrgott allein. Am ehesten wohl die Gewöhnung an ein Dasein nach dem Trägheitsgesetz: Das Leben war so angespannt, dass man nicht dazu kam, sich umzuschauen, und im Unterbewusstsein glaubte man, es werde sich schon alles von selbst finden. Von wegen!

Unter der vorsichtigen Anleitung des Chefs trat Gortschakow vor den Betonklotz und begutachtete die Angriffsfläche. Er fasste die Armierungshörner und versuchte, den Block zu bewegen, allerdings ohne Erfolg. Verwundert zerrte er heftiger an den Stahlösen, aber der Block gedachte nicht zu rucken. Gortschakow, erbost, setzte seine ganze Kraft ein. Hätte er das lieber nicht getan! Mit aller Macht riss er die aus dem Betonblock ragenden Stahlstangen zu sich her, der Block bewegte sich auf einmal von der Stelle, Ljoscha aber glitt aus und hing unversehens an den stählernen Enden. Dem hielt nun der Block nicht mehr stand. Langsam löste er sich von seinem Fixpunkt, und der Chef und ich sahen offenen Mundes zu, wie Gortschakows Beine in Richtung Fenster flogen, wie er selbst mit voller Wucht zu Boden klatschte und der Betonklotz sich allmählich auf ihn legte. Das Erstaunlichste war, dass Ljoscha nicht gleich losschrie. Ich glaube, als Erste schrie ich …

Es kostete die Anstrengungen dreier Untersuchungsführer von der Miliz, Gortschakow von dem Betonblock zu befreien. Als man ihn endlich unter dem verhängnisvollen Plattenstück hervorgezogen hatte, das nun schon zweimal einen Leibesschaden verursacht hatte, war er nicht mehr imstande zu schreien und röchelte nur noch. Das Bein war eindeutig gebrochen, was die alarmierte »Schnelle Hilfe« bestätigte. Gortschakow wurde auf eine Trage gelegt und abtransportiert. Soja, in Tränen aufgelöst, wurde zu seiner Begleitung abgestellt, und der Chef, nach seiner kläglichen Miene und den stoßartigen Seufzern zu urteilen, fühlte sich sichtlich wie ein Mörder. So stand er an meinem Fenster, beobachtete das Wegfahren der »Schnellen Hilfe«, und seine Finger trommelten auf das Fensterbrett. Dann setzte er sich mir gegenüber hin, und wir tauschten Blicke, die nur eines bedeuten konnten: Sämtliche Fälle des Untersuchungsführers Gortschakow würden ab sofort in meine Bearbeitung übergehen – sein mit »Wirtschaft« voll gestopfter Panzerschrank obläge nun allein mir. Als diese Tatsache langsam in mein Bewusstsein drang, hätte ich mich am liebsten unverzüglich erhängt oder doch zumindest gekündigt.

Nachdem der Chef eine Weile geseufzt hatte, während seine Finger auf die Schreibtischplatte trommelten, erhob er sich schwerfällig und ging wortlos hinaus. Was hätte er auch sagen sollen? Nun gut, für die einzustellenden Verfahren konnte Ljoscha vielleicht selbst die abschließenden Schreibarbeiten erledigen, sobald er wieder zu sich kam. Ich würde ihm sein ganzes Zeug ins Krankenhaus bringen. Aber die laufenden Verfahren? Für die man noch Vernehmungen durchführen, Sachverständigengutachten anordnen, ins Gefängnis fahren musste? Meinen eigenen Berg Arbeit hätte ich ja zur Not bewältigt, aber wenn man mir zusätzlich die Pflichten anderer aufhalste? Da konnte ich mein Privatleben vergessen, aber schließlich hatte ich ein halbwüchsiges Baby, das man scharf im Auge behalten musste. Außerdem war diese Woche sein Geburtstag …

Abends, als ich mich in nicht gerade bester Laune nach Hause schleppte, vermochte ich an nichts anderes zu denken als daran, wie ich die doppelte Arbeitslast mit dem bevorstehenden Geburtstag meines Sohnes in Einklang bringen sollte, wobei mir mein Sprössling bereits angedeutet hatte, dass er nicht mehr und nicht weniger als die halbe Klasse einzuladen gedachte. Das war die Größenordnung, mit der er operierte. Folglich gesellte sich zu der Aufgabe, ein Geschenk für den anspruchsvollen Geschmack eines Sechstklässlers aufzutreiben – zudem im finanziellen Rahmen eines Untersuchungsführergehalts –, noch die Anforderung, eine Fete auszurichten. Feiern wollte mein Grunzling zu Hause, und auf meine Frage, was von mir dabei verlangt würde, hatte er ein wenig herumgedruckst.

»Mam, da sind eigentlich zwei Probleme.«

»Raus damit.«

Mein Sohn schlug die Augen nieder. »Na ja … Es geht darum: Wohin mit dir und wohin mit den Möbeln?«

Ich verspürte Heiterkeit. »Mit mir, das wäre ja noch einfach, aber die Möbel …«

»Kann man die nicht ins Treppenhaus stellen?«

Mir wurde immer fröhlicher zumute.

»Danke, dass du sie nicht auf den Müll kippen willst. Vielleicht rücken wir sie einfach an die Wand?«

»Das ginge auch.« Mein Sohn zeigte sich nachgiebig. »Und bevor du weggehst, machst du uns belegte Brötchen, eine große Torte, und die Vasen räumst du bitte weg.«

»Fürchtest du, sie könnten zu Bruch gehen?«, fragte ich und dachte daran, wie Gortschakows Frau vom Geburtstag ihrer ältesten Tochter erzählt hatte: »Da kamen Jungs aus den höheren Klassen, nach Aussehen und Statur wahre Abbilder des Pithekanthropus, und bei ihrem Wildentanz wedelten sie mit ihren Vierkanthintern sämtliche Griffe von den Schränken.«

»Räum sie lieber weg, für alle Fälle«, erklärte mein Sohn besorgt. »Ach ja, noch was: Ist Geld im Haus?«

»Ein bisschen. Warum?«

»Tu es lieber auch weg.«

»Wie, traust du deinen Freunden nicht?«, wunderte ich mich.

»Besser ist besser, man muss es nicht drauf ankommen lassen«, argumentierte der Grunzling gewichtig, und ich staunte mal wieder, wie kindlich sorglos ich war und wie nach Erwachsenenart umsichtig mein Sohn.

»In Ordnung, Schnutzel, wird alles gemacht. Ich decke den Tisch, nehme die Vasen weg, verstecke das Geld und verschwinde«, versicherte ich meinem Herzblatt. Und wenn der Junge am Telefon auch schon mit Bassstimme brummte, sah er doch noch aus wie ein richtiges Kind. »Sag mal, mein Schatz, werden auch Mädchen dabei sein?«

»Ja, klar.«

Aber das genügte mir nicht, ich wollte das Thema vertiefen.

»Kommt auch eins, das dir gefällt?«

»So eins gibt es nicht«, entgegnete mein Sohn scharf.

Ich hatte keinen Grund, an seiner Aufrichtigkeit zu zweifeln, aber sein Desinteresse an der Weiblichkeit beunruhigte mich. Ich setzte die Befragung fort.

»Gefällt dir denn niemand?«, wollte ich wissen.

»Nein, niemand.«

»Gibt es in eurer Klasse gar keine interessanten Mädchen? Sympathische, intelligente, so mit Witz und Pfiff?« Natürlich wollte ich glauben, dass die Auserwählte meines

Sohnes, wenn ich denn eine solche zu dulden hätte, genau so wäre – sympathisch, intelligent und mit Witz und Pfiff.

»Doch, ja, gibt es.« Mein Spross zuckte die Achseln. »Bloß mir gefällt niemand.«

»Hast du dich etwa noch nie in jemanden verliebt?« Ich war erschüttert. So weit ich zurückdenken konnte, war Verliebtheit bei mir ein chronischer Zustand gewesen, schon mit fünf Jahren hatte das begonnen.

Mein Sohn sah mich herablassend an. »Für so was will ich einfach keine Zeit vergeuden«, erklärte er, und ich lachte schallend los.

»Ach, Grunzling, wenn das kommt, wird es dich nicht fragen. Das geschieht immer ohne dein Wollen – eines schönen Augenblicks begreifst du einfach, dass du verliebt bist, und Schluss. Ob du die Zeit vergeuden willst oder auch nicht.«

»Ja?«, fragte das Baby verstimmt.

»Ja«, bestätigte ich aufgrund meiner langjährigen Erfahrung, und da fiel mir die Schauspielerin Klimanowa wieder ein. Sie hatte mit ihrem Mann gelebt, ihn geliebt. Dann hatte er sie verlassen. Bestimmt verhielt es sich so und nicht andersherum, da sie ihn ja immer noch liebte, ohne ihn litt, und unter solchen Umständen hätte nicht sie ihn verlassen. Sie hätte Latkowski vergessen sollen, aber es gelang ihr nicht, und das hatte sie in die Nervenklinik gebracht. Über die Scheidung von Latkowski hatte sie wie von einer Tatsache gesprochen, an der nichts mehr zu ändern war, ihr Herz jedoch weigerte sich, den Fakt anzuerkennen.

Das Gespräch über die Liebe setzte sich im Laufe des gesamten Abends fort. Mein wissbegieriger kriminalistischer Verstand weigerte sich, das Streben meines Sohnes nach einem modischen Haarschnitt (die Auswahl erfolgte gewöhnlich nach einem Katalog, was den stets gehetzten Friseusen den letzten Nerv raubte) und nach modischer Kleidung (modisch, das bedeutete löchrige Jeans, Sportschuhe in der Art, wie sie Kurt Cobain im Ausverkauf zu erwerben pflegte, dazu um drei Nummern zu große Fußballerhemden) damit zu vereinbaren, dass es weit und breit kein Mädchen gab, deretwegen er dies alles tat. Ich legte mich schlafen und wühlte mir mit Erinnerungen an die Jungs, für die ich von Klasse eins bis zehn geschwärmt hatte, die Seele auf. Obwohl, in Wahrheit waren meine Sympathien von der zweiten Klasse an bis zum Ende der Schulzeit unwandelbar geblieben: Das Schuljahr über hatte meine Zuneigung einem Klassenkameraden, in den Sommerferien dagegen einem Jungen von der Datscha gegolten. Irgendwie hatten beide in meinem Herzen Platz gehabt, jeder in seiner Saison. Solange Beziehungen nicht über den Rahmen des Platonischen hinausgehen, ist es einigermaßen leicht, die Treue zu halten.

Am nächsten Morgen, bevor ich zum Dienst aufbrach, schluckte ich vorsorglich zwanzig Tropfen Valocordin, denn schließlich stand mir bevor, Ljoschas Panzerschrank zu inspizieren und festzulegen, welche der darin befindlichen Vorgänge eilig, ganz eilig und überhaupt unverzüglich zu erledigen wären. Danach hieße es für mich arbeiten, arbeiten, arbeiten. Die Frage, wo ich mich am Sonntag herumdrücken würde, während mein Sprössling sein Gelage veranstaltete, beantwortete sich somit von selbst: Ich würde in der Arbeit sitzen und Fälle unter die Lupe nehmen.

Soja, mit rotem, vom Weinen geschwollenem Gesicht, machte sich bereits in Ljoschas Zimmer zu schaffen, klapperte mit Schlüsseln am Panzerschrank. Ich warf einen Blick hinein, und gemeinsam beförderten wir all die wichtigen und weniger wichtigen Akten sowie Schriftstücke, die Bürgerbeschwerden darstellten, hinaus auf den Schreibtisch. Soja achtete vor allem auf die Bearbeitungsfristen der Verfahren und Beschwerden, während ich mich den Inhalten widmete. Nachdem wir alles zu Stapeln sortiert hatten, wurde mir klar, dass wir Ljoscha den ganzen Kram ins Krankenhaus bringen mussten, um von ihm wertvolle Anweisungen zu erhalten, was damit geschehen sollte.

»Soja, du wirst mir helfen müssen«, sagte ich, und unsere Julia strahlte wie ein Honigkuchenpferd. Natürlich, mit mir ins Krankenhaus zu fahren war weniger riskant – falls Ljoschas Ehefrau plötzlich auftauchte, hatte unser Kommen einen durchaus schicklichen Grund.

Es gelang uns, beim Chef ein Auto zu erwirken, Soja und ich verstauten Ljoschas Habseligkeiten in zwei großen Taschen und starteten zum Krankenbesuch. Die ganze Fahrt über klagte Soja, was Ljoscha doch leide, wie ihn das Bein schmerze, wie es ihm im Krankenhaus an einer vollwertigen Ernährung mangele, und ich, in meine Gedanken versunken, nickte mechanisch zu allem.

Dann waren wir da. Der Fahrstuhl ging natürlich nicht, die Unfallstation befand sich im sechsten Stock, und Soja und ich, zwei nicht mehr ganz blutjunge Gazellen, machten uns daran, die mit Makulatur beladenen Taschen in die oberste Etage des Gebäudes hinaufzuschleppen. Soja klagte lauthals vor sich hin – besonders grämte es sie, dass wir vergessen hatten, am Markt vorbeizufahren, um für Gortschakow Obst einzukaufen. Ich nahm die Treppen stumm, schonte meinen Atem und überlegte finster, wer an meinem Hundeleben schuld war. Hätte ich den Italiener Pietro geheiratet, dachte ich, läge ich jetzt im sonnigen Italien am Strand, und die überfällige Beschwerde einer Bürgerin namens Tschernobyl würde mich einen feuchten Dreck interessieren.

Je näher ich der sechsten Etage kam, desto mehr neigte ich dazu, den Schuldigen an meiner Misere in Gortschakow zu sehen, und als wir das Patientenzimmer betraten, begrüßte ich ihn nicht einmal. Ganz zu schweigen davon, mich nach seinem Befinden zu erkundigen.

Soja übrigens kompensierte meine Unhöflichkeit vollauf. Sie stürzte zu Gortschakow und schmiegte sich an ihn wie Axinja an ihren Geliebten an den Ufern des stillen Don. Gortschakow schloss die Augen und gab ein so wollüstiges Stöhnen von sich, dass es einen Stein hätte erbeben lassen. Zähneknirschend wandte ich mich ab; mir fehlte die Kraft, diesem innerbetrieblichen Ehebrecher zuzusehen. Geräuschvoll schmiss ich die volle Tasche mit den Akten dem Leidenden vors Bett und verließ das Zimmer, um die erotischsten Momente draußen abzuwarten und zugleich nach einer möglichen Annäherung Lena Gortschakowas Ausschau zu halten.

Es verging eine ganze Weile, bis Soja aus der Tür lugte und mich verlegen bat, zu ihnen hereinzukommen. Während der Zeit, die ich dem leidenschaftlichen Pärchen zartfühlend zugestanden hatte, waren von mir sämtliche anatomischen und aufklärerischen Plakate, die den Flur der Traumatologie schmückten, studiert worden, und ich hatte auch die Mittel zur Osteoporose-Prophylaxe auswendig gelernt. Irgendwie aber hatte die Bekanntschaft mit den Problemen von Osteoporose-Kranken meine Laune nicht gebessert, und ich betrat das Patientenzimmer mit einer so düsteren Miene, dass Ljoscha aufquiekte und mit dem Bein, das an ein Gegengewicht gekettet war, ruckte.

»Nicht rucken«, sagte ich mit metallischer Stimme. »Deine Lage ist sowieso aussichtslos.«

»Versündige dich bloß nicht, Mascha«, blökte der Geschädigte. »Dies ist schließlich ein erschwerender Umstand.«

»Als ob ich mir an dir die Hände schmutzig machen würde.« Ich hockte mich auf den Rand seines Bettes. »Los, sortier lieber deine Sachen.«

Ergeben machte sich Ljoscha an die Arbeit. Eine Unterbrechung gönnte er sich nur, um den Bissen von einer weiteren Delikatesse, die ihm Soja hin und wieder fürsorglich zuschob, zu zerkauen und hinunterzuschlucken, aber ansonsten entschied er ziemlich zügig und vernünftig, was zuerst erledigt werden musste und was noch ein wenig liegen bleiben konnte. Außerdem brachte er ausführliche Ermittlungspläne zu Papier, was er bestimmt seit unseren jugendlichen Praktikantenzeiten nicht mehr getan hatte.

Ein Ermittlungsplan war ohne Zweifel eine große Hilfe bei der Arbeit. Ich kannte allerdings keinen Untersuchungsführer, der solche Pläne gern verfasste, mehr noch, der einen solchen Plan auch nur einmal im Leben von sich aus verfasst hätte und nicht unter Druck, weil man den Bereichsstaatsanwalt erwartete. Hier lag offenbar ein Geheimnis verborgen, welches mit den psychophysiologischen Besonderheiten von Kriminalisten zu tun hatte. Man durfte vermuten, dass, hätte es die Leitung kategorisch verboten, Ermittlungspläne aufzustellen, und ein Zuwiderhandeln mit dem Entzug der Quartalsprämie samt einer Degradierung im Dienstrang geahndet, sich dann sämtliche Untersuchungsführer ohne Ausnahme nur noch mit dem Aufstellen von Ermittlungsplänen befasst hätten; sie hätten sich vor der Obrigkeit in ihren Dienstzimmern eingeschlossen und die fertigen Pläne in den unteren Fächern der Panzerschränke versteckt, dort, wo üblicherweise leere Flaschen und bei Durchsuchungen abgestaubte Messer aufbewahrt wurden.

Mit scharfem Auge kontrollierte ich den Sortiervorgang, als A. J. Gortschakow sein schöpferisches Erbe aufteilte – insbesondere vereitelte ich seine Versuche, mir ein paar

Verfahren unterzujubeln, die bereits eingestellt, für die aber noch die Briefe mit den gerichtlichen Entscheidungen zu schreiben waren.

»Das erledigst du selbst«, sagte ich barsch, und ergeben legte Gortschakow die Akten auf seinen Stapel, wobei er mich so kläglich ansah, dass ich Scham verspürte. Letztlich war es ja mein Beweisstück gewesen, das Ljoscha auf unbestimmte Zeit um seine Arbeitsfähigkeit gebracht hatte.

Diejenigen Verfahren, die ich für meinen kranken Kollegen zu Ende führen sollte, packte ich in die eine der großen Taschen, und in der anderen verstaute ich das, was Gortschakow selbst bearbeiten konnte – also jene Verfahren, die kurz vor dem Abschluss standen, für die eine Entscheidung verkündet und der Gerichtsbeschluss den Beteiligten mitgeteilt werden musste, und außerdem noch zwei Schriftstücke zu Anzeigen von begangenen Straftaten, bei denen es keine Aussicht auf eine Verfahrenseinleitung gab. Mir fiel plötzlich ein obszöner Scherz ein, den Gortschakow anlässlich einer Mängelrüge des Kriminalamts gemacht hatte. Vor ein paar Jahren hatte bei einer Koordinierungsberatung, wo es um die Bekämpfung von Sexualdelikten ging, ein Mitarbeiter des operativen Dienstes gekränkt erklärt: »Wozu eigentlich leiten wir der Staatsanwaltschaft unzüchtige Handlungen zu, wenn die nichts dazu einleitet!« (In die allgemein verständliche Sprache übersetzt hieß das, das Kriminalamt übergab der Staatsanwaltschaft Informationen zu Anzeigen über verübte unzüchtige Handlungen an Minderjährigen, die Staatsanwaltschaft jedoch fand darin nicht den Tatbestand eines Verbrechens beziehungsweise keine ausreichenden Beweise und lehnte die Einleitung eines Verfahrens ab.) Gortschakow hatte die Beschwerde in dem Sinne pariert, dass deren unzüchtige Handlungen uns eben zu nichts verleiteten.

Zuletzt war auf Gortschakows Bett einsam und allein ein handbeschriebenes Blatt Papier mit einem Begleitschreiben aus der Generalstaatsanwaltschaft liegen geblieben. Ljoscha hatte es nicht zu seinen Akten getan, und auch ich hatte mich nicht darum gerissen.

»Was ist das?«, fragte ich streng, zu dem Blatt Papier hinnickend. Vorsichtshalber rührte ich es nicht an.

»Eine Beschwerde mit Überprüfung durch die Generalstaatsanwaltschaft«, antworteten Soja und Gortschakow im Duett.

»Das sehe ich, ich bin nicht blind«, entgegnete ich scharf. »Möchtest du etwa, dass ich darauf antworten soll?«

Ljoscha schwieg eisern, während ich den Text des Begleitschreibens überflog, das von einem Staatsanwalt der Generalstaatsanwaltschaft unterzeichnet worden war: »Bitte um sorgfältige Prüfung der vom Anzeigeerstatter dargelegten Beweise, wobei besonderes Augenmerk auf die Feststellung der Umstände des Vorfalls zu legen ist, an dem die Bürgerin Tschernobyl beteiligt war.«

»Worum geht es denn in der Anzeige?«, fragte ich.

»Lies doch einfach«, schlug Ljoscha boshaft vor.

Ich nahm das Blatt in die Hand und kämpfte mich mühsam durch die ungelenke Handschrift. Ein gewisser Bürger ließ sich darüber aus, wie er einen herzzerreißenden Vorgang beobachtet hatte: Auf dem Gelände eines schon lange stillgelegten Betriebes hatten zwei Milizionäre in Uniform auf einem Traktor der Marke »Kirowez« die Leiche des getöteten Wächters in den Sand gewalzt.

»Was ist das denn!« Entsetzt sah ich Ljoscha an. »Was für ein ›Kirowez‹-Traktor? Was für Milizionäre in Uniform? Da spinnt wohl jemand!«

»Mascha, das Komischste ist, dass alles stimmt.« Ljoscha kicherte kurz.

»Moment mal, Milizionäre auf einem ›Kirowez‹-Traktor, die eine Leiche verbuddeln?«

»Genau das ist passiert. Zwei betrunkene Bullen haben auf dem Werksgelände Unfug getrieben, den Traktor in Gang gesetzt und versehentlich den Wächter über den Haufen gefahren. Vor Schreck haben sie ihn dann in den Sand eingegraben und sind mit dem Traktor drübergefahren, zum Planieren. Und dieser Alte hat zufällig gesehen, wie sie die Leiche untergewühlt haben. Seine Vermutung war: eine Bande. Er hat sich gleich an die Generalstaatsanwaltschaft gewandt, weil er meinte, an uns, das sei zwecklos, das würde sowieso vertuscht, weil doch alle unter einer Decke stecken.«

Mich schauderte.

»Und?«

»Nichts. Zu dem Zeitpunkt, als wir die Klage aus Moskau zugeschickt bekamen, hatte ich die Männer bereits eines Verkehrsdelikts beschuldigt. In ihrem Suff waren sie einfach dort, auf dem Traktor, eingeschlafen. Arbeiter fanden die beiden am nächsten Morgen. Aus dem Sand lugte ein Arm heraus, und so haben sie den Wächter ausgegraben. Das Ganze ist ein typischer Verkehrsunfall. Ich habe keinen Haftbefehl ausgestellt – sollen sie doch bis zur Gerichtsverhandlung frei herumlaufen. Der Chef hat vorgestern die Anklageschrift bestätigt.«

Ich drehte das Blatt mit der Anzeige hin und her. In meinen Gehirnwindungen passte mir da etwas nicht zusammen.

»Ljoscha, und was hat eine Frau Tschernobyl mit alldem zu tun?«

Ljoscha lachte fröhlich. »Ach!«, rief er. »So werden bei der Generalstaatsanwaltschaft die Eingaben gelesen. Der Alte schreibt, dass ihn das Gesehene ja so furchtbar aufgeregt habe, solche Aufregung habe er nicht mehr gehabt, seit das Vorkommnis mit dem GAU in Tschernobyl gewesen ist. In seiner Unbildung hat er die Abkürzung in Kleinbuchstaben geschrieben und mit falschem Artikel gebraucht, und bei der Generalstaatsanwaltschaft haben sie das als ›Frau‹ gelesen und geglaubt, es sei noch eine Frau Tschernobyl darin verwickelt. So haben sie uns das zugeschickt, mit der Aufforderung: Seht nach, vielleicht ist sie ja auch noch dort vergraben.«

»Das ist ja total …!«

Ich drehte den Finger in Schläfennähe und warf die Anzeige in meine Tasche.

»Dem Opa habe ich geantwortet«, sagte Ljoscha, »aber der Generalstaatsanwaltschaft, das habe ich nicht hingekriegt. Als ich mir die Anzeige vornahm und zu schreiben anfing, hab ich mich fast totgelacht!«

»Ich übernehme das mit Vergnügen«, entgegnete ich und amüsierte mich schon bei dem Gedanken daran, wie ich denen von der »Bürgerin Tschernobyl« berichten würde.

Nach unserer minutiösen Arbeitsaufteilung war ich etwas milder gestimmt und bekundete Gortschakow meine Anteilnahme, doch der machte es einem wirklich nicht leicht. Hatte er eben noch wie ein Hengst gewiehert, so warf er sich jetzt wimmernd in die Kissen. Eine Krankenschwester war hereingekommen – die hatte uns schon, bevor sie eintrat, gehasst, das stand in großen Lettern auf ihrem gepflegten Gesicht geschrieben – und verpasste Gortschakow eine Spritze. Ljoscha war dem Weinen nahe, denn die Schwester, das sah man, war keineswegs zimperlich. Soja und mir gab sie unzweideutig zu verstehen, dass wir überfällig waren. Sie prüfte die beiden Taschen mit dem Blick eines wachsamen Menschen, der uns mindestens des Terrorismus verdächtigte, aber sie beherrschte sich und vernichtete uns nicht auf der Stelle, sondern seufzte nur viel sagend und ging hinaus.

Wir verabschiedeten uns von dem Patienten, und die Tasche voller Akten mit mir schleppend, verließ ich als Erste den Raum. Soja holte mich etwa fünf Minuten später am Schwesternzimmer ein, wo die Misanthropin im weißen Kittel Tablettenrationen zurechtlegte. Sie maß uns mit verächtlichem Blick und zischte einer anderen Schwester etwas zu. Nachdem wir das Minenfeld ohne ernsthafte Zwischenfälle passiert hatten, fragte mich Soja in leidvollem Ton: »Mascha, warum guckt sie so grimmig, was haben wir ihr getan?«

»Meine liebe Soja, sei dankbar, dass sie nicht noch ausfällig wird oder uns gar tätlich angreift.«

»Aber das ist doch furchtbar – immerhin hat sie es mit Menschen zu tun. Mein Gott!«

Soja blieb bei ihrer Leier, aber ich stoppte sie: »Meine Liebe, hast du dir selbst mal zugesehen, wenn du mit Bürgern sprichst?«

»Was heißt das?« Soja schwankte sichtlich für eine Sekunde, was für eine Miene sie aufsetzen sollte – sollte sie aggressiv werden wie diese Krankenschwester oder lieber das Erstaunen eines vom Himmel herabgestiegenen Engels demonstrieren?

»Du begegnest den Besuchern kein bisschen anders. Menschen mit schwachem Nervenkostüm sind krank, wenn sie unsere Kanzlei verlassen.«

»Also wirklich, Mascha!« Soja wurde nun doch aggressiv. »Soll ich denen allen vielleicht auch noch zulächeln? Ich sitze doch nicht für die dort.«

»Sondern für wen?«

»Was heißt, für wen? Für euch. Um der Staatsanwaltschaft eine reibungslose Arbeit zu gewährleisten.«

»Und wer braucht die reibungslose Arbeit der Staatsanwaltschaft?« Manchmal kann ich richtig stur werden.

Soja schien verwirrt. »Ja, wer?«, fragte sie unschlüssig.

»Eben jene Bürger. Für viele bedeutet solch ein Gang zur Staatsanwaltschaft Stress. Und wenn man sie dort auch noch empfängt wie Volksfeinde …«

»Soll ich sie etwa mit Salz und Brot empfangen und den roten Teppich ausrollen?«

»Salz und Brot müssen nicht sein, aber schlichte menschliche Zuwendung könnte nicht schaden.«

»Also wirklich, Mascha!«

»Ich weiß«, sagte ich müde. »Manchmal ist mir auch eher danach, so einen Zeugen zusammenzuscheißen. Dennoch, es kann dann und wann nützlich sein, sich selbst in die Lage des Bittstellers zu versetzen.«

Soja verfiel ins Grübeln. Sie würde sowieso nicht jeden, der sich in die Staatsanwaltschaft verlief, mit Samthandschuhen anfassen, aber vielleicht unterließ sie es wenigstens, Besuchern gegenüber jedes Wort mürrisch durch die Zähne zu pressen.

Die ganze Rückfahrt über schmollte sie, wähnte sich unverdientermaßen beleidigt, denn um wen ging es da schon? Um irgendwelche Besucher, fremde Leute, die keinem nahe standen. Ich meinerseits bestand nicht auf der Fortsetzung des Gesprächs. Die Stimmung war am Boden, und wieder einmal dachte ich an meinen ausländischen Verehrer, diesen Polizisten aus Sizilien. Ich dachte daran, wie er mir von seiner Heimatstadt Palermo erzählt hatte, die in der »Goldenen Muschel« lag, jener bergumrahmten Talsenke, die italienisch *Conca d'Oro* hieß. Und der zentrale Platz von Palermo nannte sich »Sonnentheater«. Am Strand gab es weißgoldenen Sand, von klarem Meerwasser umspült … Aber all das war fast nichts gegen Pietros graue

Augen, deren Blick so zärtlich gewesen war … Und dann seine männliche Statur! Seine starken Arme! Sein edles Herz! Ach … Ach, mochte Stezenko doch seine Leichen sezieren … aus den Augen, aus dem Sinn!

Erst als wir an der Staatsanwaltschaft vorfuhren, fand ich zurück in die Wirklichkeit. Am Eingang parkte ein Wagen der Miliz, der Fahrer saß am Lenkrad und döste. Das gefiel mir gleich nicht. Palermo, von wegen.

Auf der Freitreppe stand ein Abgesandter von der Mordkommission und rauchte. Als er mich sah, nahm er einen letzten Zug aus seiner Zigarette und warf den Stummel in einen Abfallbehälter. Ein weniger erfahrener Kriminalist hätte bei der Deutung solcher Gesten unsicher werden können, ich aber nicht.

»Eine Leiche?«, fragte ich im Ton der Hoffnungslosigkeit.

Der junge Mann nickte nur. Er konnte es sich nicht aussuchen. Bis Gortschakow völlig wiederhergestellt wäre, musste ich nicht nur in seinen Fällen ermitteln, sondern war auch die tagtäglich für den Stadtbezirk Zuständige. Ich glaube, Soja fühlte sich gerächt.

»Ich laufe nur in mein Zimmer und hole die Dienstmappe«, sagte ich.

Der operative Mitarbeiter zuckte die Achseln und zog eine neue Zigarette aus der Schachtel. Soja, das Gesicht abgewandt – wohl um ihre frohlockende Miene vor mir zu verbergen –, eilte ins Büro, während ich die Tür zu meinem Zimmer öffnete, die Tasche mit Ljoschas Akten in eine Ecke schleuderte, mir vom Schreibtisch die Dienstmappe schnappte und zur Treppe jagte. Der operative Mitarbeiter seufzte, als ich wieder erschien, drückte seine erst halb gerauchte Zigarette aus und schritt die Stufen hinunter. Ich folgte ihm hastig und versuchte, im Laufen zu klären, welcherart Ereignis mich erwartete.

Die Reihenfolge meines Tuns, nämlich dass ich zunächst losgerannt war, um die Dienstmappe zu holen, und mich erst dann erkundigte, was sich im Bezirk ereignet hatte, zeugte davon, wie erschöpft ich war, missachtete ich damit doch ein grundsätzliches Gebot für einen Untersuchungsführer: sich niemals in eine Arbeit zu stürzen, ohne zuvor zu klären, ob man dieselbe nicht jemand anderem aufhalsen konnte. In meinen jungen Jahren war ich ab und zu ein wenig übereifrig gewesen: Ich erschien am Schauplatz des Geschehens, machte mich voller Tatendrang daran, das Protokoll der Leichenschau oder des Verhörs eines Klienten niederzukritzeln, und nach zwei Stunden Arbeit stellte sich plötzlich heraus, dass der Klient minderjährig war und demzufolge gar nicht in meinen Zuständigkeitsbereich fiel oder dass die Leiche nicht mit einer Straftat im Zusammenhang stand. Ermittlungszeit ist kostbar …

Der operative Mitarbeiter war noch jung, ich kannte ihn kaum, zudem erwies er sich als sehr wortkarg, sodass ich das Wesentliche des Vorgefallenen erst aus ihm herausbekam, als wir faktisch schon am Tatort anlangten. Wir betraten den Haupteingang eines alten Wohnhauses und stiegen die Treppe hinauf, als mich der Kollege mit der Information beglückte, dass die Leiche keine sichtbaren Verletzungen aufweise.

»Um wessen Leiche handelt es sich?«, fragte ich außer Atem, weil ich immer zwei Stufen auf einmal nahm. Im Grunde war es unverständlich, warum wir so hetzten, wenn man bedachte, dass der operative Mitarbeiter in der Staatsanwaltschaft zwei Stunden auf mich gewartet hatte.

»Um die einer Frau«, antwortete mein Begleiter lakonisch. »Die Wohnungsinhaberin.«

»Wurde ein Gerichtsmediziner gerufen?«, erkundigte ich mich.

»Ja«, erklärte der junge Mann beinahe mürrisch. »Der Gerichtsmediziner war da, erklärte, es sei kein Untersuchungsführer vor Ort, machte kehrt und fuhr wieder weg. Ohne Untersuchungsführer machen die gar nichts.«

»Alles klar«, murmelte ich. »Doktor Trepetun. Eigentlich gut, dass er wieder weg ist. Mit dem ist es sowieso unmöglich, sich zu verständigen.«

»Der andere Doktor ist zu einem Mord nach Kolpino gefahren. Vor morgen früh wird er wohl nicht zurück sein«, teilte mir der operative Mitarbeiter die erfreuliche Nachricht mit.

»Hier ist die Wohnung.«

Aus der Wohnungstür beugte sich der Abschnittsbevollmächtigte heraus.

»Na endlich«, sagte er nervös. Hinter ihm schimmerte die elegante Uniformmütze des Chefs der Stadtbezirksverwaltung für Inneres, und mir stockte der Atem. Die dürren Fakten, die ich dem Kollegen von der Mordkommission aus der Nase hatte ziehen können – die Leiche in der eigenen Wohnung, keine sichtbaren Verletzungen –, ließen eigentlich vermuten, dass wir es nicht mit einem Kriminalfall zu tun hatten, dass wir die Tote zur Erledigung alles Nötigen dem Abschnittsbevollmächtigten überantworten und uns wieder unserer eigenen Arbeit zuwenden konnten. Die Anwesenheit eines so hohen Chefs am Leichenfundort ließ allerdings auf ein außergewöhnliches Ereignis schließen. Da es nur eine Leiche gab, keinen ganzen Haufen, und da nichts auf eine außergewöhnliche Tötungsart hindeutete, legte dies den Schluss nahe, dass es sich bei der Verblichenen um eine besondere Person handelte, was mancherlei Komplikationen verhieß.

»Wer ist die Tote?«, formulierte ich ziemlich ungeschickt mein verspätetes Interesse.

»Eine bekannte Schauspielerin«, ließ sich hinter dem Abschnittsbevollmächtigten der Chef der Stadtbezirksverwaltung für Inneres vernehmen. »Trägerin verschiedener Preise. Eine gewisse Klimanowa. Die Hauptverwaltung hat uns schon mächtig Dampf gemacht.«

3

Ich schob den Abschnittsbevollmächtigten beiseite, drängte mich in die Wohnung, warf einen Blick auf all die Chefs, die die großen Räume bevölkerten, und brüllte verzweifelt: »Alle raus hier! Raus! Was zum Teufel machen Sie da? Sie verwischen ja alle Spuren!« Meine keifende Stimme machte mich selbst erschrocken. Ich schrie wie eine alte Vettel.

In der Wohnung herrschte augenblicklich Stille. Draußen hörte man eine Straßenbahn klingeln. Irgendwo links von mir fragte ein Chef seinen Untergebenen, wer ich denn sei. Der Gefragte antwortete mit gedämpfter Stimme – dem Tonfall nach erklärte er wohl, ich sei so eine Hysterische von der Staatsanwaltschaft, mit der man sich besser nicht anlegte. Nach längerer Pause strebten alle Anwesenden zögerlich, darum bemüht, nicht zu mir zu blicken, dem Ausgang zu. Ein Vertreter der Hauptverwaltung wollte, als er an mir vorbeikam, dennoch den Mund aufmachen, aber unser Chef von der Stadtbezirksverwaltung für Inneres nahm ihn beim Arm und führte ihn rasch ins Treppenhaus.

Drei Minuten später befanden sich außer mir nur noch der wortkarge Kollege von der Mordkommission sowie ein junger Kraftprotz mit begeistert strahlendem Gesicht in der Wohnung. Unten auf der Straße hörte man die Kabrioletts der Obrigkeit davonrauschen. Der Kraftprotz, einen

Aktendeckel unter den Arm geklemmt, kam auf mich zu, nahm Haltung an und fragte ehrerbietig: »Sie sind Maria Sergejewna?«

Ich nickte, und auf seinem Gesicht zeigte sich ein breites Lächeln.

»Klasse, wie Sie den Tatort leer gefegt haben! Alle Achtung. Ich bin der zuständige operative Mitarbeiter von der Territorialabteilung, Pjotr Valentinowitsch Koslow. Nennen Sie mich einfach Pjotr.«

Ich nickte abermals. Mit der Geschicklichkeit eines Jongleurs schleuderte Pjotr Valentinowitsch den Aktendeckel unter den anderen Arm und reckte mir seine Pranke entgegen. Ich murrte innerlich, gab ihm aber die Hand. Was soll's, dachte ich, oft wussten ja nicht mal Staatsführer, dass zuerst die Frau die Hand reichen muss und dass man, wenn sie eine solche Initiative nicht zeigte, sie zu einer Begrüßung mit Handschlag nicht nötigte.

Der Händedruck ließ den Kraftprotz vor Hingerissenheit beinahe ersticken. Er musste schnellstens zur Besinnung gebracht werden.

»Pjotr Valentinowitsch«, sagte ich. »Zeigen Sie mir die Tote.«

Pjotr Valentinowitsch, sich unaufhörlich umsehend und mir breit zulächelnd, führte mich durch die Wohnung. Küche, Bad sowie andere Bereiche vorerst außer Acht lassend, lenkte ich Pjotr Valentinowitsch mit Nachdruck zum Fundort der Leiche. Als Pjotr Valentinowitsch die Tür zu dem Zimmer öffnete, holte er zu einer einladenden Geste aus, wie ein freundlicher Gastgeber, der seine Gäste zu Tisch bittet.

In der offenen Tür blieb ich stehen und betrachtete die Einrichtung. Das Zimmer war groß, an die dreißig Quadratmeter, eine hohe Decke, riesige Fenster, durch die das

Sonnenlicht hereinflutete. Hübsche, wenngleich ein wenig düstere Tapeten, altmodisches Mobiliar. An den Wänden Bilder – mehrere Landschaften, ein Frauenporträt, ein Stillleben. In der Zimmerecke eine Nische, in der ein altertümliches Bett bequem Platz hatte. Das Bett war nicht mit einer Tagesdecke verhüllt, aber eine rote Seidendecke war lässig über das Bettzeug geworfen worden. Teppiche gab es hier nicht; das Parkett, in wunderschönem kastanienbraunem Ton, zeigte gepflegten Glanz. Neben dem Bett lag auf dem Fußboden die tote Hausherrin: mit dem Gesicht nach unten, die Arme merkwürdig verrenkt. Die Tote trug einen kurzen seidenen Hauskittel mit großblumigem Muster, die nackten Beine waren in den Knien leicht gebeugt, der eine der eleganten Hausschuhe mit flauschigem Pompon steckte am Fuß, der andere lag daneben.

Draußen vor dem Fenster huschte etwas vorbei – vielleicht ein Vogel –, und die ganze Szene erinnerte mich plötzlich an eine Einstellung aus einem Film, war unglaublich schön, wie eigens von der Regie so arrangiert, damit der Tod beim Zuschauer keinen Abscheu hervorrief. Ich ging um die Leiche herum, hockte mich hin und blickte in das zur Seite gedrehte Gesicht der toten Schauspielerin Klimanowa.

Ja, kein Zweifel, das war jene Frau, die mich in der Sprechstunde aufgesucht hatte. Nur war sie damals ungeschminkt gewesen oder vielleicht auch so geschickt zurechtgemacht, dass sie ganz natürlich gewirkt hatte. Dieses leblose Gesicht hingegen überraschte durch ein Übermaß an Schminke. So sahen wahrscheinlich Schauspieler aus, wenn sie im Begriff waren, auf die Bühne zu gehen.

Als ich der Toten jetzt näher war, sah ich auf dem Fußboden, unmittelbar neben ihren Fingern, mehrere leere Arzneischachteln. Mit der Spitze meines Fingernagels drehte ich eine der Schachteln um und las die Aufschrift – Dimedrol. Ein Schlafmittel. Wenn man jedoch eine solche Menge auf einmal nahm, konnte man nur ein Ziel verfolgen: nämlich für immer einzuschlafen. Ohne mich wieder zu erheben, sah ich zu dem geduldig an der Zimmertür wartenden Pjotr Valentinowitsch hinüber. Er verstand meinen Blick und wies mit den Augen zu einem Toilettentischchen. Ich richtete mich auf und machte einen Schritt in diese Richtung. Auf dem Toilettentischchen, das vor einem hohen, alten Spiegel stand, lag ein Blatt Papier. Zwei Zeilen waren darauf geschrieben: »Niemand liebt mich, ich muss sterben.« Ich sah mich nach Pjotr Valentinowitsch um. Der wollte schon auf mich zugehen, hielt dann jedoch inne und fragte: »Darf ich reinkommen? Mache ich keine Spuren zunichte?«

Ich seufzte laut. »Sagen Sie mir, wie viele Leute waren vor Ihnen hier drin?«

Pjotr Valentinowitsch richtete die Augen zur Decke und zählte stumm und gewissenhaft. »Sieben.«

»Kommen Sie ruhig herein. Hier können Sie keinen Schaden mehr anrichten. Ach, übrigens, wo bleibt die Spurensicherung?«

»Soll sie kommen?«

»Es könnte nicht schaden.« Ich seufzte erneut. Ein typischer Selbstmord, sogar mit einem Abschiedsbrief.

Pjotr Valentinowitsch näherte sich auf Zehenspitzen und schlug seinen Aktendeckel auf. »Ich habe im Korridor die Einzahlungsquittung für die Telefonrechnung gefunden …«

»Ja, und?«

»Die Tote wohnte hier allein, demnach hat sie das Formular selbst ausgefüllt …«

Ich warf einen Blick in den Aktendeckel und danach auf

das Blatt Papier vor dem Spiegel. Ja, die Handschrift stimmt wohl überein. Bravo, Pjotr Valentinowitsch.

»Soll ich jetzt die Spurensicherung rufen?« Der in Gedanken Gelobte trat ungeduldig von einem Bein aufs andere.

»Pjotr Valentinowitsch, wie lange üben Sie diese Tätigkeit schon aus?«

Ich hockte mich erneut vor der Leiche nieder. Pjotr Valentinowitsch in meinem Rücken schnaufte schwer.

»Drei Monate«, bekannte er schließlich.

»Und, wie ist es?«

»Klasse!«

Ich drehte mich um und blickte von unten her in sein begeistertes Gesicht. Irgendwie erinnerte er mich an ein Biberjunges: das breite, gutmütige Gesicht, die runden Augen, das Igelhaar, die tatkräftige Erscheinung; er machte den Eindruck eines unverdorbenen Menschen. In meinen Anfangsjahren bei der Staatsanwaltschaft war ich wahrscheinlich genauso drollig gewesen. Ich hatte mich über jedes Vorkommnis gefreut und brachte die Gerichtsmediziner zur Raserei mit meinem Genörgel: »Wenn bloß bald was passieren würde!«

»Wir werden eine Leichenschau vornehmen lassen, Pjotr Valentinowitsch«, sagte ich, und der operative Mitarbeiter erstrahlte wieder einmal. Klar, schließlich gab es in seinen ersten Arbeitsmonaten immerhin ein handfestes Ereignis: die Leiche einer bekannten Schauspielerin. Aber traurigerweise drohte sich alles als banaler Selbstmord zu entpuppen. Betrübt hatte er ein solches Ende wohl schon vorausgesehen, nun aber ließ mein Tonfall offenbar ein Fünkchen Hoffnung auf einen Fortgang der Geschichte in ihm aufglimmen.

»Ist nicht alles so eindeutig?«, fragte er leise, zu mir herabgebeugt.

Ich hielt es nicht länger in der Hocke aus und konnte auch den Hals nicht mehr nach oben verdrehen. Als er sah, dass ich mich erheben wollte, reichte mir Pjotr Valentinowitsch galant die Hand.

»Vorerst weiß ich nichts«, erwiderte ich. »Rufen Sie einen Gerichtsmediziner und die Spurensicherung. Man sagte mir, der Dienst habende Gerichtsmediziner sei nach Kolpino gefahren und vor morgen Vormittag nicht zurück. Wenn das stimmt, soll aus dem Büro Ersatz geschickt werden.«

Pjotr Valentinowitschs Augen flammten vor irrwitziger Freude.

»Und machen Sie Zeugen ausfindig«, fügte ich hinzu.

Pjotr Valentinowitsch sprang davon, um die ihm gestellten Aufgaben zu erfüllen. An diesem Tag hatte Doktor Stezenko Bereitschaft, und so versprach es eine angenehme Leichenschau zu werden. Dem jungen operativen Mitarbeiter hatte ich zunächst nichts von meinen Bedenken mitgeteilt. Über das hinaus, was ich während der Sprechstunde von der Klimanowa gehört hatte – nämlich dass ein mysteriöser Schweiger sie verfolgte –, missfiel mir an der Situation noch einiges andere. Warum zum Beispiel sollte sich eine Frau, wenn sie sich schon mit einer Hand voll Schlaftabletten umzubringen gedachte, dazu nicht ins Bett legen – warum lag sie neben dem Bett auf dem Fußboden? Und Frage Nummer zwei – wo war das Schreibwerkzeug, mit dem der Abschiedsbrief geschrieben worden war?

4

Als endlich vom Korridor her die lebensfrohe Stimme des gerichtsmedizinischen Sachverständigen Stezenko erscholl, beendete der Kriminaltechniker Gena Fedortschuk gerade seine Arbeit. Er hatte alles fotografiert, und er stimmte mit mir darin überein, dass es sinnlos sei, auf dem Fußboden irgendwelche Spuren finden zu wollen, nachdem bereits eine ganze Herde von Vorgesetzten über den Tatort getrampelt war. Ich schrieb ins Protokoll, dass auf dem Toilettentischchen ein Zettel liege, ein mit blauem Farbstift beschriftetes weißes Stück Papier mit folgendem Text, und Gena legte den Zettel säuberlich in eine Tüte und erklärte, er werde versuchen, den Zettel mit Ninhydrin zu bearbeiten.

»Vergiss nur nicht, Fingerabdrücke von der Dame zu nehmen. Mit etwas Glück können wir ja vielleicht was auf dem Zettel finden«, bat er leise. Gena war überhaupt ein leiser Mensch und ungeheuer angenehm im Umgang. Zumindest empfand ich es so – ich hatte eine Schwäche für Leute, die ihrer Arbeit mit großer Effizienz nachgingen. Gena war für mich eine unanfechtbare Autorität auf dem Gebiet der Spurensicherung, was sich in den Jahren unserer Zusammenarbeit schon vielfach bestätigt hatte.

Gena klebte die Tüte mit dem Zettel zu und stellte mir dann genau dieselbe Frage, die ich mir schon die ganze Zeit, während ich am Tatort war, zu beantworten versucht hatte: »Mascha, womit wurde der Zettel beschrieben? Wo ist das Schreibgerät?«

Ich kam nicht dazu, ihm zu sagen, dass auch mich diese Frage stark beschäftigte, denn neben uns baute sich Pjotr Valentinowitsch mit seinem Aktendeckel auf und meldete, er habe in der ganzen Wohnung drei Schreibgeräte gefunden – einen Kugelschreiber mit schwarzer Mine in der Küche neben dem Telefonapparat, einen Federschreiber der Marke »Parker« in der Handtasche der Wohnungsinhaberin sowie einen Bleistift in einem Schächtelchen auf dem Toilettentisch. Da ich selbst dort kein einziges Schreibutensil entdeckt hatte, machte ich mir die Mühe nachzusehen, was Pjotr Valentinowitsch mit besagtem Bleistift meinte.

Es zeigte sich, dass es sich um den Stummel eines schwarzen Augenbrauenstifts handelte. Die Stiftmasse war so weich, dass man damit unmöglich etwas hätte schreiben können, und sei es nur auf dem Spiegel, was ich dem vor Verlegenheit hochrot anlaufenden Pjotr demonstrierte.

Dennoch waren die von ihm angestellten Ermittlungen zweifellos von Nutzen. In der Wohnung befand sich kein Stift, mit dem der Zettel hätte beschrieben worden sein können. Natürlich blieb die Variante, dass die Zeilen an einem anderen Ort geschrieben worden waren. Zum Beispiel im Theater. Der Teufel mochte sich mit diesen Selbstmördern auskennen – Majakowski soll seinen Abschiedsbrief zwölf Tage lang mit sich herumgetragen und immer nur das Datum aktualisiert haben. Übrigens, auf unserem Zettel stand kein Datum.

Während wir auf den Doktor gewartet hatten, hatte Pjotr-Petja berichtet, es seien die Kollegen der Klimanowa gewesen, die Alarm geschlagen hätten, als sie am Abend zuvor nicht zur Vorstellung erschienen war. So etwas sei nach Aussage der Theatermitarbeiter noch nie vorgekommen. Die Klimanowa genoss den Ruf eines sehr pflichtbewussten Menschen, Alkoholexzesse gab es bei ihr nicht, mit Rauschgift hatte sie nichts am Hut, sie lebte allein und brauchte sich daher auch nicht darum zu kümmern, wer ihr Kind oder ihr betagtes Mütterchen am Abend betreute. Dementsprechend war ihr Ausbleiben zur Vorstellung als ein außergewöhnliches Ereignis aufgenommen worden. Man rief bei ihr an, und als sie den Hörer nicht abnahm, wurde eine Gruppe von Kollegen zu ihr nach Hause entsandt. Auch die Wohnungstür öffnete niemand, durch das

Fenster sahen sie im Zimmer Licht brennen, und so holten sie aus der Wohnungsverwaltung einen Schlosser herbei …

Überhaupt, Pjotr-Petja förderte bislang viel mehr Brauchbares zutage als der finstere Kollege von der Mordkommission, der die ganze Zeit seelenruhig rauchend in der Küche verbracht hatte, die beiden letzten Stunden in der Gesellschaft von Zeugen, und etwas aufs Papier kritzelte. Ich begriff nicht recht, warum er hier herumlungerte, fand aber auch keine passende Gelegenheit, ihn danach zu fragen. Letzten Endes stellte er weiter keine Ansprüche – sollte er also ruhig da sitzen bleiben.

Gena Fedortschuk ordnete auf einer Ecke des Tisches säuberlich die Tüten mit den Fingerabdrücken und dem Abschiedsbrief an; jede Tüte war von ihm kalligraphisch beschriftet worden.

»Mascha, ich muss los, ich habe noch zwei Wohnungseinbrüche auf dem Programm. Solltest du ein Verfahren einleiten, melde dich einfach, ich erledige dann alles.«

Gena winkte den Kollegen vom operativen Dienst und zog leise die Wohnungstür hinter sich zu.

Scherzend kam Doktor Stezenko herein, und Pjotr Valentinowitsch verlagerte seine Begeisterung auf ihn. Was Wunder bei einem noch so jungen, aber schon sehr erfahrenen Gerichtsmediziner, der scharfsinnig und charmant war und ein strahlendes Lächeln zur Schau trug. Er küsste mir die Hand, nachdem er vorsorglich Gummihandschuhe angelegt hatte (ein unnötiger Beweis seines Scharfsinns). Dann hockte er sich vor der Leiche hin und war wie verwandelt – war jetzt der strenge, konzentriert arbeitende gerichtsmedizinische Sachverständige, im Unterschied beispielsweise zu Ljowa Sadow, der seine Leichenschau von Anfang bis Ende stets mit einem Schwall von Scherzworten begleitete.

»Wer ist denn unser Mädchen?«, fragte Stezenko, während er die Tote behutsam auf den Rücken drehte.

»Unser Mädchen ist eine Schauspielerin«, erklärte ich. »Man hat mir gesagt, es gebe einen Abschiedsbrief.«

»Den gibt es«, bestätigte Pjotr Valentinowitsch mit vor Aufregung heiserer Stimme und räusperte sich.

»Tja, weshalb vergeuden wir dann hier unsere Zeit?«, fuhr Doktor Stezenko einschmeichelnd fort, rüstete sich aber nichtsdestotrotz zur Feststellung der Leichenerscheinungen.

Ich sparte mir eine Erwiderung und trat näher, um der Toten ins Gesicht zu sehen. So ergab es sich beinahe von selbst, dass ich mich zur Wahrung des Gleichgewichts auf Doktor Stezenkos Schulter stützen musste. Er schien sich nicht daran zu stören, und ich lauschte angespannt meinen Eindrücken nach. Ich fand, ich sei ihm gegenüber schon viel ruhiger geworden. Noch ein wenig mehr Gelassenheit, und wir würden reinen Gewissens glauben dürfen, Freunde zu sein, kein Liebespaar. Dementsprechend würde sich in meinem Leben dann auch wieder mit aller Macht das »Mannproblem« stellen. Schon lange war mir klar geworden, dass ich leichte Entwicklungsrückstände aufwies, denn eine normale Jugend hatte ich nicht gehabt – all die Zeit über hatte ich gelernt und gearbeitet und *dafür* keinen Sinn gehabt. Nun also war die Stunde X gekommen, wo es einen so sehr nach Liebe und Zärtlichkeit verlangte, dass man schier Krämpfe bekam. Bestimmt schlug auch mein Sohn nach mir – die Weiblichkeit wollte und wollte ihn nicht interessieren, wenn es aber eines Tages doch über ihn hereinbräche, dann mit voller Wucht.

Stezenko machte eine Bewegung, und alles Lyrische war sogleich verflogen. Die Finger in den Gummihandschuhen, betastete er methodisch den Kopf der Toten, hob die Lider, schaute in die Augen, kehrte die Lippen nach außen, um nach Blutergüssen zu forschen. Es gab keine Blutergüsse.

»Tja, auf den ersten Blick sieht es nach einer Dimedrolvergiftung aus«, murmelte Stezenko und stapelte die leeren Arzneischächtelchen, die neben der Leiche lagen, übereinander. »Die Pupillen sind erweitert, es gibt gewisse Anzeichen für einen Erstickungstod.«

»Für einen Erstickungstod?«

»Nur keine Aufregung, so etwas gibt es bei Vergiftungen mit Antihistaminika. Der Mund bei ihr ist sauber, gewaltsam scheint man sie nicht mit Tabletten gefüttert zu haben, blaue Flecken sind nicht da. Missfällt dir irgendwas?«

Er wandte sich um und blickte mir in die Augen. Verdammt, bis ans Ende meiner Tage würde ich mich nach diesem Scheusal verzehren. Er seinerseits würde allen Leuten erzählen, dass er nur mich liebe, ich ihn aber nicht haben wolle, tja, und daran ließ sich nun nichts mehr ändern.

»Sag, Sascha, kann man so viele Tabletten schlucken, ohne Wasser zu trinken?«

»Das ist problematisch«, pflichtete er mir bei. »Habt ihr in der Küche nachgesehen? Vielleicht hat sie dort ein Gläschen stehen lassen?«

»Sascha, vielleicht hat sie das Gläschen sogar abgewaschen. Aber warum sollte sie die leeren Arzneischachteln mit hierher genommen haben?«

»Um uns die Arbeit zu erleichtern«, erwiderte Stezenko melancholisch. »Einverstanden, logisch wäre es, die leeren Packungen dort zu lassen, wo die Tabletten eingenommen wurden. Wo wollte die Frau sie hinbringen? Außerdem wirkt Dimedrol nicht so schnell, dass sie es nicht mehr aus der Küche ins Bett geschafft hätte.«

Pjotr Valentinowitsch, der hinter uns stand, lauschte angespannt unserem halblaut geführten Dialog. Klar, er wünschte sich sehnlichst die Entdeckung eines grausigen Mordes, den wir dann unverzüglich gemeinsam aufklären würden …

In der offenen Zimmertür erschien, mit einem Blatt Papier wedelnd, der wortkarge Kollege von der Mordkommission.

»Ich habe mit Zeugen geredet«, erklärte er finster. »Mit den Nachbarn der Frau. Ich habe Freundinnen ausfindig gemacht. Den Exehemann herbestellt, er wird gleich hier sein. Recht so?«

»Sehr recht.« Ich nickte und war insgeheim verblüfft. Sündigerweise hatte ich ihn für einen Nichtsnutz und Faulenzer gehalten, nun aber stellte sich heraus, dass er keine Zeit vergeudet hatte.

»Ich habe hier einen Maßnahmenplan skizziert«, fuhr der Kollege fort, und das warf mich endgültig um. Ein operativer Mitarbeiter, der aus eigener Initiative und noch vor Einleitung eines Verfahrens einen Maßnahmenplan erstellte – das war wirklich erstaunlich! Heute war tatsächlich ein Tag wundersamer Entdeckungen: zuerst der herzige Pjotr Valentinowitsch mit seinem ansteckenden jugendlichen Eifer, dann dieser mürrische Schweiger mit seinen verborgenen Qualitäten …

»Ach, übrigens, wie heißen Sie?«, fragte ich den finsteren Typen von der Mordkommission – das Land sollte seine Helden kennen.

»Burow«, brummte er.

»Woher kommen Sie? Sie sind noch nicht lange bei uns in der Mordkommission, nicht wahr?«

»Ich habe mich hierher versetzen lassen«, antwortete Burow. »Vom Land, wenn Sie's genau wissen wollen.« Sein besorgtes Gesicht zeigte nicht den Schimmer eines Lächelns.

Jetzt, nach der Erklärung, dass er vom Land in die Stadt gewechselt war, wurde mir sein Mangel an Freundlichkeit verständlich. Klar, der Mann war gerade erst dabei, sich an ein anderes Kollektiv anzupassen, an andere Arbeitsprinzipien. Schon wenn man von einem Stadtbezirk in einen anderen umzog, fühlte man sich unbehaglich, für ihn aber handelte es sich faktisch um eine Lebensumstellung.

Ich nahm von Burow das Blatt Papier entgegen und überflog, was er geschrieben hatte. Eine Kurzdarstellung der Lebensweise der Klimanowa – geschieden, allein stehend, nach Aussage der Nachbarn pflegte sie zu Hause zu übernachten, sie veranstaltete keine Festmahle, empfing keine Herrenbesuche. Keine nahen Verwandten. Das Verhältnis zu ihrem Exmann war gut, ohne Feindseligkeit. Die Wohnung war nicht privatisiert, als Mieterin gemeldet nur die Klimanowa. Aus der Wohnung war nichts gestohlen worden (eine Information, die überprüft werden musste). Die Klimanowa war psychisch unausgeglichen gewesen, hatte an Neurosen gelitten, nach Aussage der Nachbarn war sie bei Psychologen in Behandlung gewesen. Schlussfolgerungen: Möglich war Selbstmord, weniger wahrscheinlich Mord, da vorerst unklares Motiv, am wenigsten wahrscheinlich ein Unglücksfall – eine Überdosis an Schlafmitteln. Geplante Maßnahmen: Befragung von Nachbarn und Bekannten, Studium der psychologischen Anamnese, Feststellung der Todesursache. Nun, nicht jeder städtische Ermittler gab sich die Mühe, ein solches Papier zu erstellen. Wirklich beeindruckend.

»Geht man bei Ihnen im Dorf immer so ernsthaft mit Vorfällen um?«, fragte ich Burow, in dessen Gesicht kein Muskel zuckte.

»Bei uns im Dorf ist eine Leiche ein außerordentliches Ereignis«, antwortete er und nahm mir sein Papier wieder ab. »Mein Dorf, das ist eigentlich eine Kreisstadt. Bei uns wurde übrigens sogar ein Film gedreht.«

»So? Welcher denn?«

»›Das Herz in der Faust‹«, entgegnete Burow stolz. »Und noch einer, nach Ostrowski.«

»›Das Herz in der Faust‹?«, fragte ich erstaunt. »Ist das wirklich wahr? Ich dachte immer, der Film sei im Baltikum gedreht worden. Auf der Leinwand sieht es ganz nach westlichem Europa aus …«

»Ja«, sagte Burow mit sichtlichem Stolz. Endlich kam Leben in ihn, und er schüttelte den schläfrigen Ausdruck von sich ab. »Bei uns gibt es solche Gebäude. Die Stadt ist altertümlich, es gibt dort sogar ein Schloss.«

»Kaum zu glauben, ›Das Herz in der Faust‹! Wisst ihr, dass diese Frau hier zu den Dreharbeiten dort war? Dass sie die Hauptrolle gespielt hat?« Ich wies mit dem Kopf in Richtung der Toten.

Alle drei Männer sperrten unwillkürlich den Mund auf.

»Wie, ihr habt das wirklich nicht gewusst?«, fragte ich ein wenig hochmütig.

Nacheinander nickten sie alle. Dann gruppierten sie sich um die Leiche und betrachteten sie eine Weile. Schließlich brach Stezenko das Schweigen.

»Ist sie das wirklich?«, fragte er. »Hätte ich nie gedacht.«

»Wir haben den Film doch zusammen gesehen«, erinnerte ich ihn. »Ach, übrigens, wo ist die Kassette?«

»Bei mir«, antwortete Sascha. »Das ist sie tatsächlich?«

»Wenn du zu Hause bist, guck in den Vorspann. Tatjana Klimanowa.«

»Im Film sieht sie ganz anders aus«, ließ sich Burow vernehmen, wandte den Blick aber nicht von der Toten ab.

»Ja, auch ich habe sie nicht gleich erkannt, als sie in die Staatsanwaltschaft kam«, gestand ich.

»Sie war in der Staatsanwaltschaft?«, riefen alle drei im Chor.

Ich musste also vom Besuch der Klimanowa berichten. Pjotr Valentinowitsch schlug sich geräuschvoll die Hand gegen die Stirn. »Und ich dachte, wo hab ich nur diesen Satz schon gehört, der in dem Abschiedsbrief steht. Das ist aus dem Film! Da ruft sie auch so ein Irrer an und sagt, dass niemand sie liebt und sie sterben muss.«

»Wieso ›auch‹?«, erkundigte ich mich. »Mir hat die Klimanowa erzählt, dass jemand sie anruft und schweigt.«

»Ja, und?« Pjotr gab sich nicht geschlagen. »Und dann hat man sie angerufen und diesen Satz gesagt.«

»Und dann?« Ich sah Pjotr-Petja durchdringend an, und er wurde verlegen.

»Was meinen Sie?«

»Angenommen, jemand hat sie angerufen und den Satz gesagt. Was folgt daraus?«

»Was daraus folgt?«, fragte Pjotr-Petja und wurde knallrot. »Nun …«

»Na?«, ermunterte ich ihn. »Da hat jemand sie angerufen und gesagt: ›Niemand liebt dich, du musst sterben.‹ Und wie weiter?«

»Und dann … ist sie gestorben«, sagte Pjotr-Petja tapfer.

»Das bestreite ich nicht«, erwiderte ich leise. »Nur, wie ging das alles vor sich? Wenn sie selbst diese Abschiedsworte geschrieben und das Schlafmittel genommen hat, bleiben für mich immer noch dieselben Fragen offen. Wo ist das Schreibwerkzeug und wo das Glas Wasser?«

»Aber sie wurde doch angerufen?«, beharrte Pjotr-Petja.

»Sie hat gesagt, dass jemand sie anruft«, korrigierte ich ihn sanft.

»Glauben Sie, dass sie gelogen hat?« Pjotr-Petja fragte dies so misstrauisch, dass ich gerührt dachte: Ach, Junge, hast du noch nie mit schamlos lügenden Zeugen oder Geschädigten zu tun gehabt, ganz zu schweigen von Beschuldigten? Vermutlich hatte er auch noch nie mit schamlos lügenden Staatsanwälten und Milizchefs zu tun gehabt, was in der Praxis weit häufiger vorkommt als ein unaufrichtiger Zeuge.

»Alles in allem, klare Sache, der Fall ist undurchsichtig«, resümierte Doktor Stezenko und entnahm seinem Köfferchen ein Thermometer, um die Rektaltemperatur zu messen. »An die Arbeit. Volles Programm, was, Mascha?«

Meine Antwort brauchte er gar nicht. Goschka war nach der Schule zu seinem Vater gefahren, also hatte ich jede Menge Zeit. Ich trug meinen Teil zum Protokoll der Leichenschau bei und hielt mich bereit, Sascha zuzuhören.

Der finstere Burow setzte sich vorsichtig an das Toilettentischchen und kritzelte noch etwas in seinen grandiosen Maßnahmenplan. Ich ging näher und lugte ihm über die Schulter. Ein Punkt war hinzugekommen: »Den Film ›Das Herz in der Faust‹ aufmerksam ansehen«. Richtig.

Je weiter die Feststellung der Leichenerscheinungen voranschritt, umso schlimmere Qualen litt Pjotr Valentinowitschs reine Seele. Auf seinem Gesicht zeichnete sich heiliges Entsetzen ab – wie konnte man sich so lästerlich an dem schönen Körper einer bekannten Schauspielerin vergehen! Während ich mich insgeheim über den jungen Kollegen amüsierte, konnte mir dennoch nicht entgehen, wie sehr wir und alle unsere Gerätschaften uns fremd ausnahmen in dieser erlesen ausgestatteten, altertümlichen Wohnung, neben dem wenngleich toten, so doch zarten und zerbrechlichen Körper. In der Wohnung war es still; unbemerkt war es dunkel geworden, und ich schaltete das Licht an. Die Zeugen – ein älteres Ehepaar aus der Nachbarwohnung – saßen in der Küche wie Mäuschen, man sah und hörte sie nicht. Stezenko klapperte mit seinem Handwerkszeug, dann und wann bewegte Pjotr Valentinowitsch raschelnd die Papiere in seinem Aktendeckel.

War es nun, weil das alte Haus so dicke Wände hatte oder weil zum Abend der Straßenlärm verstummte – in der Wohnung herrschte eine unheilvolle Stille, und mich wollte das Gefühl nicht verlassen, dass wir uns in einem isolierten Raum befanden, abgeschnitten von der Welt ringsum. Fortwährend musste ich an den Film denken, in dem die Klimanowa die Hauptrolle gespielt hatte; vielleicht deshalb, weil ich unwillkürlich die Intrige des Films auf die realen Geschehnisse projizierte – mir war, als ob sich der Film noch immer fortsetzte. Jedenfalls empfand ich diese Wohnung mit all den altertümlichen Gegenständen, den zarten Nippsachen aus Porzellan, den antiken Möbeln – diese Wohnung, die so sehr zu der scheuen, empfindsamen Schauspielerin passte – noch immer als Dekoration, die Tote inmitten des Zimmers als eine Inszenierung, und uns alle sah ich gleichsam als Statisten am Drehort, dem Willen eines unsichtbaren Regisseurs unterworfen.

Nach den Regeln des Genres müsste die trügerische Ruhe jeden Moment von einem schockierenden Ereignis zerstört werden; was aber konnte hier und jetzt noch Erschreckendes passieren? Alles Schockierende in dieser Wohnung hatte bereits stattgefunden – da lag sie, die Leiche, deretwegen wir uns hier befanden.

Genau in dem Augenblick, als ich dachte, es könne nichts mehr geschehen, schrillte inmitten der tiefen Stille das Telefon. Vor Überraschung fuhr ich zusammen; auch die Männer gerieten in Unruhe, machten jedoch keine Anstalten, den Hörer abzunehmen, sondern blickten erwartungsvoll zu mir.

Mechanisch sah ich auf die Uhr – es war elf Uhr abends –,

ging zu dem Telefon, das auf dem Toilettentischchen stand, und nach sekundenlangem Zögern nahm ich den Hörer ab.

»Hallo«, sagte ich mit gedämpfter Stimme, aber niemand antwortete mir. Da blieb ich ebenfalls stumm und lauschte; einige Anzeichen ließen erkennen, dass ich nicht deshalb niemanden sprechen hörte, weil die Verbindung schlecht war, sondern weil dort jemand nicht sprechen wollte. Geräusche drangen zu mir, ich vernahm das Atmen eines Menschen am anderen Ende der Leitung.

Die beiden operativen Mitarbeiter und Sascha standen reglos da und beobachteten mich, während ich den Hörer in der Hand hielt und nicht wusste, wie ich auf das sonderbare Schweigen reagieren sollte. Vielleicht war der Anrufer einfach verwirrt, weil er statt der Klimanowa eine fremde Stimme wahrgenommen hatte? Ich hatte mich aber sehr leise gemeldet, und eigentlich hätte nur jemand, der mit der Klimanowa sehr gut bekannt gewesen war, erkennen können, dass dies nicht ihre Stimme war. Warum stellte sich der Anrufer dann nicht vor? Alle näheren Bekannten der Klimanowa wussten sicherlich bereits von ihrem Tod. Und wenn der Anrufer glaubte, falsch verbunden zu sein? Dann hätte er aufgelegt und neu gewählt. Schließlich löste ich mich aus meiner Erstarrung und legte den Hörer leise, mit der Membran nach unten, auf das Bett, denn das Telefon befand sich gleich neben dem Toilettentischchen. Auf Zehenspitzen schlich ich zu Burow und sagte flüsternd zu ihm: »Gehen Sie in die Nachbarwohnung, rufen Sie den Bereitschaftsdienst der Hauptverwaltung für Inneres an, die sollen feststellen, woher der Anruf kommt.«

Burow nickte, machte auf dem Absatz kehrt und eilte in die Küche. Dort schnappte er sich, wie der Habicht das Küken, den betagten Zeugen und führte ihn, während er ihm halblaut etwas erklärte, zur Wohnungstür. Ich ging wieder zum Telefonhörer, hob ihn leise ans Ohr und lauschte: Mein »Gesprächspartner« hatte nicht aufgelegt, noch immer vernahm ich Geräusche und jenes Atmen. Aus irgendeinem Grund meinte ich, es sei das Atmen eines Mannes.

Vom Zimmer her sah ich, wie Burow, den Zeugen beim Arm gefasst, die Wohnungstür öffnete und geradewegs auf einen Mann stieß, der, die Hand zum Klingelknopf erhoben, auf dem Treppenabsatz stand. Ich begab mich ebenfalls in den Korridor. Der Mann war mittleren Alters und gut aussehend; mit besorgter Miene blickte er über Burows Schulter und den alten Nachbarn hinweg in die Wohnung hinein.

»Guten Tag, Andron Nikolajewitsch«, sagte der alte Nachbar, und ich begriff, dass dies Latkowski war, der Exehemann der Schauspielerin.

»Guten Abend, Arkadi Iljitsch«, erwiderte Latkowski zerstreut. »Darf ich eintreten? Ich bekam einen Anruf mit der Nachricht, dass Tatjana etwas zugestoßen sei …«

Burow trat beiseite, ließ Latkowski vorbei, dann verschwand er mit dem Alten in der Nachbarwohnung, um zu telefonieren. Latkowski, nunmehr im Korridor, säuberte lange seine Schuhe an einem farbigen Abtreter. Draußen herrschte trockenes Wetter, es bestand also keine Notwendigkeit, derart lange die Sohlen abzureiben. Latkowski zögerte sichtlich den Moment hinaus, da er den Leichnam seiner früheren Frau zu sehen bekäme.

Schließlich ging er auf das Zimmer zu, aber an der offenen Tür hielt er jäh inne und drehte sich um.

»Gott, o Gott!«, sagte er dann. »Ist das sie?«

»Kommen Sie in die Küche«, schlug ich ihm vor. Gemeinsam begaben wir uns in die Küche, wo vereinsamt die ältere Nachbarin saß. Als sie Latkowski erblickte, sprang sie auf, umarmte ihn schluchzend und drückte ihn an sich.

Eine Weile hielten sich die beiden umarmt, dann setzten sie sich an den Küchentisch.

»Wie ist das passiert, Sofja Leonidowna?«, fragte Latkowski, und Sofja Leonidowna schluchzte abermals. Dann, nachdem sie die Augen mit einem Taschentuch trocken getupft und sich geschnäuzt hatte, erzählte sie Latkowski all das, was wir schon wussten.

»Warum haben Sie mich nicht benachrichtigt?«, fragte Latkowski, und Sofja Leonidowna zeigte sich ein wenig verwirrt.

»Wir sind einfach nicht dazu gekommen«, sagte sie zögerlich. »Leute aus dem Theater waren hier, haben die Tür aufgebrochen, haben Tanjuscha gefunden, und dann wurden Arkadi Iljitsch und ich gleich als Zeugen hinzugeholt. Aber wir haben dem jungen Mann gesagt, dass Sie benachrichtigt werden müssten, und so hat er bei Ihnen angerufen.«

»Ist das der junge Mann?« Latkowski nickte in Richtung Pjotr Valentinowitsch, dessen Gestalt im Korridor zu sehen war. »Ich danke Ihnen.«

»Nein, nein.« Sofja Leonidowna schüttelte den Kopf. »Angerufen hat der, der mit Arkadi Iljitsch rausgegangen ist.«

»Der, mit dem ich an der Wohnungstür zusammengestoßen bin? Es kommt mir so vor, als hätte ich ihn schon irgendwo gesehen.«

»Eher unwahrscheinlich«, schaltete ich mich ein. »Er ist erst seit kurzem in St. Petersburg.«

Latkowski sah mich verständnislos an. »Nun, wer ist das dann?«, fragte er. »Ich habe ihn für Ihren Kollegen gehalten … Wer sind übrigens Sie?«

»Oh, entschuldigen Sie, ich konnte mich noch nicht vorstellen. Oberuntersuchungsführerin der Staatsanwaltschaft, Schwezowa mein Name, Maria Sergejewna. Und das ist« – ich nickte zu Pjotr-Petja hinüber – »der zuständige operative Mitarbeiter der Territorialabteilung der Miliz Koslow. Sie wurden vom zuständigen operativen Mitarbeiter für die Aufdeckung vorsätzlicher Tötungsdelikte angerufen. Sein Name ist Burow.«

»Sie sagten, er sei noch nicht lange in St. Petersburg?« Latkowski verrannte sich da in etwas; derlei kam vor bei einem emotionalen Schock: Da redete einer über alles Mögliche, nur um nicht das schmerzliche Thema zu berühren.

»Ja, er wurde von einer anderen Abteilung herversetzt«, erläuterte ich.

»Nun, was macht das für einen Unterschied?«, sagte Latkowski nach kurzem Schweigen. »Kann ich mir Ihre Daten notieren?«

Er nahm ein Notizbuch zur Hand, und ich diktierte ihm unsere Namen und Dienstränge, außerdem die Telefonnummer der staatsanwaltschaftlichen Sprechstunde und der Bereitschaft der Territorialabteilung.

»Burow, und wie heißt er mit Vor- und Vatersnamen?«, fragte Latkowski und notierte sich die Telefonnummer des Chefs der Mordkommission, da ich Burows Direktwahl nicht kannte.

»Das weiß ich nicht«, antwortete ich achselzuckend. »Aber er wird gleich wieder hier sein, dann können Sie ihn selbst fragen.«

»In Ordnung.« Latkowski legte sein Notizbuch auf den Küchentisch. »Wenn ich es richtig verstanden habe, muss man sich um die Beerdigung kümmern … Darf ich telefonieren?« Er streckte die Hand nach dem Apparat aus, der auf dem Küchentisch stand.

»Warten Sie bitte, das Telefon ist besetzt.«

»Besetzt? Ach so, natürlich. Ich warte.«

Die Wohnungstür schlug zu; Burow und der Zeuge Arkadi Iljitsch waren wieder da.

»Kommen Sie mal?« Burow beugte sich in die Küche hinein und winkte mir.

Ich ging zu ihm in den Korridor.

»Und, wie sieht's aus?«

»Vorerst hat es nicht geklappt«, erklärte Burow finster. »Sie bitten uns, noch nicht aufzulegen, irgendwie können sie es nicht feststellen.«

Ich ging zusammen mit Burow in das Zimmer und nahm den Telefonhörer vom Bett auf. Zu meinem Erstaunen hörte ich nicht ein kurzes Tuten, sondern immer noch diese Atemgeräusche. Ich legte den Hörer aufs Bett zurück und bat Burow, bei der Bereitschaft anzurufen und mitzuteilen, dass der Anrufer die Verbindung nach wie vor aufrechterhielt; vielleicht erleichterte ihnen das ja ihre Aufgabe. Burow machte sich gehorsam auf den Weg, und ich ging wieder in die Küche. Sonderbar, dass sie nicht herausfinden konnten, woher der Anruf kam.

Sofja Leonidowna erzählte Latkowski leise etwas, und der nickte dazu. Als er mich sah, fragte er: »Ist das Telefon jetzt frei?«

»Nein, noch nicht.«

»Ein so langes Gespräch? Irgendwelche dienstlichen Angelegenheiten?«

»Wir sind dabei, herauszufinden, woher ein Anruf kam«, erklärte ich unwillig.

Latkowski spannte sich augenblicklich an. »Wozu? Was geht hier vor? Wie ist Tatjana ums Leben gekommen? Handelt es sich um Mord? Hat jemand sie verfolgt?«

»Wir wissen noch nichts.«

»Was war das für ein Anruf?«, fragte Latkowski weiter. »Verdächtigen Sie jemanden?«

»Andron Nikolajewitsch, wir bemühen uns gerade um Klärung. Hat Tatjana Viktorowna Ihnen nichts von den mysteriösen Anrufen gesagt?«

»In letzter Zeit? Nein. Die Sache ist die, dass wir uns ungefähr die letzten zwei Monate nicht gesehen haben, wir haben nur ein paarmal telefoniert. Was ist mit ihr geschehen? Wurde sie bedroht?«

Latkowski regte sich mittlerweile ziemlich auf. Scheinbar war ihm seine frühere Frau nicht völlig gleichgültig. Vielleicht war er einfach nur ein guter Mensch und nahm sich das Schicksal seiner früheren Frau zu Herzen. Und warum auch nicht? Schließlich hatten sie sich ohne Skandal getrennt und weiterhin normale Beziehungen gepflegt, wie mir die Klimanowa gesagt hatte.

In die Stille hinein sagte Sofja Leonidowna: »Wissen Sie, Tanja war generell ein sehr verschlossener Mensch. Aus ihr ließ sich so gut wie gar nichts herausholen. Hat es bei ihr unangenehme Vorkommnisse gegeben?«

»Sie erhielt mysteriöse Anrufe. Ist Ihnen davon nichts bekannt?«

Latkowski, Sofja Leonidowna und deren in die Küche zurückgekehrter Ehemann schüttelten einträchtig den Kopf.

»Glauben Sie, sie hat … sich nicht selbst umgebracht?«, fragte Latkowski kaum hörbar. »Und jetzt ruft dieser Mensch an?«

»Wir wissen nichts, Andron Nikolajewitsch, wir versuchen herauszufinden, wer der Anrufer ist.«

»Großer Gott, das sind doch elementare Dinge!« Latkowski sprang auf und schritt nervös in der Küche auf und ab. »Wie, Ihre ganze Miliz ist außerstande festzustellen, woher ein Anruf kommt? Das ist doch Unsinn!«

»Andron Nikolajewitsch, wir versuchen doch …«

»Ja, Sie versuchen! Hören Sie auf damit!« Er riss den Hörer des Parallelapparates hoch und horchte hinein. Ich nahm ihm den Hörer aus der Hand und legte ihn wieder auf.

»Sprechen Sie um Himmels willen nichts dort hinein.«

»Großer Gott, so tun Sie doch etwas!« Latkowski setzte sich nicht – die Fäuste geballt, tigerte er wie zuvor nervös in der geräumigen Küche hin und her.

»Haben Sie vielleicht eine Vermutung? Wer könnte Ihre geschiedene Frau verfolgt haben?«

Latkowski überlegte. »Tja, jeder x-Beliebige«, sagte er nach einer Pause. »Ich denke dabei nicht an ihr näheres Umfeld – irgendein Wahnsinniger hätte ihr auf der Spur sein können. Sie ist Schauspielerin, steht in der Öffentlichkeit, ihre Fotos werden in Illustrierten publiziert.«

»Ein Wahnsinniger, so viel ist klar. Vielleicht ein Neider, der ihr übel wollte?«

»Nein«, sagte Latkowski nach kurzem Nachdenken. »Kaum. Im Theater gibt es solche Monster nicht, da herrscht eitel Sonnenschein. Allerdings ... Wenn erst in letzter Zeit so jemand hinzugekommen wäre? Nein, da fällt mir niemand ein.«

Als Antwort auf unsere fragenden Blicke schüttelten auch die Zeugen den Kopf. Ich ging zu Burow hinaus in den Korridor. Er saß auf einem Hocker und starrte zu Boden.

»Kommen Sie, wir rufen gemeinsam die Hauptverwaltung an«, schlug ich vor. »Die bemühen sich dort schon seit vierzig Minuten, vielleicht gibt es inzwischen Ergebnisse?«

Burow erhob sich rasch, holte den Zeugen aus der Küche, und wir gingen telefonieren.

Die Hauptverwaltung konnte uns nichts Tröstliches mitteilen. Der Diensthabende beklagte sich, dass es einfach nicht gelänge, den Anrufer zu orten.

»Kommt das Gespräch vielleicht von außerhalb?«, fragte er.

Zu meiner Schande konnte ich mich nicht an die Art des Klingeltons erinnern und wusste daher nicht, ob es sich um ein Ferngespräch handelte oder um ein Ortsgespräch.

Der Kollege vom Bereitschaftsdienst erlaubte uns jetzt, den Hörer aufzulegen; er meinte, es wäre ohnehin sinnlos.

Wir kehrten zum Tatort zurück. Ich nahm den Hörer vom Bett hoch, um ihn auf den Apparat zu legen, und als ich wie zuvor jemanden darin atmen hörte, beschloss ich, meine Anwesenheit kundzutun. Ich packte den Hörer fester und sagte, ebenso gedämpft wie beim ersten Mal: »Hallo?«

Das Atmen in der Leitung wurde lauter, dann ertönte eine ferne, sonderbare, leb- und klanglose Stimme: »Niemand liebt dich, du musst sterben.«

Gleich darauf hämmerten aus dem Hörer kurze Besetztzeichen.

5

Als wir Latkowski berichteten, der unbekannte Anrufer habe einen Satz aus jenem Film gebraucht, der nach seinem Buch gedreht worden war, bot er einen beklagenswerten Anblick. Der kräftige Kerl war buchstäblich am Boden zerstört. Wir hatten ihm noch nicht gesagt – und ich hatte es damit auch nicht eilig –, dass die Klimanowa einen Abschiedsbrief mit eben diesem Satz hinterlassen hatte.

»Warum bloß habe ich unbedingt gewollt, dass Tatjana in dem Film mitspielt!« Den Kopf zwischen den Händen, saß Latkowski eine Zeit lang da und rührte sich nicht. Wir schwiegen und warteten geduldig, bis er imstande wäre weiterzusprechen.

»Sie konnten doch nicht vorhersehen, dass ein Wahnsinniger auftauchen würde, der aufgrund des Films überschnappt«, versuchte ich, ihn zu beruhigen. »Derlei passiert ständig, westliche Filmstars klagen darüber …«

»Die Sache ist die, dass Tatjana unter unserer Scheidung ungeheuer gelitten hat.« Latkowski hob den Kopf und sah mich mit leidvollem Blick an. »Ich Dummkopf, ich dachte, die Dreharbeiten würden sie ablenken. Wir fuhren dazu hinaus ins Grüne, in eine Kleinstadt. Überhaupt, Sie verstehen, eine andere Umgebung und all das … Aber es ging ihr nur noch schlechter …«

Natürlich, dachte ich, nur ein Mann kann ernsthaft glauben, dass eine geschiedene Frau durch den engen Umgang mit dem Exgatten, der bereits mit einer anderen verheiratet ist, zur Ruhe findet.

»Schon während der Dreharbeiten ging es ihr schlechter«, fuhr Latkowski fort.

»Wie drückte sich das aus?« Ich bemühte mich, teilnahmsvoll und geduldig zu sprechen.

»Wie? Durch ihre Nervosität. Der Regisseur war allerdings zufrieden. Genka Fishenski, kennen Sie ihn? Er plapperte ständig, dass Tatjana ihm so einfühlsam entgegenkomme, alles ohne große Proben … Dabei hing diese Empfindsamkeit mit ihrer nervlichen Belastung zusammen. Dann, nach den Aufnahmen, musste sie sogar in die Klinik. Sie hätte schon früher, vor den Dreharbeiten, eine Behandlung gebraucht, aber Fishenski hat ihr nur säckeweise Dimedrol gekauft. Sagen Sie, werden Sie diesen Wahnsinnigen ausfindig machen?« Latkowskis Stimme klang flehend. »Womöglich hat er Tatjana umgebracht? Haben Sie daran gedacht?«

»Andron Nikolajewitsch, wir werden natürlich versuchen, ihn zu finden. Aber er dürfte Tatjana Viktorowna kaum umgebracht haben. Erstens, wie wäre er in die Wohnung gekommen? Und zweitens, wenn er wüsste, dass sie tot ist, hätte er sich doch jetzt nicht gemeldet.«

»Ist nicht gesagt.« Latkowski ließ den Kopf wieder auf die Hände sinken. »Wenn das ein Irrer ist, sollte man die Logik beiseite lassen.«

»Sie wollten jemanden anrufen«, erinnerte ihn Pjotr Valentinowitsch plötzlich.

Latkowski starrte ihn eine Weile verständnislos an, dann nickte er heftig mit dem Kopf.

»O ja. Danke, dass Sie mich erinnert haben.«

Er wählte eine Nummer, und ich zeigte währenddessen den Zeugen, wo sie unterschreiben mussten, und hörte mit einem Ohr mit, wie Latkowski kurz und sachlich jemanden über Tatjana Klimanowas Tod unterrichtete und organisatorische Fragen, die Beerdigung betreffend, besprach. Als er nach drei Telefonaten auflegte, erklärte ich ihm, wann er sich wohin wenden musste, um die nötigen Papiere zu erhalten.

»Morgen Vormittag kommen Sie zu mir in die Staatsanwaltschaft, wegen der Beerdigungserlaubnis, aber ich sage Ihnen gleich, dass einer Einäscherung nicht stattgegeben wird.«

»Nein, ich beabsichtige auch nicht, sie einäschern zu lassen. Wir beerdigen sie auf dem Friedhof, im Grab ihrer Eltern, dort ist noch Platz. Wie, arbeiten Sie denn morgen?«

»Warum sollte ich nicht?«, erwiderte ich verwundert, aber Stezenko, der soeben in die Küche gekommen war, stieß mich in die Seite und flüsterte mir zu, dass morgen Samstag wäre, weshalb auch die Obduktion nicht vor Montag stattfinden könnte.

»Oh, das ist mir völlig entfallen! Dann kommen Sie also Montagvormittag zu mir.« Zunächst hatte ich Latkowski bitten wollen zu prüfen, ob in der Wohnung etwas abhanden gekommen war, beschloss dann aber, dies später zu tun, nachdem man die Tote weggebracht hatte. Sollte Pjotr Valentinowitsch die Wohnung versiegeln, und am Montag würde ich zusammen mit Latkowski hierher fahren und alles inspizieren.

Ich nahm Pjotr Valentinowitsch beiseite und erteilte im Flüsterton Anordnungen – er sollte den Leichentransport abwarten und ihm die Tote mitsamt den Papieren übergeben, anschließend die Wohnung versiegeln und am Montag zwecks weiterer Anweisungen bei mir erscheinen. Burow entließ ich nach Hause, aber er erklärte, er wolle mit mir zur Stadtbezirksverwaltung für Inneres fahren – dorthin musste ich, um die Fakten im Nachweisbuch für Ereignisse und Straftaten einzutragen. Er bestellte uns einen Wagen, der arme Pjotr-Petja verblieb bei der Toten in der Wohnung, und Latkowski sagte, er werde das Leichenauto abwarten, gehe aber zu den Nachbarn hinüber, die ihn schon riefen, und ich fand das in Ordnung.

Erst als die Leichenschau beendet war, spürte ich, dass ich schreckliche Kopfschmerzen hatte. Natürlich, ich war ja nicht zum Essen gekommen, das fiel mir jetzt ein. Und dann dieser Druck auf dem Magen ... Eine Gastritis, womöglich gar ein Geschwür.

Gemeinsam schwärmten wir hinaus ins Treppenhaus, und Pjotr Valentinowitsch fragte leise, während er sich bis zum Montag von mir verabschiedete: »Und was soll ich morgen tun? Und übermorgen?«

Ich rieb mir die Schläfen; mir war, als ob mein Kopf gleich abfallen würde. »Ausspannen, Pjotr Valentinowitsch.«

Er blickte mich verständnislos an. »Ausspannen? Und der Mord?«

Ich konnte ein Lächeln nicht unterdrücken, zog aber das Gesicht sogleich in Falten, denn eine neue Schmerzwelle wogte durch meinen Schädel.

»Was für ein Mord, Pjotr Valentinowitsch? Am ehesten doch ein Unglücksfall. Die Obduktion erfolgt auch erst nach dem Wochenende. Also, spannen Sie aus.«

»Maria Sergejewna«, Pjotr-Petja hielt inne und fasste mich am Ärmel, »und der Wahnsinnige?«

»Welcher Wahnsinnige? Ach, der Anrufer? Pjotr Valentinowitsch, beruhigen Sie sich, wahrscheinlich ist das nur ein übergeschnappter Verehrer. Da seine Standortposition lange nicht feststellbar war, hat er wohl aus einer anderen Stadt angerufen.«

»Nein«, widersprach Pjotr Valentinowitsch mit Nachdruck. »Der Anruf hat bestimmt mit dem Tod des Opfers zu tun. Wollen wir wirklich untätig bleiben?«

Ich lehnte mich gegen die Wand, und mein Blick folgte Burow und Stezenko, die schon ein Stück die Treppe hinunter waren. Stezenko, der die Stufen langsam hinabstieg, sah mich fragend an – sollte er nun warten oder was?

»Ich komme«, sagte ich in den Treppenschacht. Ich hatte nur die Wahl, entweder auf Pjotr-Petjas Gefühle zu pfeifen und, indem ich ihn stehen ließ, für immer das Vertrauen des jungen Kollegen in die Staatsanwaltschaft zu untergraben und seinen Glauben an die Gerechtigkeit zu töten – oder aber dazubleiben und ihm die Dialektik des Daseins zu erläutern.

»Also gut, Pjotr Valentinowitsch. Nehmen Sie bitte eine Befragung der Mieter im Haus vor. Vielleicht hat ein Bewohner jemanden zu der Klimanowa gehen sehen. Nur machen Sie den Rundgang nicht mehr heute Nacht, die Leute schlafen schon. Morgen Vormittag. Und mit Sorgfalt: Wenn einer nicht zu Hause ist, erkundigen Sie sich, wann er wieder da sein wird, und gehen dann nochmals in die betreffende Wohnung.«

Pjotr Valentinowitsch nickte, wenngleich ich seinem Gesicht ansah, dass er Größeres erwartet hatte. Am liebsten wäre er sofort losgerannt und hätte Leute festgenommen. Er argwöhnte eindeutig, dass die Mieterbefragung nur ein Auftrag war, um ihn loszuwerden. Und er lag damit nicht so falsch.

Ich rieb mir erneut die Schläfen und stieg langsam die Treppe hinunter. Mit jeder Stufe, die ich überwand, rollte eine Schmerzwelle durch meinen Kopf. Natürlich war es gut, dass Pjotr-Petja solch ein Enthusiast war, aber man musste die Dinge nüchtern betrachten. In solchen Fällen ein Strafverfahren wegen Mordes einzuleiten war ein zu großer Luxus. Vorerst sprach mehr für einen Selbstmord der psychisch unausgeglichenen Dame. Ein missglücktes Privatleben, die Nerven spielen verrückt, und beschuldigen lässt sich im Grunde niemand. All die mysteriösen Anrufe waren lediglich Beiwerk. Na schön, da hatte jemand angerufen und in den Hörer geschwiegen. Na, und? Das war noch keine Straftat. Umso mehr, als der Anrufer den Satz zu mir gesagt hatte, nicht zur Klimanowa. Denn ob er es zu ihr gesagt hatte, würden wir nie erfahren, es sei denn, der Irre legte von sich aus ein Geständnis ab.

Trotzdem, es wäre interessant gewesen, zu wissen, warum sie keinen Anruferkenner am Telefon angebracht hatte. Wenn sie selbst dazu nicht imstande gewesen war, hätte sie niemanden gehabt, den sie darum bitten konnte? Was war mit Herrn Latkowski und seinem guten Verhältnis zu ihr? Puh, gerade da stolperte ich auf einer Stufe, von meinen Gedanken zu sehr abgelenkt. Es lohnte nicht, sich mit überflüssigen Fragen zu belasten. Falls die Obduktion die Dimedrolvergiftung bestätigte, würde kein Staatsanwalt ein Verfahren wegen Mordes einleiten lassen. Ich wusste im Voraus, was der Chef sagen würde, wenn ich mit dem Beschluss über eine Verfahrenseinleitung zu ihm käme: Für eine Straftat liegen keine Anhaltspunkte vor. Dass in der Wohnung der Stift fehlte, mit dem der Abschiedsbrief geschrieben worden war, dass neben der Leiche das Glas oder die Tasse fehlte, aus der das Wasser zur Tabletteneinnahme getrunken wurde – diese Details und der Telefonanruf verblassten gegenüber dem Umstand, dass niemand der Schauspielerin gewaltsam das Dimedrol eingeflößt hatte. Andernfalls wären Verletzungen vorhanden gewesen.

Die Männer erwarteten mich im Auto. Der Milizwagen brachte uns rasch durch die nächtlich leeren Straßen zur Stadtbezirksverwaltung für Inneres, und der Fahrer äußerte die Bereitschaft, den Gerichtsmediziner in die Hauptverwaltung zu bringen, aber Burow hielt Stezenko zurück und schlug ihm und mir vor, in sein Dienstzimmer mitzukommen, wobei er versprach, den Doktor danach auf bessere Weise in die Hauptverwaltung zu befördern.

Nachdem ich beim Bereitschaftsdienst der Stadtbezirksverwaltung für Inneres meine Angelegenheiten erledigt hatte, fuhr ich nach oben zur Mordkommission. Dort befand sich keine Menschenseele, alle Türen waren verschlossen, nur aus einem Zimmer drang Licht, und man hörte leise Musik. Es war das Dienstzimmer des inzwischen pensionierten Mitarbeiters Kusherow, und wie es schien, hatte sich dort der neue Rekrut der Abteilung für die Aufdeckung vorsätzlicher Morde eingenistet.

Burow und Stezenko saßen auf einem schäbigen Sofa und stießen mit bauchigen Gläsern an. Zum Trinken kam es jedoch vorerst nicht, denn beide drehten sich gleichzeitig zu mir um. Burow sprang auf und holte aus einem Schrank ein drittes Glas. Mechanisch registrierte ich, dass in der Mordkommission schon lange nicht mehr aus so guten Gläsern getrunken worden war. Der frühere Hausherr hatte ein einziges geschliffenes Trinkglas für alle Wechselfälle des Lebens besessen, hygienische Bedürfnisse eingeschlossen. Außerdem fiel mir auf, dass das Zimmer sauber und aufgeräumt war, die am meisten beschädigten und befleckten Wandbereiche waren mit Postern und Kalendern kaschiert, und auf dem Fensterbrett standen Blumentöpfe. Auch eine viel hellere Glühbirne leuchtete in der Lampe, was den Arbeitsraum sogleich gemütlicher machte.

Ich trat ein und setzte mich neben Sascha auf das Sofa. Burow nahm eine Zweiliterflasche aus Plastik mit einem Bieretikett in die Hand und ließ daraus etwas in das mir bestimmte Glas plätschern. Die Flüssigkeit schäumte jedoch nicht, sondern roch stark nach Kognak. Die Männer nahmen jeder ihr Glas von einem als Serviertischchen dienenden Hocker, und Stezenko sagte: »Nun denn, man hat uns zu einem Umtrunk eingeladen.«

Ich nahm mein Glas und warf ihm einen Blick zu.

»Keine Sorge, das ist guter Kognak, veruntreuter«, versicherte mir Burow.

»Von den Zulieferwegen gestohlener?«, erkundigte ich mich.

Burow nickte. »Man hat mich damit beschenkt«, erklärte er.

Ich seufzte. Der Kognak roch sehr gut; ich spürte, dies war ein Qualitätsprodukt, denn obgleich ich Spirituosen nicht mochte, kannte ich mich ein wenig darin aus. Nur, wenn ich jetzt den Kognak trank, würden die Magenschmerzen unerträglich werden.

»Ohne was zu essen geht das bei mir nicht«, sagte ich kläglich.

»Ach, Mascha!«, rief Stezenko kopfschüttelnd, der alle

meine Vorlieben kannte, aber keine Gelegenheit ausließ, um zu sticheln. »Der Kenner genießt den Kognak ohne Imbiss – es wäre gegen den guten Ton, zu einem solchen Getränk Wurst zu essen. Im äußersten Fall reicht man zu Kognak teure Pralinen.«

»Teure Pralinen kann ich nicht bieten«, erwiderte Burow finster. »Aber Wurst ist da. Möchten Sie etwas davon?«

»Ja, gern«, antwortete ich entschieden. »Die feinen Kenner können ja aufstehen und gehen, wenn ihnen ein solcher Fauxpas zuwider ist.«

»Na klar«, brummte Stezenko. »Was kann man schon von einer Frau erwarten, die Bier mit Eis trinkt.«

»Hör sich das einer an! Und wer hat mir das beigebracht?«

Burow blickte betroffen zwischen mir und Sascha hin und her, er hielt unser Geplänkel für Ernst.

»Bekomme ich die Wurst?«, drängte ich.

Er nickte, erhob sich und machte den Schrank auf, der zu Kusherows Zeiten jede Menge Uniformschuhe, Bierflaschen und alte Zeitungen beherbergt hatte. Aus dem Augenwinkel warf ich einen Blick ins Schrankinnere. Nun herrschte darin mustergültige Ordnung. Das speckige Papier auf den Einlegebrettern war rigoros entfernt worden, und mir kam es vor, als sei jetzt alles sehr sauber. Im oberen Fach stand Teegeschirr, mitsamt Brühkanne und Zuckerdose, im Fach darunter lagen eine korrekt zusammengelegte Wolldecke und Bettwäsche. Mich begeisterte die Gründlichkeit, mit der der neue Kollege die Bereitschaftsdienste anging. Saubere Bettwäsche im Schrank des Diensthabenden, das war wirklich unglaublich. Sieh sich das einer an, diese Leute vom Dorf …

Unterdessen hatte Burow aus dem oberen Fach, in dem

das Teeservice stand, eine Plastikschachtel genommen, in der sich ein Stück geräucherter Wurst, ein Brötchen und eine abgepackte Einzelportion Butter befanden.

»Entschuldigung, ich habe nicht gleich Tee angeboten, habe nicht daran gedacht.« Mit Geschick stellte er Tassen vor uns hin, zerschnitt das Brötchen und legte Wurstscheiben auf einen kleinen Teller. Auf dem Hocker erschienen Teebeutel, und beinahe sofort begann der elektrische Teekocher, den unser Gastgeber wer weiß wann angeschaltet hatte, zu summen. Sascha und ich sahen voller Staunen zu. Schließlich goss Burow kochendes Wasser in unsere Tassen, setzte sich uns gegenüber hin und fasste sein Kognakglas.

»Also, trinken wir?«

Sascha und ich nahmen gehorsam einen Schluck Kognak, und entgegen meinen Befürchtungen verspürte ich im Magen Erleichterung. Sogar das schneidende Hungergefühl trat zurück, dennoch nahm ich mir ein Scheibchen Wurst. Sascha schüttelte vorwurfsvoll den Kopf.

»Igitt«, sagte er, hob sein Glas und spreizte dabei den kleinen Finger ab.

»Wann hast du was gegessen?«, fragte ich Sascha aggressiv, während ich mir die Wurst in den Mund schob. »Ich heute Morgen. Und du brauchst gar nicht darauf anzuspielen, dass ich zu dick wäre oder nicht wüsste, was sich gehört.«

»Eigentlich wollte ich ...«, begann Sascha, stockte aber und kostete mit stummem Genuss den Kognak.

Burow sah zuerst ihn aufmerksam an, dann mich, und er fragte: »Was ist, Leute, ihr seid doch nicht miteinander zerstritten?«

»Achten Sie nicht darauf«, erwiderte ich. »Wir haben gerade ein bisschen Zoff.«

Burow zuckte die Achseln. Man merkte, dass er noch etwas fragen wollte, sich aber nicht dazu durchringen konnte. Nach kurzem Schweigen erhob er erneut sein Glas.

»Also dann, auf unsere Bekanntschaft.«

»Du bist wohl noch nicht lange hier?«, fragte Sascha, nachdem er den Kognak hinuntergeschluckt hatte. »Irgendwie bin ich dir bisher nicht begegnet.«

»Ich habe mich vom Land herversetzen lassen und kenne hier noch niemanden. Ich bin gerade erst dabei, mich einzugewöhnen.«

»Wie fühlst du dich hier?« Sascha schob ihm sein Glas hin, und Burow ließ erneut etwas aus der großen Bierflasche hineinplätschern.

»Es geht so, ist ungewohnt.«

»Und was hat dich herverschlagen?«

Burow wirkte verlegen. Ich warf unbemerkt einen Blick auf die Uhr. Es war halb zwei.

»Sie haben wohl heute Bereitschaft?«, fragte ich.

Burow schüttelte den Kopf. »Nein.«

»Aber Sie haben es nicht eilig, nach Hause zu kommen?«

Er blickte mich irgendwie seltsam an und sagte nichts darauf, wärmte nur das Glas mit dem Rest Kognak darin in seinen Händen. Dann kippte er den Kognak hinunter und meinte: »Sie haben es doch auch nicht eilig …«

»Morgen ist Samstag«, sagte Sascha. »Da kann man ausschlafen.«

»Werden Sie zu Hause nicht erwartet?«, fragte Burow betont gleichgültig und tat dabei so, als genieße er den Geruch des Kognaks.

»Und du?«, fragte Sascha zurück. »Oder hast du deine Familie noch nicht hergebracht?«

Die Frage war begründet, denn an Burows Hand glänzte ein Ehering.

Burows Miene verfinsterte sich plötzlich noch mehr. Irgendwie wirkte er allzu ernst, in seine Gedanken versunken, entrückt.

»Kommt, Leute, trinkt euren Tee«, sagte er schließlich, schob sich ein Stückchen Brot in den Mund, nahm einen Schluck Tee dazu und kaute, wobei man deutlich spürte, dass ihm gar nicht nach Essen war. Schön, wenn er nicht von sich sprechen wollte, musste es nicht sein. Da er sich hatte versetzen lassen, war wohl ein Milieuwechsel nötig geworden. Wahrscheinlich hatte es einen Scheidungsskandal gegeben, das Städtchen war klein, die Leute zeigten auf einen mit dem Finger, und so hatte er das Weite gesucht. Gern hätte ich gewusst, ob in den Kleinstädten die Mitarbeiter im operativen Dienst auch Tag und Nacht arbeiteten. Oder hatten sie es leichter? Weshalb mochte die Ehe auseinander gegangen sein – wegen des nächtlichen Auf-der-Lauer-Liegens oder wegen des Hungerlohns?

Bedachtsam verdrückten wir das restliche Essen, und Sascha trank genussvoll seinen Kognak aus.

»Danke«, sagte er. »Der Kognak ist göttlich.«

Ich dachte über Burow nach – er war hier neu, aber schon hatte ihm jemand entwendeten Kognak zugeschoben. Für welche Verdienste? Wie kam das?

»Den hat mir bei meiner Einstellung der Chef vermacht. Migulko. Es hat hier ein Verfahren gegeben, wegen der Entwendung von Kognak, und er sagte, der Untersuchungsführer habe ihm ein wenig davon abgefüllt.«

Ja, das glaubte ich gern. Nachdem Ljoscha den Fall mit dem entwendeten Kognak dem Gericht übergeben hatte, waren wir auf den Beweisstücken in Form von tausend Litern Kognak sitzen geblieben, da das Gericht sie nicht übernahm, auch dann nicht, als die Diebe verurteilt waren. Ljoscha hatte versucht, den Kognak an den Spirituosenbetrieb zurückzugeben, womit er dort auf schroffe Ablehnung stieß. Soja verlangte, die Beweisstückekammer leer zu machen. Daher verabredete Gortschakow mit einem Hydrolysewerk, dass der unselige Kognak, da er von unbekannter Herkunft und ohne Qualitätszertifikat war, von diesem für drei Rubel pro Liter entgegengenommen würde, und transportierte ihn zusammen mit operativen Mitarbeitern ins Werk. Den auf Flaschen gezogenen Teil wurde er schnell los, schwieriger war es mit dem Kognak, den man in guter alter Ganoventradition in Sauerstoffkissen gefüllt hatte.

Von der Übergabe berichteten mir die operativen Mitarbeiter, die nach dem Erlebten einer gründlichen psychologischen Betreuung bedurften. Im Hydrolysewerk hatte man die Männer in einen Raum geführt, dessen Fußboden und Wände aus Beton waren. An Mobiliar gab es darin einen hölzernen Tisch und eine Bank. Der Werkskollege stellte ihnen einen Eimer hin und entfernte sich. Nun musste der Kognak aus solch einem Sauerstoffkissen in den Eimer gepresst werden. Anfangs pressten sie umschichtig, gestützt auf Erinnerungen an Filme über das Kolchosleben – daran, wie die Melkerinnen die Kühe an den Zitzen zupften, um den abendlichen Milchertrag zu gewährleisten. Nach einer Stunde angespannten Tuns bedeckte der ermolkene Kognak gerade mal den Eimerboden.

»So wird das nichts«, entschied Ljoscha. Dann legte er ein Sauerstoffkissen auf die Bank, setzte sich darauf und hopste auf dem Kissen herum in der Erwartung, dass der Kognak unter dem Druck seiner Körpermasse aus dem Röhrchen schießen würde. Das Gehopse dauerte nicht lange: Vor den Augen der verblüfften Zuschauer rutschte ihm das Sauerstoffkissen unter dem Gesäß weg, Ljoscha verlor das Gleichgewicht, sein Bein zuckte, und er stieß mit dem

Fuß gegen den Eimer. Der Eimer kippte um, rollte über den Betonfußboden, der Kognak ergoss sich den operativen Mitarbeitern geradenwegs vor die Füße und versickerte in den Fugen zwischen den Betonplatten. Den Männern traten Tränen in die Augen …

Der Untersuchungsführer Gortschakow, nachdem er sich wieder gefasst hatte, verzichtete auf eine weitere Rohstoffübergabe an das Hydrolysewerk und wies die Kollegen an, die verbleibenden Kognakkapazitäten ins Auto zu laden. Sie fuhren damit zur Stadtbezirksverwaltung für Inneres, und mit großer Geste brachte er dort die gesamte Ladung als Geschenk dar. Noch am selben Abend war der Kognak von den dortigen Angestellten erfolgreich ausgemolken und in geeignete Gefäße gefüllt worden – das alles ging so schnell, weil beherzt zugepackt wurde, zum eigenen Nutzen und nicht für irgendjemand anderen. Was für eine Sünde wäre es auch gewesen, solch einen ausgezeichneten, praktisch unverdünnten Kognak als Rohstoff zu verwenden! Danach gab es bei unserer Miliz keine Feier ohne den guten Kognak. Eigentlich hatte ich vermutet, die Vorräte seien längst aufgebraucht, aber nein, wie sich zeigte, standen bei Migulko noch ein paar Liter herum. Offenbar hatte er, im Zweifel über die Verwendbarkeit nach so langer Zeit, den Kognak dem Neuling vermacht.

Dabei war der Kognak völlig in Ordnung. Burow wurde zusehends betrunken. Das drückte sich nicht so aus, dass er in die Wurst fiel oder Unsinn faselte, nein, er verhielt sich ganz korrekt, nur sein Gesicht wurde noch düsterer, mit jeder Sekunde versank er tiefer in sich selbst und wirkte immer angespannter – entweder ärgerte ihn etwas, oder aber er verspürte Angst. So oder so machte es das Verweilen neben ihm schwierig – seine Anspannung brachte die Luft förmlich zum Vibrieren.

Sascha und ich tauschten einen Blick, und Sascha erhob sich. Ich suchte nach meinem einen Schuh, der sich vom Fuß gelöst hatte, um ebenfalls aufzustehen, aber plötzlich kam wieder Leben in Burow.

»Bleibt noch, Leute«, bat er in einem flehenden Ton, der nicht zu seiner düsteren, angespannten Miene passte.

Ich war inzwischen in den Schuh geschlüpft und, es Sascha nachtuend, aufgestanden. Burow sah uns von unten an, seine Augen wirkten wie die eines gehetzten Tieres. Jäh empfand ich tiefes Mitleid mit ihm, denn mir ging auf, dass er nirgends hinfahren konnte, dass er allein war, dass er hier in dem Dienstzimmer wohnte und dass die säuberlich im Schrankfach angeordneten Teetassen und die zusammengefaltete Wolldecke seine ganze Habe darstellten. Und das spontane nächtliche Kognaktrinken war der Versuch, Vergessen zu finden in der Gesellschaft von Menschen, die über ihn nichts wussten, ausgenommen das, was er selbst preiszugeben bereit war.

»Sascha, wenn du's nicht eilig hast, bleiben wir noch ein Weilchen, ja?«

Sascha sah mich erstaunt an, widersprach aber nicht. »Wenn du es möchtest, kein Problem.«

Synchron ließen wir uns auf das bucklige Sofa zurücksinken. Burows Anspannung schien etwas nachzulassen. Aber es war dumm, einfach nur so dazusitzen. Man musste eine Konversation in Gang bringen.

»Meine Herren, wie denken Sie über die heutige Leiche?«, fragte ich im Ton einer englischen Lady, die mit Gentlemen über das Wetter redet. Die Männer gerieten in Bewegung, und in Burows Augen entzündeten sich Flämmchen.

»Wir müssen erst mal die Obduktion abwarten«, bemerkte Sascha vorsichtig. »Die leeren Dimedrolschachteln, das ist natürlich etwas, aber wünschenswert wäre es, sich zu vergewissern, ob eine Antihistaminikavergiftung vorliegt. Da kann sich so allerlei ergeben …«

Ich pflichtete Sascha bei. Wie oft kam es vor, dass der Obduktionsbefund das Bild von dem Ereignis umkrempelte. Einmal hatte ich es mit einem jungen Burschen zu tun gehabt, der sich beim gemeinsamen Schnapssaufen mit dem Stiefvater in die Wolle geraten war. Der Bursche hatte den Alten am Hals gepackt und gewürgt. Der Stiefvater sackte röchelnd zusammen. Der Bursche rannte sofort zur Miliz und gestand, einen Menschen umgebracht zu haben. Die Miliz erschien und untersuchte die Leiche: Am Hals hatte sie halbmondförmige Hautabschürfungen, die Spuren der Fingernägel, die vom Druck der Hände herrührten; die Hose war nass – eine unwillkürliche Entleerung der Harnblase, charakteristisch für einen Erstickungstod, und so weiter und so fort. Der Bursche kam sofort in eine Zelle, und ein Verfahren wegen Totschlags wurde eingeleitet. Einen Tag später rief der Gerichtsmediziner aus dem Leichenschauhaus an und teilte mit, der Alte sei an einer schweren Koronarinsuffizienz gestorben. Von wegen Erstickungstod. Ich fragte nach, was es mit den halbmondförmigen Hautabschürfungen und all dem anderen auf sich habe. Der Gerichtsmediziner erklärte, der Bursche habe den Stiefvater offenbar tatsächlich am Hals gepackt, jedoch nicht kräftig genug, um ihn erwürgen zu können. Danach musste ich mich lange mit dem Burschen herumbalgen. Er wollte mir unbedingt beweisen, dass er den Stiefvater auf dem Gewissen hatte. Er habe ihn erwürgt, sagte er, und dafür müsse er sitzen. Ich hielt ihm den Obduktionsbefund vor die Nase, aber nichts da, er blieb dabei, ihn getötet zu haben. Er wollte das Gefängnis nicht verlassen.

»Sascha, wir sollten uns nach der Ansicht unseres Neuen erkundigen«, schlug ich vor. »Was meint Kollege Burow? Liegt der Tatbestand eines Verbrechens vor?«

Burow schwieg eine Weile und schwenkte den Rest Kognak in dem bauchigen Glas umher. Dann äußerte er seine Meinung. Er hatte eine seltsame Art zu sprechen, und er mied dabei den Blick seines Gegenübers. Dies war mir bereits aufgefallen, bevor er sich den Kognak eingeflößt hatte. »Es gibt da einiges zu tun«, vernahm ich seine leise Stimme. »Wenn es stimmt, was ich denke, muss man Maßnahmen ergreifen.«

»Und was denken Sie? Oder ist das geheim?«

»Es ist geheim«, erwiderte er ernst. »Einstweilen. Ich werde etwas vorarbeiten, und Sie bestimmen erst einmal die Todesursache. Vielleicht steuert auch der junge Kollege – Pjotr, nicht wahr? – durch die Befragung der Mieter im Haus etwas Interessantes bei.«

»Sie meinen also, es handelt sich um Mord?«

»Wenn es stimmt, was ich denke ...« Er stockte erneut und schwieg eine Weile. »Eigentlich habe ich Ihnen sowieso schon zu viel gesagt. Man sollte nicht zu tief ins Glas gucken.« Wieder schwenkte er seinen Kognak.

»Sascha, wie äußert sich eine Dimedrolvergiftung?«, fragte ich. »Stimmt es, dass der Tod durch Schlaftabletten leicht ist? Man nimmt das Zeug ein, legt sich ins Bett und wacht nicht mehr auf?«

»Nicht ganz.« Sascha schenkte sich noch ein wenig Kognak ein, stieß sacht mit Burow an und nahm einen kleinen Schluck, während Burow hundert Gramm in einem Zug in sich hineinkippte. »Wenn viele Tabletten eingenommen werden, kommt es zunächst zur Erschlaffung, man möchte sich hinlegen, die Augen schließen. Dann kann eine psychomotorische Erregung eintreten. Möglicherweise kommt es auch zum Irrereden, zu Halluzinationen, zu

Krämpfen oder Sehstörungen. Kurz, es ist kein so leichter Tod. Wenn du willst, komm Montag am Vormittag vorbei, und wir sehen uns die Leiche gemeinsam an.«

»Montag vormittag«, sagte ich gedehnt. »Aber wenn es nicht Dimedrol ist, sondern beispielsweise Clophelin, werdet ihr dann nichts mehr finden.«

»Was tun?« Sascha seufzte. »Sogar wenn du jetzt unseren Chef aus dem Bett holst und unterschreibst, dass jemand die Obduktion der Verstorbenen vornehmen soll – die Chemiker arbeiten nicht vor Montagvormittag.«

»Kollege Burow, herrscht bei Ihnen auf dem Land auch so ein ewiges Chaos?«, fragte ich.

Burow schenkte sich abermals ein und schwenkte den Kognak im Glas. »Bei uns gibt es überhaupt nur einen Gerichtsmediziner. Wenn der seine Alkoholphase hat – egal, ob dann Montag oder Dienstag ist –, müssen wir warten, bis er wieder klar wird.«

»Hörst du's?« Sascha streckte mir die Zunge heraus. »Lobe du dir unsere Gerichtsmediziner: Die Hälfte sind Frauen, und die Hälfte von denen trinkt nicht.«

Sascha hatte mir die Symptome einer schweren Dimedrolvergiftung geschildert, und ich spürte, dass diese auch auf mich anwendbar waren. Erschlaffung und Schläfrigkeit überkamen mich mit Macht, dazu das Bedürfnis, mich auf das durchgesessene Sofa zu legen und die Augen zu schließen. Mein Sehvermögen verschlechterte sich mit jeder Sekunde, und ich nahm kaum noch wahr, was um mich herum geschah. Ich entschuldigte mich bei Burow und stand auf.

»Liebe Leute, ich kann nicht mehr. Ich fahre nach Hause, sonst falle ich hier auf der Stelle um.«

Mir schien, dass Burow unseren Aufbruch jetzt weniger schwer nahm. Es sah aus, als ob ihm irgendeine Idee bezüglich des heutigen Ereignisses gekommen wäre und ihn das ein wenig von seinen eigenen Problemen ablenkte. Auch gut. Ich hätte nur zu gern gewusst, was ihm da eingefallen war. Aber ich beschloss, am Wochenende abzuschalten und die möglichen Todesumstände der Schauspielerin Klimanowa vorläufig zu vergessen, denn am Samstag musste ich für meinen Sohn ein Geschenk kaufen sowie alles für die kindliche Orgie vorbereiten, und am Sonntag stand mir bevor, mich mit meinen Verfahren zu befassen und mir in diejenigen Gortschakows Einblick zu verschaffen, die zeitweise ebenfalls die meinen sein würden.

Burow rief über das Haustelefon die Bereitschaft an und veranlasste, dass ein Wagen da war, der Stezenko zur Hauptverwaltung und mich nach Hause bringen würde. Sascha und ich nahmen unsere Sachen, Stezenko sein Instrumentenköfferchen, ich meine große Tasche, die Dienstmappe und die Tüte mit den konfiszierten Beweismitteln: den Fingerabdrücken und den leeren Arzneischachteln. In der offenen Tür stehend, winkten wir Burow noch einmal zu, der, in der Hand sein Kognakglas, einsam auf dem Sofa saß. Mein Herz verkrampfte sich bei der Vorstellung, wie er die Nacht über neben der immer leerer werdenden Flasche sitzen, über seine Probleme nachgrübeln und sich schließlich auf das kurze, durchgesessene Sofa legen würde, und wenn er am Samstagmorgen die Augen aufschlug, würde er wieder dieselben schäbigen Wände sehen, und er würde auf die schmutzige Miliztoilette gehen, um sich zu waschen.

Ein so heftiges Mitleid durchdrang mich, dass ich, als Sascha mir im Auto die Frage ins Ohr flüsterte, ob er vielleicht bei mir übernachten könne, nicht Nein sagen konnte, und Sascha bat den Fahrer, geradewegs zu meiner Wohnung zu fahren. Dabei hatte ich mir erst unlängst vorgenommen, auf keinerlei Annäherungsversuche mehr zu reagieren. Sollte er spüren, was es hieß, mich für immer zu verlieren und nicht bei mir übernachten zu können, wann es ihm gerade passte …

Während wir die Stufen zur Haustür hinaufstiegen, dachte ich, dass meine Schwäche nicht am Mitleid mit Burow und zugleich mit allen verloren umherstreunenden Männern lag – nein, Burows einsames Schicksal hatte mir meine eigene Einsamkeit bewusst gemacht.

Zu Hause baute Sascha mit geübten Handgriffen das Bett auf, während ich mich wusch. Danach warf ich den Bademantel ab, plumpste aufs Bett und sank sofort in Schlaf, ohne Saschas Umarmungen genossen zu haben. Im Einschlafen merkte ich noch, wie er mich in den Nacken küsste und mir ein »Gute Nacht« zuflüsterte. Er selbst war bestimmt ebenfalls rasch eingeschlafen. Nachdem meine Müdigkeit durch den ersten trügerischen Schlummer gemildert war, erwachte ich gegen Morgen wie durch einen Stoß, den mir jemand in die Seite versetzte, und wälzte mich mit offenen Augen hin und her. Irgendwie war ich unruhig, und diese Unruhe hing eindeutig mit Burow zusammen.

6

Dem Samstagmorgen begegnete ich in scheußlicher Verfassung. Die Kopfschmerzen hielten an, die Augen wollten sich nicht öffnen lassen, aber mit dem Schlafen war es dennoch vorbei. Ächzend und stöhnend erhob ich mich und schleppte mich in die Küche. Dort saß Sascha am gedeckten Frühstückstisch, vor dem tonlos laufenden Fernseher. Als er mich bemerkte, reckte er sich vor und gab mir einen Morgenkuss, der meine Stimmung auch nicht gerade aufhellte. Ich setzte mich an den Tisch und versuchte, mich träge zu erinnern, wie lange es her war, dass wir nicht als müde, vom Schlachtfeld heimgekehrte Kollegen in einem Bett geschlafen hatten, sondern als Liebende. Es ergab sich ein ziemlich langer Zeitraum.

Und ich wusste ja nicht mal, was Sascha wirklich wollte. Einerseits, wenn er sein Begehren nicht äußerte und sich ruhig aufs Nachbarkopfkissen legte, ohne jedes Anzeichen von Leidenschaft … Andererseits, wenn er mich denn nicht wollte, wäre er doch zu sich nach Hause gefahren oder hätte im Bett einer anderen Frau geschlafen. Wenn ich mir seinen tollen Körper ansah, konnte ich nicht glauben, dass er zu mir nur deshalb zum Übernachten kam, weil ihn sonst niemand haben wollte.

»Übrigens«, sagte ich mit schneidender Stimme, »in der Zeitung habe ich gelesen, dass die Potenz nach zwei Jahren Enthaltsamkeit unrettbar verloren ist.«

Sascha kicherte ungläubig.

»Lach nur, lach nur«, fuhr ich fort. »Bald gibt's nichts mehr zu lachen.«

Stezenko kicherte noch lauter und trat von hinten an mich heran, um mir unzweideutig zu demonstrieren, dass die zwei Jahre noch nicht um waren. Ich stieß ihn heftig zurück, aber er ließ sich davon nicht beeindrucken. Nachdem die Möglichkeiten demonstriert waren, stellte sich heraus, dass der Tee kalt war und das Brot steinhart. Ich versäumte nicht, mich darüber zu beschweren, und noch dazu in einem Ton, als ob das alte Brot nicht in meiner Küche aus meinem Brotkasten genommen, sondern in einem Fünf-Sterne-Hotel aufgetischt worden wäre. Stezenko ertrug die Vorwürfe mit stoischer Ruhe – mehr noch, mit konstantem Lächeln, was nach meinem Dafürhalten die Tiefe seiner zärtlichen Gefühle für mich unzweifelhaft belegte. Ein anderer hätte ohne große Gewissensbisse den Teekessel nach mir geworfen.

Nachdem ich appetitlos gefrühstückt und bemerkt hatte, dass Stezenko keine Eile zeigte zu gehen, hielt ich es nicht länger aus, griff zum Telefon und wählte die Direktnummer zum Dienstzimmer des zuständigen operativen Mitarbeiters Burow. Niemand meldete sich. Ich rief die Bereitschaft an, fragte, wo Burow sei, und tat so, als brauchte ich ihn dringend. Der Diensthabende antwortete träge, Burow sei schon am frühen Morgen abgeschwirrt, um irgendwelche Dinge zu erledigen. Da wüsste ich doch gerne, wohin, dachte ich beim Auflegen. Und was für unaufschiebbare Dinge könnte so ein Neuling hier zu erledigen haben?, fragte ich mich. Meine ohnehin grässliche Laune verschlimmerte sich noch mehr.

Sascha hatte inzwischen den Tisch abgeräumt und das Geschirr gespült. Er schlug vor, mich beim Gang durch die Geschäfte zu begleiten und mit mir ein Geschenk für Goschka auszusuchen. Ich hatte keine Lust, irgendwohin zu gehen, aber in den vier Wänden zu hocken war auch unerträglich, darum erklärte ich mich einverstanden.

Draußen fühlte ich mich wohler, und ich konnte sogar wieder lächeln. Nachdem wir mehrere Geschäfte abgeklappert hatten, kauften wir meinem Sohn einen Walkman, gingen dann in ein Bistro und tranken ein Glas Weißwein – so kam das Leben allmählich wieder ins Lot.

Auf dem Rückweg, der uns rein zufällig an der Stadtbezirksverwaltung für Inneres vorbeiführte, ging ich auf einen Sprung zum Bereitschaftsdienst und erkundigte mich, ob Burow wieder aufgetaucht sei. Man versicherte mir, ihn seit dem Morgen nicht mehr gesehen zu haben. Wer weiß, sagten sie, wo sich der junge Mann herumtreibe. Wahrhaftig, dachte ich, Burow mochte sonst wo sein. Folgerichtig interessierte ich mich nicht weiter für Burows Verbleib, sondern bat den Diensthabenden, mich mit der Hauptverwaltung zu verbinden – vielleicht hatten sie dort etwas über den gestrigen Anruf in der Wohnung der Klimanowa herausbekommen.

Dieser Tag lief offenbar von Beginn an schief, und so war die Stimmung allgemein nicht sonderlich gut. Unser operativer Diensthabender im Stadtbezirk verlangte eine geschlagene Stunde lang Erklärungen, was wir denn eigentlich wollten. Die gestrige Schicht hatte sich nach Dienstschluss nach Hause begeben, ohne der Ablösung etwas zu übermitteln. Tja, so war das eben. Na schön, am Montag reiße ich euch die Seele aus dem Leib, dachte ich rachsüchtig, hakte mich bei Sascha ein und verließ erhobenen Hauptes die Stadtbezirksverwaltung für Inneres.

Auf der Straße jedoch sackten meine Schultern herab, und ich schleppte mich niedergeschlagen dahin. Wieder war die Stimmung mies. Unpassenderweise dachte ich daran, dass Sascha eine ganze Nacht und einen ganzen Tag mit mir verbrachte, was in letzter Zeit wirklich nicht oft vorgekommen war, sich aber mit keiner Silbe darüber äußerte, ob er sich wünschte, unsere frühere Beziehung wieder aufzunehmen. Er wusste doch, dass ich Ungewissheit hasste; dennoch verhielt er sich so, als würde sich alles von selbst verstehen. In Wirklichkeit verstand sich gar nichts.

Ich schleppte mich dahin und dachte bei mir, dass ich gleich nach Hause kommen und mich dann schlafen legen würde. Und wenn Sascha, sobald er mich zur Wohnung begleitet hätte, automatisch versuchen sollte, bei mir zu bleiben, würde ich diesen Versuch mit aller Entschiedenheit abwehren, würde höflich, aber bestimmt erklären, dass er seine eigene Wohnung habe und dass unsere Beziehung keinen Grund dafür hergäbe, im selben Bett zu schlafen.

»Sollen wir reingehen?« Sascha zeigte auf das Fenster eines sympathischen kleinen Cafés, an dem ich auf dem

Rückweg von der Stadtbezirksverwaltung für Inneres zur Staatsanwaltschaft schon hundertmal vorbeigekommen war, das ich aber noch nie besucht hatte. Und obgleich ich weder etwas trinken noch essen wollte, sah ich mich außerstande, Nein zu sagen.

Wir gingen hinein und setzten uns an einen Tisch in der Ecke. Es war hübsch hier: Auf den Tischen standen Kerzen und frische Blumensträußchen. Und die Preise waren in Ordnung.

Nachdem wir beide einen kleinen Salat und frisch gepressten Karottensaft bestellt hatten, der zu meiner großen Freude auf der Speisekarte stand, blickten wir einander in die Augen, und Sascha fragte: »Wozu brauchst du Burow?«

Ich war verwundert und erwiderte: »Eifersüchtig?«

»Wie kommst du darauf? Allerdings … den ganzen Tag bist du schon hinter ihm her. Erst hast du versucht, ihn anzurufen, dann hast du dich sogar zu seiner Arbeitsstelle begeben … Gefällt er dir so sehr?«

Misstrauisch sah ich Sascha an – solche Bemerkungen passten gar nicht zu ihm, aber ich erkannte, dass er, wie immer, flachste.

»Wieso, darf mir niemand gefallen? Meinst du, du wärst der Einzige auf der Welt?«

»Um Gottes willen. Ich würde dich nur gern in gute Hände abgeben wollen. Nicht an irgendwen.«

»Was heißt, an irgendwen? Er ist ein operativer Mitarbeiter, kein Bandit, sieht gut aus, ist nicht dumm, noch nicht im Rentenalter … Was willst du mehr?«

»Man müsste seinen Familienstand kennen.«

»Was spielt das schon für eine Rolle? Wie Regina zu sagen pflegt: Eine Ehefrau ist keine Wand, man kann sie beiseite rücken.«

»Hast du mal darüber nachgedacht, warum er in seinem Alter auf einmal Wohnort und Arbeitsstelle wechselt?«

»Was ist dabei? Man hat ihn befördert.«

»Von wegen befördert. Er hat hier den gleichen Status, er ist höherer Mitarbeiter im operativen Dienst. Das bedeutet, es gab Gründe, aus dem Provinznest zu verduften. Was, wenn er im großen Stil mit Korruption zu tun hat oder ein asexueller manischer Menschenschlächter ist? Dort hat er Leute zerstückelt, und dann setzt er sich hierher nach St. Petersburg ab, wie?«

»Was bist du doch scharfsinnig, Sascha. Hast du sonst noch was gegen Burow?«

»Er hat keinen Wohnraum.«

»Aber ich habe welchen.«

»Er trinkt.«

»Ach was. Die Hauptsache ist doch nicht, wie viel ein Mann trinkt, sondern wie er sich hinterher fühlt. Du hast es gesehen – er benahm sich völlig korrekt.«

»Und was ist mit dem Charakter? Vielleicht ist er ausgesprochen unverträglich?«

Ich lächelte gequält, während ich dachte: Ein Unverträglicherer als du ist mir im Leben noch nicht begegnet.

»Schön und gut, was reden wir die ganze Zeit über ihn?«, fragte ich.

Mir stockte das Herz, dann schlug es plötzlich unrhythmisch. Eigentlich hätte er jetzt sagen müssen: »Sprechen wir über uns.« Tja, wenn es mit Sascha so einfach wäre …

»Sprechen wir lieber über die Leiche«, erklärte er.

»Von mir aus«, knurrte ich.

»Was meinst du, weshalb hat sie sich so angemalt, bevor sie ein halbes Kilo Dimedrol in sich hineingeschaufelt hat?«

Ich überlegte; mich selbst erstaunte das nicht, und ich suchte nach Worten, um es Sascha zu erläutern.

»Nun, sie war Schauspielerin. Ihr Beruf war nicht das Sein, sondern der Schein.«

»Ist das nicht einerlei? Im Leichenschauhaus wäscht man ihr das ab.«

»Sascha, das konnte sie nicht wissen. Du bist im Leichenschauhaus angestellt.«

»Nicht im Leichenschauhaus, sondern in der thanatologischen Abteilung«, korrigierte mich Alexander.

»Ja, klar, natürlich. Bestimmt hat sie auch ihren Selbstmord als Rolle aufgefasst. Und gemeint, sie müsse gut aussehen. Das an ihr ist Theaterschminke, kein Make-up.«

»Soso, du ziehst also doch einen Suizid in Betracht?«

Ich zuckte die Achseln. »Ich weiß nicht. Sieht so aus. Wie kann man eine Frau auf solche Weise umbringen? Ohne einen blauen Fleck?«

»Nun«, erwiderte Stezenko, »da gibt es eine Menge Methoden.«

»Zum Beispiel?«

»Zum Beispiel kann man sie zur Tabletteneinnahme zwingen.«

»Und wie zwingt man eine Frau dazu?«

»Indem man ihr droht.«

»Sascha, was redest du? Womit sollte man einer Frau drohen, damit sie sich das Leben nimmt? Was kann schlimmer sein, als das Leben zu verlieren? Sie hatte weder Kinder noch sonst nahe Angehörige, mit denen man sie hätte erpressen können.«

»Aber du hast doch selbst darauf hingewiesen, dass sie Schauspielerin war. Man hätte ihr mit dem Verlust ihres Äußeren drohen können.«

»Willst du damit sagen, sie wollte ihr Äußeres durch den Verlust des Lebens erhalten?«

»Warum nicht? Nimm einmal an, jemand stellt sie vor

die Wahl: Entweder sie legt selbst Hand an sich, oder er wird sie verunstalten. Und ihr ist es, wie du sagst, nicht gleichgültig, wie sie nach dem Tod aussieht.«

»Sie begreift, dass der Tod unausweichlich ist, und zieht es deshalb vor, Qualen zu vermeiden.« Ich dachte über Saschas Erwägungen nach. »Möglich wäre es natürlich. Nur werden wir das niemals nachweisen können.«

»Du machst dich schlechter, als du bist.« Sascha stieß mit dem Karottensaft gegen mein Glas.

»Nein, ich bin nur realistisch. Und außerdem, wo ist das Motiv?«

»Mascha, du weißt doch, das Motiv taucht erst auf, wenn der Täter gefasst ist.«

»Überleg doch mal: Eine anständige Frau, die zurückgezogen lebt, nicht einmal irgendwohin zu Besuch geht, nur immer vom Theater nach Hause und wieder ins Theater. Nach dem ›Herz in der Faust‹ war sie in keinem Film mehr dabei. Auf der Bühne spielte sie Rollen des klassischen Repertoires, nichts Extremes. Liebhaber gab es, soweit ich weiß, bei ihr nicht, sie sehnte sich nur qualvoll nach dem verflossenen Ehemann. Sag, lässt sich bei einer Obduktion feststellen, ob ein Mensch an Sehnsucht gestorben ist?«

»Nein, so etwas ist nur anhand eines Abschiedsbriefes feststellbar.«

»Haha. Eins verstehe ich nicht, Sascha: Sogar wenn jemand es fertig bringt, sie zur Tabletteneinnahme zu zwingen – aus welchem Grund sollte er das tun? Und wenn dieser Jemand schon so gewieft ist, wieso hat er dann das Wasserglas nicht neben sie hingestellt?«

Sascha schwieg eine Weile und sagte dann: »Vielleicht hat ihn jemand gestört?«

»Zum Ersten – wer? Bislang hat sich niemand in dieser Richtung geäußert. Und zum Zweiten: Dieser Jemand soll die Wohnung verlassen und dabei die Tür sorgfältig verschlossen haben, aber das Wasserglas hinzustellen hat er nicht geschafft?«

»Moment, Mascha. ›Nicht geschafft‹ ist die falsche Fragestellung. Die Klimanowa muss bei der Tabletteneinnahme etwas getrunken haben, sonst hätte sie sich erbrochen. Das heißt, jemand hat das Glas weggenommen. Klar?«

Ich nickte. Also doch. »Aber ich habe in der Küche nachgesehen, im Bad, überall. Demnach hat ein Unbekannter das Glas abgewaschen und zum übrigen Geschirr gestellt.«

»Unter der Voraussetzung, dass sonst noch jemand da gewesen ist.« Sascha grinste. »Wenn sie nun aber die Tabletten ganz allein eingenommen hat? Sie spült das Glas aus, stellt es ins Abwaschbecken, nimmt die Dimedrolschachteln, geht zum Bett, um sich hinzulegen, und fällt schon unterwegs um. Könnte es nicht so gewesen sein?«

»Stezenko!« Ich schwenkte den Strohhalm, mit dem ich den Karottensaft trank, vor Sascha hin und her. »Gerade fing ich an zu glauben, dass jemand in der Wohnung war, und jetzt willst du mir beweisen, dass niemand außer dem Opfer dort gewesen ist?«

»Das nennt sich Dialektik. Was ist, gehen wir?«

Sascha rief die Kellnerin und zahlte.

»Das war doch mal wieder eine richtig schöne Lagebesprechung«, kommentierte ich giftig. »Worüber sollten wir auch sonst reden?«

»Wieso?«, erwiderte Sascha zerstreut. »Wir können doch übers Kino reden.«

Trotz meiner Wut musste ich unwillkürlich lächeln, und auf dem Heimweg sprachen wir tatsächlich übers Kino – über den Film »Das Herz in der Faust« mit der Klimanowa in der Hauptrolle. Meine Gereiztheit war nur schwer im Zaum zu halten. Gewiss, meine gute Freundin Regina redete stets auf mich ein, ich sollte doch zufrieden sein. Immerhin gab es einen Mann in meinem Leben, der mit mir ausging und mit mir schlief, ohne dabei zu beanspruchen, mit mir in einer Wohnung zusammenzuleben, was allein schon ein Segen war. Allerdings wechselte Regina täglich ihre Ansichten, und mit ihnen wandelten sich auch ihre Glücksvorstellungen: Mal war es Glück, eine intime Beziehung zu haben, ohne einen gemeinsamen Haushalt zu führen, mal schwärmte sie vom Gegenteil: einem gemeinsamen Bankkonto und null Sex.

Ich sah das anders. Ich war Untersuchungsführerin mit langer Berufspraxis, gewöhnt an klare Antworten und eindeutige Formulierungen. Bekennen Sie sich schuldig? Ja. Lieben Sie? Ich liebe. Wollen Sie mit ihr leben? Ich will. Tja, so einfach wäre das. Aber Klartext war noch nie Saschas Stärke gewesen. Vielleicht glaubte er aber auch, es sei ohnehin alles klar, und wozu dann unnütz Staub aufwirbeln?

Ich befand mich in einem Zustand totaler Verwirrung. Sowohl was meine Beziehungen zu diesem Mann betraf als auch den Fall mit der Schauspielerin. Was sollte ich am Montag dem Chef sagen?

In diese komplizierten Dinge des Daseins vertieft, bemerkte ich gar nicht, dass wir uns meiner Wohnung näherten. In den Fenstern brannte Licht, was hieß, dass mein Grunzling schon vom Besuch bei seinem Vater zurück war. Am Hauseingang angelangt, blickte Sascha mich unentschlossen an; offenbar erwartete er eine Einladung, aber ich schwieg eisern. Da begleitete er mich bis zur Wohnung, wartete, bis ich die Schlüssel hervorgekramt hatte, aber ich schwieg weiterhin. Schließlich seufzte Sascha und sagte: »Na dann, bis später.«

»Bis später«, erwiderte ich und blickte zur Seite.

Sascha küsste mich auf die Wange und stieg langsam die

Treppe hinunter. Sehr, sehr langsam, damit es mir möglich wäre, ihn zurückzurufen, falls ich das wollte … Ich will nicht, dachte ich voller Häme, aber noch im selben Augenblick hätte ich so gerne gewollt, dass ich rasch die Tür aufschloss und in die Wohnung schlüpfte, um der Versuchung zu entgehen. Jetzt musste ich nur noch unauffällig das Geschenk wegpacken, damit der Grunzling es nicht vorzeitig fand.

Ich traf meinen Sohn beim Aufräumen seines Zimmers an. Er stopfte in sämtliche Ritzen seiner Möbel Hefte, Lehrbücher, Bleistiftstummel sowie sonstiges Kleinzeug und schuf damit die Illusion perfekter Ordnung. In seinem Eifer schaffte er es, dass ihm, als versehentlich eine obere Schranktür aufging, ein von dort herausfallendes hölzernes Teil unbekannter Herkunft auf den Schädel krachte.

»Ah, Mam! Grüß dich. Warst du einkaufen?«

»Ja«, sagte ich und versuchte, meine miese Laune beiseite zu schieben.

»Wann gehst du morgen weg?«

»Wann soll ich denn? Ich hoffe, nicht schon um acht.«

»Nein … um acht nicht, klar … um zehn.«

»Hör mal, was soll das?«, rief ich empört. »Ich möchte ausschlafen! Außerdem, kommen deine Gäste etwa schon um zehn?«

Mein Sohn schwieg, und ich ahnte plötzlich, dass er sich am Vormittag zu stylen gedachte: Da musste die Tolle mit Spezialschaum gelegt werden, vielleicht ginge er zur Feier des Tages sogar unter die Dusche …

»Halb elf – mein letztes Wort. Und wer macht dir die belegten Brötchen?«

»Och, die habe ich ganz vergessen«, bekannte mein Sohn verdrossen. »Na schön, es reicht, wenn du um zwölf gehst.«

»Eure Güte ist grenzenlos«, knurrte ich.

Schließlich betrachtete mein Sprössling mit Siegermiene sein Reich, welches nach der Säuberung einen erträglichen Anblick bot. Wie oft hatte ich gepredigt: Räum dein Zimmer auf … Die emotionslose Antwort lautete stets: Ich fühl mich wohl so. Ist dir das nicht zuwider?, versuchte ich ab und zu, an sein ästhetisches Empfinden zu appellieren – das ist kein Zimmer, sondern ein Mülleimer, alles liegt am Boden: Sägespäne, Chipsreste, gesprungene CD-Gehäuse, Hosen, Socken …

»Ich merke das gar nicht«, pflegte mein Sohn, die Augen auf eine Jugendzeitschrift gerichtet, mit stoischer Ruhe und bereits mit Bassstimme zu antworten.

Ich selbst räumte sein Zimmer aus Prinzip nicht auf, sondern wartete gespannt, wie hoch der Müllpegel noch steigen würde. Zum Glück war das Experiment jetzt unterbrochen.

Oh, bei den Männern brauchte man wirklich Nerven aus Stahl. Meine weibliche Natur war einfach nicht imstande, diese Neandertaler so zu nehmen, wie sie nun einmal sind.

Ich wartete, bis das vom Aufräumen erschöpfte angehende Geburtstagskind ins Bett sank, legte ihm das in Glitzerpapier gewickelte Geschenk neben das Kopfkissen und begab mich dann zu meiner einsamen Schlafstatt. Wo steckt nur Burow?, dachte ich, während ich einschlief.

7

Am nächsten Morgen gratulierte ich meinem Sohn und deckte für ihn einen festlichen Frühstückstisch. Er frühstückte bereits mit dem Walkman, die Stöpsel in den Ohren, und war unzugänglich für jede Kommunikation. Zumal er auch die Augen genussvoll schloss.

Nach einem eiligen Frühstück ging mein Sprössling ins Bad und stöberte in meinen Haarfestigern. Er wählte einen extrastarken Schaum, ordnete das Stirnhaar mit Sorgfalt quer zum Scheitel an und besprühte die Tolle dann noch mit Haarlack. Ich war amüsiert und gerührt zugleich, und ich vertraute darauf, dass dieses erhöhte Augenmerk auf das eigene Äußere ein Symptom für die Pubertät war, das sich später wieder geben würde. Ein Mann nämlich, der ständig vor dem Spiegel stand und seine Idealfrisur zurechtrückte (ich hatte solche Männer kennen gelernt), löste in mir zwiespältige Empfindungen aus. Zum Glück hatte mein Sohn bisher noch mit keinem Wort von Piercing geredet.

Nachdem ich meine Pflichten eines Mädchens für alles erfüllt und der Wohnung den letzten Schliff verliehen hatte, indem ich im Zimmer Lampions und Fähnchen mit dem Schriftzug »Happy birthday!« aufgehängt, die Sandwichs auf drei große Platten verteilt und an gut sichtbarer Stelle Gläser mit Strohhalmen bereitgestellt hatte, begab ich mich zu meiner Dienststelle, insgeheim hoffend, die Feiernden würden einen Schluck Cola auf meine Gesundheit trinken.

Als ich aus dem Haus trat, stieß ich auf die mit Luftballons und Geschenken bewaffnete Schar der anrückenden Gäste. Mein scharfer Fahnderblick registrierte, dass sich der Anteil von Jungen und Mädchen die Waage hielt, wobei die Mädchen allesamt um die Hälfte größer und kräftiger waren als die Jungen, und so ähnelte der Trupp einer Ansammlung von Müttern mit Schulbuben.

In der Staatsanwaltschaft war es still und ruhig, und ich fand, dass das Wochenende eine ideale Zeit zum Arbeiten sei – niemand behelligte einen, es kamen keine verirrten Bürger ins Dienstzimmer gelaufen, kein Telefon klingelte, und nur ein leises Lüftchen bewegte die Vorhänge ... Andererseits war Wochenendarbeit nicht wirklich ideal, vor allem wenn man einen heranwachsenden Sohn hatte und sich im Bad die Schmutzwäsche türmte. Ganz zu schweigen davon, dass ein Untersuchungsführer ein allseits gebildeter Mensch sein und von Zeit zu Zeit kulturelle Einrichtungen besuchen sollte. Ich seufzte, öffnete den Panzerschrank, sah den Stapel Akten vor mir und dachte, dass ich in der nächsten Zeit fraglos etwas würde opfern müssen, entweder die Wäsche oder die Kultureinrichtungen. Nach kurzem inneren Ringen löste sich die Frage zuungunsten der Kultur.

Ganz oben auf Ljoschas Stapel lag der graue Schnellhefter zu einem Kriminalfall, bei dem es um Menschenraub und Mord ging. Ich kannte diese Geschichte von Anfang an, dennoch versagte ich mir nicht das Vergnügen, die Akte zur Hand zu nehmen und ausgewählte Passagen nochmals zu lesen.

Vor einem halben Jahr hatten drei Mitglieder einer verbrecherischen Vereinigung den Auftrag für die Entführung eines Geschäftmannes und dessen anschließende physische Beseitigung erhalten. Die drei spürten den Mann auf, und in Milizuniformen der Sondereinsatztruppe verkleidet fuhren sie in einem eigens zu diesem Zweck erworbenen Fahrzeug an seinem Wohnhaus vor. Der Geschäftsmann indessen war misstrauisch, und als er, aus dem Haus kommend, den verdächtigen Wagen und die »Bullen« sah, die mit gezückter Maschinenpistole umhergingen, nahm er über die Hinterhöfe Reißaus.

Angesichts ihres flüchtenden Opfers sprangen die Killer ins Auto und jagten dem Geschäftsmann hinterher, zunächst durch die Torbögen der Durchgangshöfe, bis sie einen belebten Prospekt erreichten und dort den Bürgersteig entlangrasten. Fast hätten sie ihn geschnappt, doch der gewiefte Geschäftsmann sprang in letzter Sekunde auf eine an der Haltestelle anfahrende Straßenbahn. Er rang schwer nach Luft, glaubte sich aber gerettet. Die Killer in ihrem Auto folgten der Straßenbahn und überlegten, wie sie ihren Auftrag doch noch erledigen könnten, als ihnen plötzlich ein Streifenwagen der Milizterritorialabteilung den Weg abschnitt. Das potenzielle Opfer beobachtete das Geschehen aus der Straßenbahn und empfand vermutlich einige Schadenfreude. Verfrüht allerdings, wie sich noch zeigen sollte. Einer der Killer ließ sich nicht verunsichern und schrie der Streife zu: »He, wir sind doch Kollegen, wir verfolgen einen gefährlichen Verbrecher, sperrt die Straße!« Die Streife überlegte nicht lange, stellte sich quer auf die Straßenbahnschienen und wartete geduldig, bis die Banditen, die ein solches Glück nicht für möglich gehalten hatten, in die Straßenbahn eingestiegen waren. Derselbe einfallsreiche Killer beschwichtigte die Fahrgäste: »Ruhe bewahren, wir bekämpfen die organisierte Kriminalität!«, worauf die Banditen dem unglückseligen Geschäftsmann die Arme auf den Rücken drehten, ihn aus der Straßenbahn schoben, in ihr Auto setzten und in unbekannter Richtung davonfuhren, unter dem Beifall der zahlreichen Babuschkas.

Die Streife der Territorialmiliz hielt noch eine halbe Stunde lang gewissenhaft die Gleise gesperrt und verwehrte der Straßenbahn die Weiterfahrt.

Am Abend jenes Tages berichteten die Augenzeugen des Geschehens sicherlich begeistert zu Hause, bei welch wichtiger Milizoperation sie dabei gewesen waren, ein Erlebnis wie im Kino. Und so wäre der Vorfall damit wohl erledigt gewesen, wäre da nicht eine verdiente Bürgerin gewesen, ehemalige Funktionärin und langjähriges Parteimitglied.

Diese Frau hatte in jener bewussten Straßenbahn gesessen und das Geschehen aufmerksam beobachtet, und wegen des bewussten Zwischenfalls war sie zu spät in die Poliklinik zur Sprechstunde eines Facharztes gekommen, zu der man sich mindestens einen Monat vorher anmelden musste. Und weil sie das maßlos ärgerte, wollte sie, dass die Schuldigen bestraft würden. Im Straßenbahndepot wies man sie mit ihrem Ansuchen schlicht ab, und so ging sie schnurstracks zur Städtischen Staatsanwaltschaft.

Sie kämpfte sich zum Dienst habenden Staatsanwalt vor, blätterte ihm alle ihre Ordensbüchlein und Mitgliedsausweise hin und stellte klar, dass sie den Bürgerkrieg, die NÖP, die Blockade und die Perestroika überlebt habe, ihr jedoch eine solche Frechheit noch nicht untergekommen sei.

Der Dienst habende Staatsanwalt vermutete, dass die Babuschka, wenn ihr nicht Genugtuung widerfuhr, ohne zu fackeln zur Generalstaatsanwaltschaft gehen würde, darum bat er die alte Dame, im Korridor zu warten, nahm das Telefon, wählte die Nummer des Stellvertretenden Leiters des Amtes für die Bekämpfung der organisierten Kriminalität und sagte: »Hör mal, hier macht mir eine Babuschka die Hölle heiß und beharrt auf ihren Rechten. Erzähl mir doch mal rasch, was das für eine Operation war, die ihr dann und dann, dort und dort durchgeführt habt. Ich werde ihr ein Märchen darüber erzählen, was für Schwerverbrecher ihr entlarvt habt, vielleicht gibt sie dann Ruhe.« Der Stellvertretende Chef am anderen Ende der Leitung zuckte die Achseln und verneinte jegliche Operationen an dem betreffenden Tag in dem betreffenden Bezirk. »An dem Tag haben wir niemanden festgenommen«, erklärte er.

Und so kam alles heraus. Die Alte machte genaue Angaben zu den Umständen, wie der Menschenraub stattgefunden hatte, sie lieferte ausführliche Personenbeschreibungen zu den falschen Polizisten und zu dem von ihnen entführten Geschäftsmann. Die Personenbeschreibungen stimmten mit den Daten über das Äußere bekannter Schläger des berüchtigten Herrn Karapusa überein, des Bosses einer der größten kriminellen Vereinigungen in unserer wunderbaren Stadt. Dem Amt für die Bekämpfung der organisierten Kriminalität gelang es, herauszufinden, dass der gekidnappte Geschäftsmann Karapusa in letzter Zeit ein Dorn im Auge gewesen war und dass sich mit seinem Verschwinden dem Boss der Vereinigung weite ökonomische Horizonte eröffneten. Es fanden sich sogar Leute, die bereit waren auszusagen, dass sie Drohungen gehört hätten; man konnte das Geschäft ermitteln, in dem die Killer das Auto gekauft hatten, anhand von Fotos wurden dieselben von den Territorialmilizionären identifiziert – von jener Streife, die die Straße gesperrt hatte –, und dann wurden die Kerle im Restaurant »Königin von Saba« gefasst, einer Lokalität, die zurzeit groß in Mode war, wo man an einem Tisch die Bosse des organisierten Verbrechertums und die althergebrachten Berufskriminellen beisammensitzen sehen konnte – und außerdem auch noch Leute aus dem Showbusiness. Die Killer hatten den Geschäftsmann soeben im Wald vergraben und feierten hier den erfolgreichen Abschluss des schwierigen Unterfangens. Ihre Festnahme demoralisierte sie derart, dass sie sogar die Stelle preisgaben, an der sie ihr Opfer unter die Erde gebracht hatten. Außerdem warteten im Kofferraum des Wagens ihres Anführers Kostja Barrakuda drei sorgfältig zusammengelegte Milizuniformen auf die operativen Mitarbeiter.

In der Akte steckte eine von Ljoscha hinzugefügte Notiz: »Mascha! Über Kostja Barrakuda gibt es die Information, dass er am Raub eines Gemäldes aus der Ermitage beteiligt war. Ich halte das für Spinnerei. Konnte es nicht mehr überprüfen, aber fahr ruhig hin zu ihm. Man kann mit ihm wohl Klartext reden, denke ich.« Mit Kostja Barrakuda – Borodinski – war ich bekannt, ich hatte ihn einmal bei einem meiner Fälle befragt; damals hatte er sich in Freiheit befunden und war sehr selbstbewusst aufgetreten. Mit ihm erneut zu tun zu haben würde mir durchaus Vergnügen bereiten.

Gegen Abend hatte ich bereits einiges an Arbeit erledigt. Drei- oder viermal im Laufe des Nachmittags hatte ich versucht, Burow anzurufen, aber ohne Erfolg. Bei der Bereitschaft fragte ich nicht mehr nach, sonst hätte man dort noch, so wie Sascha, Falsches vermutet.

Nachdem ich unaufschiebbaren Schreibkram abgeschlossen hatte, entschied ich, weitere Überstunden zu machen. Am nächsten Tag musste ich dem Chef das Untersuchungsmaterial über die Schauspielerin vorlegen, und da sollte geklärt sein, ob wir ein Verfahren einleiten würden oder nicht. Ich nahm ein Antragsformular für eine Verfahrenseinleitung zur Hand, starrte lange darauf und überlegte, was ich als Indizien für eine Straftat anführen konnte, kam aber letztlich zu dem Schluss, dass da nichts war. Nur ein vager Verdacht, Umstände, die man unschwer so oder so deuten konnte. Auf jeden Beweis – das Fehlen des Schreibwerkzeugs, mit dem der Abschiedsbrief geschrieben wurde, der Besuch der Schauspielerin bei der Staatsanwaltschaft, der seltsame Anruf – kam ein Gegenbeweis: Der Abschiedsbrief konnte an einem anderen Ort geschrieben worden sein, wenngleich eindeutig von ihrer Hand, die Anrufe hatten möglicherweise nichts mit ihrem Ableben zu tun usw. Ein Selbstmord, und Schluss. Im Anbetracht der Lage wäre es viel leichter gewesen, den Verzicht auf eine

Verfahrenseinleitung zu begründen. Trotzdem, ich musste zur Obduktion fahren. Irgendwie fühlte ich gewissenhafte Idiotin eine Art moralischer Verantwortung auf mir lasten: weil die Klimanowa, als sie noch lebte, zu mir gekommen war und mir von ihren Problemen berichtet hatte.

So musste ich denn den Chef überzeugen, mit einer Entscheidung über eine Verfahrenseinleitung noch bis zur Obduktion zu warten. Was lag am Montag an? Ich schaute in meinen Kalender. Vorgesehen war eine Blutabnahme bei einem Beschuldigten im Gefängnis; die Blutprobe musste dann zur Analyse ins Labor gebracht werden, das sich im selben Gebäude befand wie das Leichenschauhaus. Eine Blutabnahme erfolgt frühmorgens, na großartig. Da konnte ich gleich noch mit Barrakuda sprechen und dann der Obduktion beiwohnen.

Ich legte die Akten beiseite und reckte mich. Ich sah auf die Uhr: Es war acht Uhr abends. Gott, wie schnell der Tag verflogen war! So würde auch das Leben vergehen, ohne dass man es merkte … Höchste Zeit, aufzubrechen und die jugendlichen Bacchanten auseinander zu treiben.

Ich griff zum Telefonhörer und rief zu Hause an. Als mein Sohn sich endlich meldete, wurde mir klar, dass die Fete in vollem Gange war. Ich hörte Musik, das Kichern von Mädchen, das Klappern von Geschirr. Vorsichtig erkundigte ich mich, wann die Räume denn wieder freigegeben würden. Grunzling, die Hand auf der Sprechmuschel, beriet sich mit seinen Gästen und teilte mir dann mit, dass, wenn ich in zwei Stunden käme, sie es schaffen würden, wieder Ordnung herzustellen und auch das Geschirr abzuwaschen.

»Ach ja, Mam«, fügte er hinzu. »Da hat jemand angerufen und wollte dich sprechen.«

»Wer?«

»Hat seinen Namen nicht genannt.«

»Ein Mann oder eine Frau?«

»Ein Mann.«

»Und wie hat er nach mir gefragt?« Je nachdem, wie einer mich nannte, ließ sich auf den Anrufer schließen.

»Er wollte Maria Sergejewna sprechen. Die Stimme war mir unbekannt.«

»Gut, in Ordnung. Er wird sich wieder melden.«

Ich hatte entschieden keine Lust mehr zu arbeiten. Im Übrigen war mir aufgefallen, dass ununterbrochenes Arbeiten, ohne freie Tage, wirklich schädlich ist, denn für den Menschen ist es lebenswichtig, sich auch mal zu entspannen. Natürlich, wenn Not am Mann war, konnte man sich schon mal reinhängen, eine Nacht ohne Schlaf verbringen und tun, was getan werden musste. Aber drei Tage und Nächte ohne Ruhepause durchzuarbeiten, das schafft niemand. Ganz zu schweigen von den armen Mitarbeitern im operativen Dienst, bei denen kein Monat ohne Extraeinsatz verging. Wenn jemand monatelang nicht von seinem Arbeitsplatz loskam, fing er irgendwann an, diese Wände zu hassen. Und warum eigentlich sollte jemand an seinen freien Tagen Dienst schieben, nur weil irgendein Minister unsere Stadt mit seinem Besuch beglückte? Wahrlich kein leichter Job! Und dann wunderte man sich, warum die operativen Mitarbeiter chronisch betrunken waren und nicht gern zur Arbeit gingen.

Während ich die Akten in den Panzerschrank räumte und das Zimmer in Ordnung brachte, kam mir ein Gedanke. Bis zum Kontrollgang in meine Wohnung hatte ich noch genügend Zeit – wie wäre es also, dachte ich, wenn ich bei der Stadtbezirksverwaltung für Inneres vorbeiginge und mit Burow spräche, der inzwischen bestimmt zurück war? Dort fände sich dann wohl auch ein Auto, das mich nach Hause brachte.

Ich schaltete rasch die Alarmanlage des Staatsanwaltschaftsgebäudes ein und eilte zur Stadtbezirksverwaltung für Inneres.

Bei der Bereitschaft war allerhand los. Burow traf ich allerdings nicht an. Der Diensthabende sagte mir, er sei noch nicht zurück. Dafür stieß ich auf den Chef der Mordkommission, Kostik Migulko, der an diesem Tag der Verantwortliche war. Migulko nahm von der Bereitschaft irgendwelche Papiere entgegen, versprach, dass in einer Stunde ein Wagen da wäre, fand heraus, dass ich den Tag über nichts gegessen hatte, und lud mich in sein Dienstzimmer zum Teetrinken ein.

Wir gingen zur Mordkommission, und mechanisch fasste ich an die Tür zu Burows Zimmer.

»Brauchst du Burow sehr dringend?«, fragte Migulko, während er seine Tür aufschloss.

Ich nickte. »Am Freitag waren wir zusammen bei einer Leiche, ich wollte ihn gern sprechen.«

»Ah ja. Auch ich möchte mit dir über diese Leiche reden.«

Kostik warf die Papiere auf sein Sofa und schaltete den elektrischen Teekocher an.

»Nimm Platz. Möchtest du aufs Sofa?«

»Nein, nein, da sticht eine Sprungfeder. Warum hast du dir nicht Kusherows Sofa genommen? Das ist besser.«

Kostik holte unterdessen Gebäck, Teebeutel und Zucker aus einem Schränkchen.

»Nun, Mascha, zu uns in die Abteilung wurde ein neuer operativer Mitarbeiter versetzt, Burow, er hat noch keine Unterkunft und wohnt deshalb in seinem Dienstzimmer. Warum sollte ich ihm ein schlechtes Sofa andrehen? Ich kann doch auch im Sessel sitzen, er aber muss hier übernachten.«

»Was bist du doch für ein edelmütiger Chef.«

»Auf diesem Sofa kann man einfach nicht liegen.«

»Und wo schläfst du, wenn du Bereitschaft hast?«

»Ha!« Kostik grinste. »In letzter Zeit kommt man dabei nicht viel zum Schlafen. Und dann habe ich ja die Schlüssel zu sämtlichen Zimmern, sodass ich notfalls umziehen kann.«

Ich blickte mich im Dienstzimmer des Leiters der Abteilung für die Aufdeckung vorsätzlicher Tötungsdelikte im größten Bezirk unserer Stadt um. Vor vielen Jahren, als ich in diesem Bezirk zu arbeiten begann, hatte es eine solche Abteilung noch nicht gegeben, aber das Zimmer hatte es gegeben, und hier hatte der Chef des Kriminalamtes gesessen. Seit damals war viel Zeit vergangen: Inzwischen schälten sich die Tapeten von den Wänden, die Zimmerdecke hatte Risse, das Mobiliar war morsch ... All diese Pracht wurde von einer trüben Glühbirne unter einem von Fliegendreck besprenkelten Lampenschirm beleuchtet. Seit damals hatte die Regierung gewechselt, der Name der Stadt war ein anderer, es gab eine neue Verfassung und ein neues Strafgesetzbuch, nur die Wände in diesem Amtsraum hatte niemand neu tapeziert.

»Sag mal, woher kommt Burow eigentlich? Wieso hat er sich hierher versetzen lassen?«, fragte ich Kostik, während ich mich gierig auf das Gebäck stürzte. Beim Sprechen verschluckte ich mich, und Kostik musste mir auf den Rücken klopfen.

»Ach, Mascha, er ist ein unglücklicher Kerl. Er hat in der Stadt Korobizyn gearbeitet.«

»Kenne ich nicht.«

»Tatsächlich. Übrigens eine alte Stadt, ein beliebter Drehort für Filme. Die Stadt liegt an einem Fluss, es gibt dort ein Schloss und ein Kloster. Dreihunderttausend Einwohner.«

»Ja, und?«

»Er war dort Mitarbeiter im operativen Dienst.«

»Und? Was hat ihm dort nicht gepasst? Ist ihm die Mafia auf die Pelle gerückt?«

»Nein, nein.« Kostik schwieg einen Moment und wärmte seine Hände an der Teetasse. »Er ist eigentlich Petersburger, hat hier die Hochschule für Technologie absolviert. Nach dem Studium wurde er dort dem chemischen Kombinat zugeteilt, das hat er ein paar Jahre mitgemacht und ist dann zur Miliz gegangen. Das war damals so Mode …«

Kostik seufzte. Er selbst war auch über eine Weisung des Komsomol zur Miliz gekommen, auch er hatte die Hochschule für Technologie absolviert, hatte sich einem Werk zuteilen lassen, überlegte es sich anders und wechselte zur Kriminalmiliz. Damals war das nicht nur in Mode gewesen, sondern auch ehrenvoll, und man verdiente mehr. Der Hauptgrund aber war die Romantik gewesen, der Kampf gegen die Kriminalität. Die »Romantik« zerstob bald, wurde von Trägheit abgelöst. Obwohl, nein, zumindest Kostik war ein begeisterungsfähiger Mensch. Manchmal hatte ich den Eindruck, als ob die Mitarbeiter im operativen Dienst die letzten Menschen waren, die noch ein Verantwortungsgefühl gegenüber dem Land empfanden. Geschäftsleute aller Art trugen die Verantwortung für ihre Firma, die satten Neureichen, die ihre dreistöckigen Ziegelnester bauten, für ihre Familie. Doch diese Jungs hier hatten auch Familie, aber sie hatten kein Geld und auch nicht die Zeit, um für ihre Frau Kartoffeln einzukaufen. Stattdessen hieß es bei ihnen: »Wir müssen diesen Glatzkopf finden. Wer sonst wird sich darum kümmern …«

»Aber warum wohnt er in seinem Dienstzimmer, wenn er aus St. Petersburg stammt?«

»Mascha, du verstehst das nicht! Er war auf Zuweisung nach Korobizyn übergesiedelt, seine Eltern hier sind gestorben, die Wohnung war staatlich und ist an den Staat zurückgefallen. Er war nicht mehr hier gemeldet.«

»Wo hat er dort gewohnt?«

»Er hat mit seiner Frau in einer Einzimmerwohnung gelebt. Die Wohnung hat er für dreitausend Rubel verkauft.«

»Warum denn so billig?«, fragte ich erstaunt.

»Ja, was glaubst du? Hier in St. Petersburg sind die Wohnungen teuer, aber nicht in Korobizyn. Nun überlege, was man hier für dreitausend Rubel kriegt. Nicht mal ein winziges Zimmer.«

»Und wo wohnt jetzt seine Frau?«

Kostiks Gesicht verfinsterte sich.

»Seine Frau ... Deswegen ist er ja von dort weg.«

»Hat sie ihn verlassen?«

»Schlimmer. Seine Frau wurde ermordet.«

8

»Großer Gott!«, rief ich aus und stellte den Tee hin. »Ermordet? Wer hat das getan?«

»Ein Dealer, wer weiß.« Kostik zuckte die Achseln. »Sie war auf dem Heimweg von der Arbeit, kam aber nie zu Hause an. Ihre Leiche wurde am Flussufer gefunden. Sie trug Spuren einer Vergewaltigung, und mehrere Rippen waren gebrochen.«

»Mein Gott, wie furchtbar.« Mein Magen krampfte sich zusammen. »Moment mal, du hast gesagt, er habe die Hochschule für Technologie absolviert? Habt ihr beide zusammen studiert?«

»Ja. Als er dann wieder in St. Petersburg auftauchte,

suchte er nach alten Verbindungen und stieß auf mich. Und da Kusherow weg ist, hatten wir gerade eine Stelle frei.«

»Und, macht er sich gut?«

»Als operativer Mitarbeiter durchaus, er kennt sein Fach. Um seine Frau tut es mir sehr Leid – ich war damals bei der Hochzeit …«

»Gibt es denn keine Vermutungen? Die Stadt ist doch klein. Kann da ein Dealer einfach so in der Versenkung verschwinden?«

»Offenbar. Burow selbst hat sich sehr um die Aufklärung des Falles bemüht, ohne Erfolg. Eine Sackgasse. Aber erzähl mir doch von den Ereignissen am Freitag. Mich hatten sie in die Hauptverwaltung zitiert, und da steckte ich dann bis zum Abend fest. Was war los? Eine bekannte Schauspielerin hat Tabletten geschluckt? Ich hoffe, du wirst kein Verfahren einleiten.«

Ich blieb stumm, was Kostik aufhorchen ließ.

»He, soviel ich weiß, handelt es sich um Selbstmord. Es gibt sogar einen Abschiedsbrief. Das hätte mir noch gefehlt, der Mord an einer bekannten Schauspielerin, so kurz vor der Revision durch die Hauptverwaltung.«

»Das muss man mit berücksichtigen, Kostik«, stimmte ich ihm zu. »Aber alles wird davon abhängen, ob jemand Beschwerde einreicht oder nicht, falls wir auf eine Verfahrenseinleitung verzichten.«

»Moment, wer könnte denn Beschwerde einreichen?«, wunderte sich Migulko. »Soviel ich weiß, war die Frau allein stehend, geschieden.«

»Wer Beschwerde einreichen könnte? Der Exmann oder auch die Kollegen vom Theater.«

»Wie du meinst.« Kostik sah mich misstrauisch an. »Der Exmann hat doch bestimmt nach der Scheidung gleich wieder geheiratet, oder?«

»Ja, das hat er.«

»Und wen? Die beste Freundin der Schauspielerin?«

»Darüber weiß ich nichts. Aber mit der Klimanowa hatte er weiterhin ein gutes Verhältnis.«

»Ich bitte dich! Hat er dir das erzählt?«

»Nein, die Klimanowa selbst hat es mir gesagt.«

Migulko starrte mich an. »Die Tote?«

»Aber nein, die Lebendige.« Ich kam nicht umhin, nun auch Migulko vom Besuch der Klimanowa in der staatsanwaltlichen Sprechstunde zu berichten.

Kostik kratzte sich im Nacken. »Das heißt also, sie war in der Nervenklinik ...«

Ich seufzte. Das war ein weiteres Argument gegen die Einleitung eines Strafverfahrens, und zwar das gewichtigste.

Auf Migulkos Schreibtisch klingelte jenes Telefon, das sein Dienstzimmer mit der Bereitschaft verband. Wir beäugten beide feindselig den Apparat. Migulko nahm den Hörer ab, und ich vernahm undeutlich die Stimme des Dienst habenden operativen Mitarbeiters. Den ersten Satz verstand ich nicht, aber ich sah Migulkos Gesicht erbleichen.

»Wo?«, fragte Kostik durch zusammengebissene Zähne.

Die Bereitschaft nannte ihm die Nummer eines Milizreviers.

Kostik schlug mit der Faust auf den Tisch und knallte den Hörer auf die Gabel.

»So ein Mist!«, stöhnte er. »Burow wurde bei einem Mord festgenommen.«

»Wie bitte?!« Ich traute meinen Ohren nicht.

»Du hast richtig gehört. Sie sagen, sie haben ihn neben der Leiche geschnappt, er war sehr betrunken und brachte kein Wort heraus. Er hatte seinen Dienstausweis dabei.«

Kostik sprang von seinem Platz auf, öffnete mit einer heftigen Bewegung den Panzerschrank, nahm ein Halfter mit Pistole heraus und machte sich nervös daran, es anzulegen.

»Möchtest du, dass ich mitkomme, Kostik?«, fragte ich und überlegte, wann ich dann wohl zu Hause wäre.

Migulko sah mich dankbar an. »Los, fahren wir. Das Ganze ist wirklich sehr merkwürdig. Da stimmt doch irgendwas nicht«, murmelte er, schloss seine Zimmertür ab, ging schnellen Schrittes den Korridor entlang und eilte, immer eine Stufe überspringend, die Treppe hinab. Ich hatte Mühe, ihm zu folgen, und in der Hast knickte ich auch noch mit dem Fuß um. Während ich wartete, bis der schlimmste Schmerz im Knöchel vorüber war, dachte ich, dass Kostik sinnloserweise Bedenken wegen der Einleitung eines Verfahrens im Mordfall Klimanowa gehabt hatte – eine getötete Schauspielerin, das war ein kleiner Fisch im Vergleich zu einem mordenden Mitarbeiter im operativen Dienst.

Bis zu dem betreffenden Revier brauchten wir lediglich fünf Minuten, da Kostik Ampeln und Gegenverkehr ignorierte und während der Fahrt kein einziges Mal bremste.

Vor dem Revier sprang er aus dem Auto und knallte die Wagentür derart heftig zu, dass mir die Ohren dröhnten. Ich hastete hinter ihm her.

Im Dienstraum des Milizreviers des benachbarten Stadtbezirks führte ein älterer Hauptmann leise eine Auseinandersetzung mit der Hauptverwaltung. In einer Ecke fesselten zwei sehr junge Milizionäre einen Betrunkenen, der sich schwach widersetzte, aber alles verlief lautlos, ohne Beschimpfungen. Es roch nach einem gewöhnlichen Sonntagabend bei der Miliz – nach billigem Tabak, Schweiß, Alkoholausdünstungen.

Kostik stürmte zum Pult, hielt dem Hauptmann seinen

Dienstausweis unter die Nase und bellte: »Migulko, Chef der Mordkommission! Wo ist der Festgenommene?« Zugleich verschlangen seine Augen den auf dem Pult liegenden roten Dienstausweis der Hauptverwaltung für Inneres, von dem das Metallkettchen, mit dem man den Ausweis an der Kleidung befestigte, abgerissen war – vermutlich handelte es sich um Burows Dokument.

Der Diensthabende hinter dem Pult prüfte eingehend das Foto auf Migulkos Ausweis und erhob sich ohne Hast.

»Kommen Sie mit«, sagte er. »Wer ist die Dame?«

»Unsere Untersuchungsführerin«, erwiderte Kostik ungeduldig.

Ich begriff, dass ich mich ausweisen musste, und holte meine Papiere aus der Handtasche. Der Diensthabende prüfte auch diese genau, nickte und bedeutete uns mit einer Handbewegung, dass wir ihm folgen sollten.

Wir stiegen mit dem Hauptmann in den ersten Stock hinauf, zu einer Tür, die durch ein Ziffernschloss versperrt war. Der Hauptmann gab den Code ein, öffnete die Tür und ließ uns vorgehen. Wir betraten einen kleinen Korridor, von dem die Dienstzimmer des Kriminalamtes abgingen. Alle Türen waren geschlossen, außer einer, und aus dieser offenen Tür drangen unartikulierte Laute. Kostik stürmte mit solcher Wucht dorthin, dass eine Brise den Korridor durchwehte. Der Diensthabende blieb unerschütterlich.

»Ich habe die Hauptverwaltung vorerst nicht verständigt«, sagte er leise zu mir. »Soll sich Ihr Chef seinen Adler erst einmal ansehen, dann entscheiden wir, was zu tun ist. Einen Untersuchungsführer habe ich auch noch nicht geholt.«

In dem Dienstzimmer, in das wir kamen, saß ein junger operativer Mitarbeiter am Schreibtisch. Er war mit irgendwelchen Papieren befasst, erhob sich auch nicht, sondern blickte nur neugierig zu Kostik, der in den Raum stürmte und gleich zu einer schmalen Pritsche am Fenster lief. Auf der Pritsche lag halb zur Seite gedreht ein Mann; seine Hände waren auf dem Rücken mit Handschellen gefesselt. Das Gesicht war der Wand zugekehrt, trotzdem konnte ich sogar von der Tür her sehen, dass es blutüberströmt war und dass auch im Kopfhaar Blut klebte. Der Mann schnarchte oder röchelte, und er verbreitete um sich herum einen heftigen Fuselgestank.

Kostik stand eine Weile reglos vor der Pritsche, dann drehte er sich zu dem jungen Kollegen um. »Was ist passiert?«, fragte er scharf.

Der operative Mitarbeiter ordnete seine Papiere zu einem akkuraten Häuflein und schien es nicht eilig zu haben, zu antworten.

»Grischa, das ist der Leiter von der Mordkommission«, ließ sich aus dem Korridor der Diensthabende vernehmen.

»Ah, ja.« Der operative Mitarbeiter erhob sich, ging auf Migulko zu und reichte ihm die Hand. »Alexachin. Ihren Helden hier hat das Streifenkommando aufgegriffen. Sie sahen den Mann aus dem Haus kommen, im Gesicht und an den Händen blutüberströmt. Sie gingen zu ihm, er konnte sich kaum auf den Beinen halten, gab nur unartikulierte Laute von sich. Die Streife kontrollierte seine Papiere und fand den Ausweis Ihres operativen Mitarbeiters. Dann blickten sie in den Hausflur, und da lag die Leiche.«

»Was für eine Leiche?«, fragte Kostik schnell.

»Ein Mann, noch jung, anscheinend eine schwere Schädelverletzung. Die Identität konnten wir noch nicht feststellen, er hatte keine Papiere dabei. Was tun wir jetzt, Kollege?«

Kostik antwortete nicht. Angespannt starrte er auf den auf der Pritsche liegenden Körper, beugte sich plötzlich vor und drehte den Mann mit einem Ruck zu sich herum. Einige Sekunden lang betrachtete er das blutüberströmte Gesicht, schaute dann zurück zur Tür, wo ich stand, und unsere Blicke trafen sich.

»Mascha, komm mal«, sagte er leise.

Ich lief zu Kostik, beugte mich hinunter und sah nun ebenfalls dem Festgenommenen ins Gesicht. Dann richtete ich mich auf, blickte Migulko an und schüttelte den Kopf.

»Ich hatte zwar bislang nur wenig mit Burow zu tun, aber seit Freitag kann er sich nicht derart verändert haben«, erklärte ich.

Kostik drehte sich auf dem Absatz um, wandte sich dem operativen Mitarbeiter und dem Diensthabenden zu, die uns beide stumm beobachteten.

»He, Leute, wo habt ihr eure Augen?«, fragte er mit kaum gezügelter Wut. »Habt ihr das Foto auf dem Ausweis gesehen?«

Die Kollegen tauschten einen Blick.

»Jetzt mal langsam«, erwiderte der Diensthabende. »So ein winziges Foto, und der hier hat die Visage voller Blut. Wieso, ist er das nicht?«

»Nein.« Migulko setzte sich bereits in Bewegung. »Wo ist der Tote?«

Der Diensthabende eilte ihm hinterher. Auch der operative Mitarbeiter wollte sich anschließen, aber der Hauptmann hielt ihn zurück und wies auf den Inhaftierten.

»Bewach du den da. Ich begleite die Gäste«, entschied er.

Es war zu spüren, dass der Diensthabende zugleich Verlegenheit wie auch Erleichterung empfand. Nun ja, sie hatten sich einen Patzer geleistet, aber dafür war es ein Segen, dass es sich bei dem wegen Mordes Festgenommenen nicht um einen Milizangestellten handelte. Kostik und ich allerdings blickten bedrückt drein: Burows Ausweis in der Tasche eines blutüberströmten Betrunkenen, der aus jenem Haus herausgekommen war, konnte nur eines bedeuten – nämlich dass in dem betreffenden Hausflur mit zerschmettertem Schädel Burows Leiche lag.

»Kostik, wie heißt Burow eigentlich mit Vor- und Vatersnamen?«, fragte ich Migulko, während ich mich bemühte, treppab immer eine Stufe zu überspringen. »Ich kenne nur seinen Nachnamen.«

»Alexej Wassiljewitsch«, erwiderte Kostik über die Schulter hinweg. »So hieß er …«

»Denkst du?«, fragte ich leise.

Migulko blieb so abrupt stehen, dass ich gegen ihn prallte. Er drehte sich zu mir um und entgegnete bitter: »Was gibt es da zu denken? Zu bedenken gibt es, weshalb er umgebracht wurde.«

»Kostik, warte erst mal, wir haben die Leiche noch nicht gesehen«, erwiderte ich unsicher, aber Kostik machte eine abwehrende Handbewegung und lief, jeweils zwei Stufen auf einmal nehmend, weiter treppab …

In besagtem Hauseingang hielten zwei Posten Wache, die uns mitleidig ansahen. Migulko hockte sich vor dem Toten hin und drehte dessen Kopf ein wenig herum, bemüht, sich nicht mit Blut zu beflecken. Dann erhob er sich wieder und biss sich auf die Unterlippe. Die Posten schwiegen. Der Tote lag mit dem Gesicht nach unten, aber ich brauchte das Gesicht gar nicht zu sehen, denn für mich bestand kein Zweifel – es war Burow.

»Mascha«, sagte Kostik schließlich. »Fahr zurück ins Revier, veranlasse, dass ein Untersuchungsführer kommt und auch Gerichtsmediziner, kurz, all die Leute, die man braucht … Ich bleibe erst mal hier.«

Ich spürte, dass ihm jedes Wort schwer fiel. Er stand von mir abgewandt, damit ich die Tränen in seinen Augen nicht sehen konnte.

»Klar, Kostik, mach ich alles«, erwiderte ich leise und legte ihm die Hand auf den Arm. Ich warf einen letzten Blick auf den Getöteten und ging dann zum Auto. Als ich bereits eingestiegen war, nahm ich mit einem Seitenblick wahr, wie Migulko mit aller Kraft mit der Faust gegen die Hauswand schlug.

9

Vom Revier aus rief ich zu Hause an. Mein Sohn berichtete mir, dass das Geschirrabwaschen fast beendet und schon so gut wie alles aufgeräumt sei.

»Und, habt ihr die Wohnung komplett zertrümmert?«, fragte ich.

»Nein, nein, ich hatte mir das schlimmer vorgestellt«, erwiderte mein Grunzling.

»Dann ist ja gut. Wie war der Geburtstag?«

»Wunderbar. Ich habe einen Bierkrug geschenkt bekommen und einen Ring für die Nase«, prahlte mein Sohn.

Ich äußerte matte Begeisterung. Was ich so befürchtet hatte, war nun eingetreten: Piercing.

»Goschka, ich muss noch im Dienst bleiben, wir haben einen außergewöhnlichen Vorfall. Gehst du allein schlafen?«

Goschka seufzte. »Schade. Ich hätte dir gern den Ring gezeigt.«

»Das kannst du dann morgen machen. Ich ruf dich in einer Stunde noch mal an, um dir Gute Nacht zu sagen, in Ordnung?«

»In Ordnung«, sagte mein Sohn ergeben.

Ich legte den Hörer auf und fühlte mich grässlich. Immerhin war dies Goschkas Geburtstag … Aber Migulko konnte ich in einem solchen Moment einfach nicht im Stich lassen.

Auf dem Revier fanden sich nach und nach allerlei hohe Tiere ein. Misslaunig erschien der Leiter unserer Stadtbezirksverwaltung für Inneres; er roch nach gutem Alkohol – man hatte ihn scheinbar von einer Feier weggeholt. Aus der Städtischen Verwaltung für Inneres kam jemand aus den höheren Etagen sowie auch der Vorgesetzte des Streifenkommandos des Kriminalamtes, Letzterer zusammen mit dem Dienst habenden operativen Mitarbeiter der Abteilung für die Aufdeckung von Auftragsmorden. Die Gerichtsmediziner waren zu zweit erschienen – Borja Panow mit einer mir unbekannten jungen Frau. Auch gut, dachte ich, einer wird die Leiche untersuchen, und der andere kann sich den Festgenommenen ansehen und prüfen, von wo dessen Blutung herrührt. Der Bereitschaft habende Untersuchungsführer der Staatsanwaltschaft war in der Stadt unterwegs und sollte demnächst eintreffen. Außerdem erwartete man den Zuständigen von der Verwaltung für die Ermittlung in Sachen Banditentum und Auftragsmorde der Städtischen Staatsanwaltschaft. Was Letzteren anging, hegte ich keine Illusionen, denn wer immer von dort kam, würde einen nur bei der Arbeit stören und Nervosität verbreiten, ausgenommen vielleicht zwei oder drei vernünftige Leute – dort arbeitete nämlich jetzt sehr viel junges Volk mit minimaler Erfahrung und maximalem Selbstwertgefühl, vorsichtig ausgedrückt.

Kurz, ich hatte hier vom organisatorischen Standpunkt aus gesehen absolut nichts zu suchen. Ich passte einen Moment ab, in dem das Telefon im Bereitschaftsraum frei war, und rief unseren Staatsanwalt zu Hause an. Der Chef lauschte meinen Mitteilungen und schwieg danach eine volle Minute. Ich konnte mir genau vorstellen, wie sich sein Gesicht verfinsterte und er auf der Unterlippe kaute, während er überlegte.

»Maria Sergejewna, ich bitte Sie, die Situation im Auge zu behalten. Wenn nötig, schalten Sie sich in die Leichenschau ein, die Formalitäten mit der Städtischen Staatsanwaltschaft erledige ich. Den Fall sollten wir übernehmen, denke ich. Morgen um neun erstatten Sie mir Bericht.«

»Ich habe morgen Termine im Leichenschauhaus und im Gefängnis«, erwiderte ich. »Ich muss die Blutprobe eines Beschuldigten zur Analyse bringen. Und dann rechtzeitig zur Obduktion der Schauspielerin da sein. Am Freitag war ich –«

»Um neun Uhr bei mir«, unterbrach mich der Chef müde. »Sie können mich dann auch gleich über die Schauspielerin informieren. Anschließend erhalten Sie einen Wagen. Sie schaffen das schon.«

Ich legte auf und wandte mich an den Diensthabenden, einen älteren Hauptmann. Er machte auf mich den Eindruck eines gutmütigen Onkels, und so erklärte ich ihm ehrlich, dass mein Sohn heute Geburtstag habe.

»Geben Sie mir ein Auto«, bat ich. »Ich fahre schnell mal für zwanzig Minuten nach Hause, es ist nicht weit. Danach komme ich wieder her. Mein Vorgesetzter hat mich gebeten, bei der Leichenschau dabei zu sein.«

Der Hauptmann sah mich mitleidig an und schüttelte den Kopf. »Ja, natürlich, Sie bekommen das Auto. Fahren Sie hin. Vielleicht sollten Sie gleich dort bleiben? Hier sind doch eine Menge Leute, ein ganzer Heuschreckenschwarm.«

»Das geht nicht – eine Anweisung des Vorgesetzten.«

»Wie alt ist Ihr Sohn?«

»Dreizehn.«

»Oh, da kann man nicht genug aufpassen. Hat er schon was mit Mädchen?«

»Scheint nicht so.«

»Raucht er Haschisch?«

»Das will ich nicht hoffen.«

»Geben Sie bloß Acht. Man kann da nicht vorsichtig genug sein …«

Als ich zu Hause eintraf, war mein Sohn bereits im Bett.

»Du schläfst noch nicht, Grunzling?«, schrie ich, während ich die Schuhe abstreifte.

»Nöö«, antwortete eine schon sehr schläfrige Stimme.

Ich ging zu ihm und gab ihm einen Kuss auf die Nase.

»Wie geht's dem Geburtstagskind? Bist du zufrieden?«

»Ja.« Mein Grunzling lächelte. »Wir haben das Geschirr abgewaschen …«

»Haben dir die Mädchen geholfen?«

»Nein, die Mädchen sind schon früher weg. Pestruchin und Pimen haben mir geholfen.«

»Wowa Pimenow?«

»Ja. Mam, ein Tortenfleck ist an die Decke gekommen. Schlimm?«

Ich seufzte. »Wie schafft man es, Torte an die Zimmerdecke zu kriegen?«

Mein Sohn zuckte die Achseln. »Keine Ahnung, hat sich so ergeben. Fährst du noch mal weg?«

»Schlaf, mein Kleiner.« Ich küsste ihn erneut auf die Nase. »Ich versuche, möglichst schnell wieder da zu sein. Ich hoffe, du machst während meiner Abwesenheit nicht irgendwelchen Unfug.«

»Auf keinen Fall«, erwiderte mein Sohn mit geschlossenen Augen. Er war bereits eingeschlafen, bevor ich das Zimmer verließ.

Als ich zum Tatort zurückkam, waren die Chefs, nachdem sie sich ausführlich beraten hatten, im Aufbruch – an dem gewaltsamen Tod des zuständigen operativen Mitarbeiters hatten sie nichts gefunden, was an den Grundfesten der staatlichen Ordnung gerüttelt hätte. Nur die Leute, die unmittelbar zu arbeiten hatten, blieben da, das heißt, die Untersuchungsführer und die Gerichtsmediziner. Ich beabsichtigte nicht, das Protokoll zu schreiben, was mir die Möglichkeit verschaffte, in aller Ruhe am Tatort hin und her zu gehen und mir alles anzusehen. Borja Panow, als der Rangältere, beließ seine junge Kollegin vor Ort, damit sie die Leiche untersuchte, und er selbst wollte einen Blick auf den Festgenommenen werfen, zumal dieser blutüberströmt war und er, Panow, ein medizinisches Gutachten zu erstellen hatte. Ich beschloss, mit ihm zu fahren, dann aber zum Ort des Verbrechens zurückzukehren.

Im Revier lag der Festgenommene in unveränderter Haltung auf der Pritsche. Der hiesige operative Mitarbeiter Alexachin saß ebenso unverändert daneben, befasste sich mit seinen Papieren und sah in Abständen zu dem Mann hinüber. In die Ausnüchterungszelle hatte man ihn nicht bringen wollen, um den Moment nicht zu verpassen, in dem sich am günstigsten mit ihm »arbeiten« ließ, nämlich wenn er bereits in der Lage war zu sprechen, jedoch noch nicht fähig, seine Worte zu kontrollieren.

Borja streifte sich Gummihandschuhe über und hockte sich auf den Rand der Pritsche. Ich betrachtete unterdessen den Liegenden. Wie ein Landstreicher wirkte er nicht; er war durchaus anständig gekleidet. Jacke und Schuhe sahen einigermaßen teuer aus, seine Füße hingen von der Pritsche herunter, sodass die Schuhsohlen gut sichtbar waren. Seltsam, die Sohlen zeigten keinerlei Blutspuren, dabei war der Hauseingang doch voller Blut. Man würde zum

Tatort fahren und überprüfen müssen, ob es dort Spuren von diesen Schuhen gab. Für alle Fälle prägte ich mir das Sohlenmuster ein. Borja Panow berührte den Kopf unseres stummen Verdächtigen; der Mann murrte etwas – vielleicht stöhnte er auch – und zuckte zusammen. Wegen der Handschellen konnte er seine Position nicht grundlegend verändern. Panow fasste an die auf dem Rücken gefesselten Hände des Mannes und sagte an den operativen Mitarbeiter gewandt: »Nimm ihm die Handschellen ab. Erstens muss ich ihn untersuchen, und zweitens kommt es bald zu Störungen des Blutkreislaufes.«

»Und wenn er randaliert?«, wandte Alexachin ein.

»Das ist dein Problem, mein Lieber. Ich muss den Verdächtigen fachgerecht untersuchen, und dir obliegt es, für meine Sicherheit zu sorgen.«

Alexachin brummte skeptisch, Borja jedoch versicherte ihm, dass der Mann nicht gefährlich sei. Dass er aufgrund seiner Volltrunkenheit auch noch mindestens einige Stunden lang ungefährlich bleiben würde.

Alexachin, immer noch murrend, öffnete die Handschellen. Und in der Tat, der Festgenommene ging auf niemanden los. Er änderte nicht einmal seine Position. An seinen Handgelenken hatten sich von den Fesseln flammend rote Furchen gebildet. Borja nahm die eine Hand, fühlte den Puls und erklärte kopfschüttelnd: »Das hätte mit einer Amputation enden können. Oder, was Gott verhüte, mit dem Einatmen von Erbrochenem. Unterlasst künftig solche Scherze, Leute. Noch ein paar Stunden in dieser Position, und es wäre aus gewesen.«

»Na und?«, murmelte Alexachin. »Es hätte die Luft reiner gemacht.«

»Was soll das?« Borja sah den operativen Mitarbeiter vorwurfsvoll an. »Du weißt doch gar nicht, wer er ist.«

»Er ist ein Bastard. Hat im Suff einen Kollegen umgebracht«, entgegnete Alexachin.

»Und wer hat das gesehen, mein Guter? Vielleicht war er rein zufällig vor Ort.«

»Ja, und im Vorbeigehen hat er sich eben mal bis über die Ohren mit Blut beschmiert.«

Borja maß den jungen Kollegen mit einem langen Blick und machte dann eine wegwerfende Geste, so als halte er jegliche weitere Diskussion für sinnlos.

»Na schön, und wo gibt es hier Wasser? Ich muss ein bisschen Mull anfeuchten, für die Blutprobe.«

Alexachin brummte wieder etwas in seinen Bart, führte Borja aber zur Toilette, sodass ich mit dem Festgenommenen allein war. Stöhnend drehte sich der Mann auf die Seite. Seine Arme lagen kraftlos neben dem Rumpf. Wer das wohl sein mochte? Ich hoffte, die Leute am Tatort würden daran denken, die Mieter des Hauses zu befragen, ob er dort wohnte. Notfalls würde ihnen Migulko das wohl nahe legen.

Als Borja zurückkam, setzte er sich wieder neben den Festgenommenen auf die Pritsche, befühlte sorgfältig seinen Kopf und besah sich seine Hände. Dann nahm er mit den Mulltupfern Blut von Handgelenken und Gesicht und schickte sich an, den Mann auszuziehen. Ich ging in den Korridor hinaus und bat, mich zu rufen, sobald die Untersuchung beendet wäre.

Draußen im Korridor hatte ich Zeit, eingehender über mein missglücktes Privatleben nachzudenken und auch darüber, wie ich es anstellen sollte, meinen Sohn in diesem schwierigen Übergangsalter nicht zu vernachlässigen. Danach ging ich im Geiste die nächstliegenden Termine durch und überschlug, was ich in diesem Monat noch schaffen würde. Dann wandten sich meine Gedanken wieder meinem Sohn und den näher rückenden Ferien zu. Als ich mir gerade vornahm, in diesem Jahr mit Goschka unbedingt eine Reise zu machen, hörte ich, wie Borja Panow mich rief, und ich ging zurück.

Der Festgenommene war wieder bekleidet und lag nun bequemer; er hatte ein Kissen unter dem Kopf, und seine Schuhe standen ordentlich vor der Pritsche. Das Gesicht des Mannes war sauber gewaschen, das Haar nach hinten gekämmt.

»Mascha, ich habe Fingernagelproben und von fünf Stellen des Kopfes Haare genommen, und hier in den Tüten befinden sich die Blutproben. Das Blut, das an ihm klebt, kann nicht von ihm sein – eine Blutungsquelle war nicht auszumachen.«

»Der Kopf ist heil?«, fragte ich ungläubig angesichts der über den Schädel verschmierten Blutmengen.

»Heil und unversehrt«, bestätigte Panow. »Auch die Nasengänge sind sauber, also nicht mal Nasenbluten. Die Hände zeigen keine einzige Schramme.«

Ich trat hinzu und betrachtete die Hände des Schlafenden. Das Gesicht hatte Borja ihm gewaschen, aber die Hände waren unverändert blutig, und mir kam ein Gedanke.

»Ich bin gleich zurück«, sagte ich, lief in den Korridor hinaus und eilte die Treppe hinunter.

Im Bereitschaftsraum wandte ich mich an den älteren Hauptmann. »Wo haben Ihre Posten den Ausweis herausgeholt? Aus der Tasche des Festgenommenen?«

»Jaaa«, antwortete der Diensthabende gedehnt. Meine Erregung schien ihn ein wenig zu erstaunen. »Wenn nötig, erkundige ich mich genauer.«

»Tun Sie das«, forderte ich ihn auf.

Der Hauptmann setzte sich mit den Posten über Funk in Verbindung und teilte mir wenig später mit, die Männer hätten den Dienstausweis ohne jeden Zweifel der Jackentasche des Betrunkenen entnommen.

»Lassen Sie mich den Ausweis sehen«, bat ich, und der Diensthabende schob mir ein rotes Büchlein hin. Ich betrachtete es von außen, öffnete es und studierte die inneren Oberflächen, nahm auch das daran baumelnde Kettchen in Augenschein. Der Ausweis war nagelneu – Burow hatte schließlich erst vor kurzem in St. Petersburg zu arbeiten begonnen und bei dem Wechsel neue Dokumente erhalten; der Ausweis steckte in einer Plastikhülle, die weder speckig glänzte noch verschlissen war. Man sah darauf keinerlei Blutspuren, nichts Verschmiertes, jedenfalls nicht mit bloßem Auge. Wie konnte jemand mit Händen, von denen das Blut buchstäblich troff, bei seinem Opfer den Ausweis hervorziehen und ihn sich in die Jackentasche schieben, ohne dabei das Dokument zu beschmutzen?

Ich teilte meine Bedenken dem Hauptmann mit. Er überlegte und äußerte dann die Vermutung, es könne zuerst der Ausweis in die Jackentasche des Festgenommenen gelangt sein, und danach habe der sich mit dem Blut besudelt.

»Aber dann müsste man doch annehmen, Burow habe ihm den Ausweis freiwillig gegeben«, wandte ich ein. »Übrigens ist das Kettchen zerrissen. Nein, zuerst wurde Burow der Schädel zertrümmert. Und danach hat man bei ihm den Ausweis herausgezogen.«

»Heißt das, jemand anders hat Ihren Kollegen umgebracht?«, fragte der Hauptmann verwundert. »Nun ja, möglich wär's. Der hier ist jedenfalls völlig hinüber. Wie einen Sack Mehl haben sie ihn angeschleppt. Wie hätte er in dem Zustand mit dem operativen Mitarbeiter fertig werden sollen?«

»Eben. Geben Sie mir einen Wagen, mit dem ich zum Tatort fahren kann?«

»Es steht einer auf dem Hof. Ich besorge Ihnen gleich einen Fahrer.«

Am Tatort wurde emsig gearbeitet. Migulko stand auf der Straße und rauchte nervös. Er fragte mich nach dem Festgenommenen, und ich berichtete ihm von den Ergebnissen der Untersuchung.

»Kostik, hast du geklärt, wo genau unser Mann festgenommen wurde?«

Kostik zeigte auf einen Weg, den unser Verdächtiger nach Aussage der Posten entlanggetorkelt war.

»Hast du eine Taschenlampe?«, fragte ich.

»Natürlich.« Kostik holte seine Taschenlampe hervor und reichte sie mir. Mit dem Lichtstrahl suchte ich den Weg ab, ohne auf etwas Bemerkenswertes zu stoßen. Danach schritt ich vom Hauseingang aus in die entgegengesetzte Richtung. Und ich wurde fündig.

»Schau mal, Kostik.« Ich ging in die Hocke und zeigte Migulko rötliche Tropfen und Schmierflecke parallel zur Hauswand. »Hier wurde jemand über den Boden geschleift. Dabei ist Blut heruntergetropft. Und hier ist es verschmiert.«

Kostik nahm mir die Taschenlampe aus der Hand und suchte weiter den Boden ab. Dabei entdeckte er deutliche Spuren von Autoreifen. Genau daneben zogen sich die Flecken und Tropfen entlang.

»Er wurde hierher gebracht?« Migulko sah mich an.

Ich nickte. »Kostja, habt ihr die Mieter hier im Haus befragt? Und die Identität des Festgenommenen ermittelt?«

»Ja, die Mieter wurden befragt – ich bin selbst mit dem Abschnittsbevollmächtigten von Wohnung zu Wohnung gegangen. Bis jetzt hatte niemand etwas Interessantes beizusteuern.«

»Und hatte Burow irgendeinen Grund, sich hierher zu bewegen?«

»Nun ja, das weiß ich nicht, aber vorerst gibt es dafür keine Anhaltspunkte. Niemand hier hat zugegeben, Burow zu kennen.«

»Eine Frage noch: Womit wurde Burow erschlagen?«

»Keine Ahnung, Mascha. Dort im Hauseingang ist jedenfalls kein Tatwerkzeug. Unsere Leute haben die Umgebung abgesucht. Sie haben Mülltonnen und Abfallbehälter überprüft und auch dort nichts gefunden.«

»Aha, es gibt also keine Waffe. Und unser Festgenommener hat auch nichts bei sich, womit er Burow hätte erschlagen können. Dafür steckte Burows Ausweis in seiner Tasche. Wo hat er demnach das Mordwerkzeug hingetan, wenn man annimmt, er sei frisch vom Ort des Verbrechens gekommen?«

»Man hat uns einen Falschen untergeschoben?« Kostik zog eine neue Zigarette aus der Schachtel.

»Eine Inszenierung. Von dem, der Burow getötet und die Leiche hierher gebracht hat.«

»Wo hat Burow sich bloß herumgetrieben? Der Dummkopf, hätte er mir doch wenigstens Bescheid gesagt ... Obwohl, vielleicht ist er telefonisch nicht zu mir durchgekommen.«

»Übrigens, Kostik, mein Sohn hat mir gesagt, es hätte mich am Tag jemand angerufen. Besaß Burow ein Mobiltelefon?«

»Nein. Aber eine Telefonkarte hat er gehabt. Lass uns nachsehen.«

Wir gingen ins Haus. Neben dem Toten hatte man bereits einen Bogen Papier auf den Boden gebreitet und darauf Burows Habe gelegt, die den Taschen seiner Kleidungsstücke entnommen worden war: ein Feuerzeug, eine alte

Brieftasche, ein Federmesser und eine Telefonkarte. Ausgezeichnet, da ließe sich nachprüfen, ob er es gewesen war, der mich angerufen hatte. Womöglich barg die Telefonkarte zudem Auskünfte über einen weiteren Anruf, einen, der mit dem Mord zu tun hatte. Schlechter sah die Sache aus, falls Burow den Anruf aus seinem Dienstzimmer getätigt oder man ihn dort angerufen hatte.

Migulko und ich informierten den Dienst habenden Untersuchungsführer, der das Protokoll verfasste, über die von uns draußen vor dem Haus entdeckten Spuren. Der Untersuchungsführer versprach, alles mit aufzunehmen. Es schien, als ob die Dinge hier so liefen, wie sie sollten, darum nahm ich Migulko beiseite und schlug ihm vor, keine Zeit zu verlieren, zu unserer Stadtbezirksverwaltung für Inneres zu fahren und Burows Dienstzimmer zu öffnen. Vielleicht fand sich dort etwas, das uns zu des Rätsels Lösung führte. Mit der Gewissheit, dass man Burows Leiche mit dem Auto hertransportiert hatte, war der Raubüberfall »im Suff« eindeutig unglaubwürdig geworden.

Unterwegs erklärte ich: »Sieh mal, wenn sie ihn im Auto hergebracht haben, heißt das, sie haben ihn an einem Ort getötet, der uns zum Mörder führen könnte. Also müssen wir nach dem Ort suchen, an dem er umgebracht wurde.«

»Bleibt nur noch die Kleinigkeit, diesen Ort zu finden«, entgegnete Kostik. »Wie stellst du dir das vor?«

Zunächst besaß ich keinerlei konkrete Vorstellung – nur eine dunkle Ahnung ging durch mein Gehirn, ohne jedoch wirklich Gestalt anzunehmen.

In der Bereitschaft der Stadtbezirksverwaltung für Inneres empfingen uns mitfühlende Mienen. Man hoffte augenscheinlich darauf, Einzelheiten zu erfahren, aber Kostik erwiderte nur kurz etwas auf die tröstenden Worte und stieg die Treppe hinauf. Ich hastete hinter ihm her.

Oben in der Mordkommission angelangt, verweilten wir kurze Zeit an der Tür zu Burows Zimmer, zögerten unwillkürlich den Moment hinaus, da wir hineingehen und uns bewusst machen würden, dass der Hausherr nicht mehr am Leben war. Dann zog Kostik seinen Schlüsselbund hervor, suchte den entsprechenden Schlüssel und öffnete mit leicht zitternden Händen.

Von der Tür her sahen wir uns zunächst in dem Zimmer um.

Auf dem Fensterbrett bemerkte ich die abgespülten Gläser, aus denen wir in der Nacht von Freitag auf Samstag Kognak getrunken hatten. In der Ecke neben dem Panzerschrank stand die Plastikflasche mit dem Kognak, und soweit ich es beurteilen konnte, hatte sich ihr Inhalt seit Freitag nicht verringert, was hieß, dass Burow nach unserem Weggang nicht allein weitergetrunken hatte.

Alles hier im Raum war genauso wie am Freitag – nur Burow weilte nicht mehr unter den Lebenden. Während ich das Zimmer in Augenschein nahm, sah ich den besudelten Fußboden in jenem Hauseingang und das Blut rings um den Toten vor mir. Migulko setzte sich aufs Sofa und stützte den Kopf in die Hände. Ich ließ mich neben ihm nieder, und nach kurzem Abwarten zupfte ich ihn am Ärmel.

»Kostik«, sagte ich. »Mit was für Fällen war er in letzter Zeit befasst? Kann es sein, dass er dabei war, etwas aufzurollen und damit jemandem auf den Fuß zu treten?«

Kostik hob den Kopf. »Nein«, erwiderte er entschieden. »Nein, so was Explosives hatte Ljocha nicht am Laufen. Er war erst einen Monat hier, und in so kurzer Zeit macht man sich keine Feinde.«

»Wenn du das sagst.« Ich blickte ihn eindringlich an. »Komm, lass uns seine Papiere durchsehen.«

»Also gut.« Kostik lächelte schwach. »Ljocha erspart uns

Zeit damit, dass hier gleich alles beisammen ist – Arbeitsort und Wohnstätte …«

Während Kostik noch überlegte, ob es angebracht war, die verschiedenen Chefs herbeizuholen und eine Kommission zu berufen, die den Panzerschrank seines toten Mitarbeiters öffnete, trat ich an den gewöhnlichen Schrank, machte die Türen auf und besah mir noch einmal die Fächer. Das sorgfältig angeordnete Teeservice, kein Meißner Porzellan, sondern etwas viel Schlichteres, dann das Bettzeug – das kannte ich bereits. Ich hockte mich hin und warf einen Blick in das unterste Fach. Dort standen eine ältere Sporttasche, Uniformschuhe und in die Ecke geschoben zwei Fünfkilohanteln. Ich blickte mich zu Migulko um, der immer noch nachzudenken schien, dann zerrte ich die Sporttasche aus dem Schrank und zog energisch den Reißverschluss auf. Nun ja, den Plastikbeutel mit Turnhose, Socken und Sporthemden konnte man beiseite lassen, auch die Jeans, die Taschentücher, das Rasierzeug, die Schachtel mit irgendwelchen Schraubenmuttern … Aber hier, das war etwas: Ich zog ein abgewetztes Notizbüchlein mit zerfledderten Seiten hervor. Zwischen den Seiten steckten vierfach gefaltete Xerokopien.

»Kostik, komm, lass uns das hier ansehen«, sagte ich, während ich meine Trophäe vorzeigte.

Migulko nickte teilnahmslos. »Na schön, aber was findest du daran interessant?«

»Ach, Kostik.« Ich seufzte. »Du hast selbst gesagt, dass er sich in St. Petersburg noch keine Feinde hat machen können. Und wenn sein Tod nun mit der Ermordung seiner Frau zu tun hat? Dieses Büchlein enthält wichtige Notizen.«

»Mascha, bitte ohne Fantasien.« Kostik sah mich müde an. »Das sind doch zwei grundverschiedene Dinge, der

Mord an seiner Frau und der Mord an ihm ... Wenn du es gern möchtest, nimm das Zeug und lern es meinetwegen auswendig. Du siehst doch, die Blättchen sind alt. Sie wurden allesamt in Korobizyn beschrieben. Ljocha aber wurde in St. Petersburg getötet.«

»Schon gut.« Ich wollte keinen Streit. »Welche Versionen hast du zu bieten?«

»Keine. Dafür wissen wir noch zu wenig.«

»Nun, die Version, nach der sein Tod möglicherweise mit dem Mord an seiner Frau zu tun hat, sagt dir nicht zu. Und was hältst du von der Version, dass sein Tod mit dem der Schauspielerin Klimanowa zusammenhängen könnte?«

Kostik wirbelte zu mir herum. »Wie kommst du darauf? Was hat der Tod der Klimanowa damit zu schaffen?«

Ich zuckte die Achseln. »Ich weiß es selbst nicht, Kostik. Immerhin habe ich Burow bei ihrem Leichnam kennen gelernt. Deshalb ist mir das in den Sinn gekommen. Außerdem hat er geäußert, er habe da so seine Ideen. Vielleicht hat er versucht, etwas aufzudecken, und ist in eine Falle geraten?«

»Wie soll denn der Tod von Ljocha mit dem Selbstmord irgendeiner Schauspielerin zusammenhängen?!« Migulko schrie beinahe.

»Beruhige dich, bitte. Und wenn sich herausstellt, dass die Schauspielerin doch ermordet wurde?«

»Dann ergebe ich mich dem Suff. So ein Mord hätte mir gerade noch gefehlt.«

»Lass gut sein, Kostik. Morgen fahre ich zur Obduktion. Aber denk mal darüber nach: Der Tod der Schauspielerin war das letzte Ereignis in seinem Leben. Als Stezenko und ich die Mordkommission verließen, sagte Burow, er habe bestimmte Ideen. Am Samstagvormittag ging er fort und blieb verschwunden. Wohin wollte er so unbedingt?«

»Dafür kann es viele Gründe geben ... Jemand hat ihn angerufen, ein Treffen vereinbart ...«

»Ein Treffen zu welchem Zweck? Ich sage dir noch mehr – Burow und die Klimanowa sind einander möglicherweise begegnet. Der Film, in dem sie mitspielte, wurde in Korobizyn gedreht.«

»Das hätte mir gerade noch gefehlt!«, wiederholte Kostik und stöhnte. »Tut mir Leid, Mascha, aber ich bin jetzt zu nüchternen Überlegungen nicht imstande. Lass uns das morgen besprechen.«

»Ja, klar. Und das kann ich mitnehmen?« Ich zeigte auf Burows schwarzes Notizbüchlein, und Kostik winkte gleichgültig ab.

»Nimm's mit. Du kannst mir ja später was darüber erzählen.«

Ich ließ Kostik im Dienstzimmer seines getöteten Mitarbeiters zurück und begab mich zur Bereitschaft hinunter, um mir ein Auto zu erbetteln. Es war bereits tief in der Nacht; die Bereitschaftsleute wollten mich gern nach Hause bringen lassen, erbaten sich jedoch als Gegenleistung einen ausführlichen Bericht über das Vorgefallene. Ich musste das Ganze also erzählen.

»Weißt du, Mascha«, erinnerte sich der Bereitschaftsgehilfe, der kleine, rundliche Borja Spizyn, »am Samstagvormittag rief jemand an und erkundigte sich nach Burows Telefonnummer. Ich hatte eben erst meine Schicht angetreten, Makarytsch war schon weg, deswegen habe ich den Hörer abgenommen.«

»Und? Wer war der Anrufer?«

»Keine Ahnung. Die Stimme war seltsam, schwer zu beschreiben ... Wie die Stimme eines Automaten. Zuerst wusste ich gar nicht, ob ein Mann oder eine Frau dran war.«

»Die Stimme eines Automaten?«, fragte ich.

»Na ja, irgendwie leblos. Wie bei einem Geist.«

»Und was genau wurde gefragt?«

Spizyn runzelte die Stirn vor Anstrengung, um alles möglichst wahrheitsgetreu wiederzugeben. »Ja, also, die Frage war: ›Ist dort die Miliz?‹ Darauf: ›Wie ist die Durchwahl zum zuständigen operativen Mitarbeiter Burow?‹ Ich fragte, worum es geht, und die Antwort war: ›Um einen Mord.‹ Na ja, dachte ich, wird wohl wichtig sein, und nannte die Nummer. Ungefähr zwanzig Minuten später kam Burow heruntergerannt, er hat mir noch zugewinkt ... Ich kann es immer noch nicht glauben ...«

Auf der Fahrt nach Hause versuchte ich, die mir bekannten Fakten in einen sinnvollen Zusammenhang zu bringen. Am Samstagvormittag hatte jemand mit einer leblosen Automatenstimme Burow angerufen, und zwanzig Minuten nach diesem Anruf hatte Burow die Stadtbezirksverwaltung für Inneres verlassen. Fast zwei Tage lang blieb er weiß Gott wo verschwunden, und am Sonntagabend um acht wurde seine Leiche im Eingang eines Hauses gefunden, zu dem er keinerlei Bezug hatte. Nach den Worten der jungen Ärztin, die bei Burow die Leichenschau vorgenommen hatte, lag der Todeszeitpunkt beim Auffinden der Leiche nicht länger als eine Stunde zurück. Das hieß, dass Burow am Samstag und nahezu den ganzen Sonntag am Leben gewesen war. Was hatte er die ganze Zeit über gemacht?

Burows Ermordung und der Tod der Schauspielerin Klimanowa verknüpften sich in meinem müden Gehirn auf sonderbare Weise. Als ich endlich im Bett lag, fiel ich fast sofort in Schlummer, aber plötzlich, wie durch einen Impuls, erwachte ich von einer Stimme, die aus dem Schlaf oder auch aus der Wirklichkeit kam – darüber war ich mir nicht sofort im Klaren. Eine leblose Stimme ohne jegliche Modulation sprach mir geradewegs ins Ohr: »Niemand liebt dich, du musst sterben.« Ich setzte mich im Bett auf und zog die Bettdecke fest um mich. Jenseits der Wand schnarchte Goschka, und zum Fenster schien der Mond herein. Ja, gewiss, die Stimme hatte ich im Schlaf vernommen. Der Satz indessen, den sie gesagt hatte, stammte aus der Wirklichkeit. Ich hatte ihn am Telefon in der Wohnung der Klimanowa gehört. Vermutlich hatte er der Schauspielerin gegolten. Auch jene Stimme war leblos, automatenhaft gewesen. Genauso wie diejenige, die beim zuständigen operativen Mitarbeiter Burow angerufen hatte. Was mochte die Stimme zu Burow gesagt haben?

Das Gleiche wie zu der Klimanowa? Mich schauderte. Ich bekam Angst und machte Licht. Nachdem ich eine Weile verkrampft dagelegen hatte, musste ich insgeheim über mich lachen. Eine Untersuchungsführerin mit langer Berufspraxis – wieso zum Teufel zitterte ich furchtsam wie ein kleines Mädchen? Es gab doch nichts Jenseitiges.

Ich beruhigte mich wieder, löschte das Licht und wollte mich gerade aufs Kissen sinken lassen, als dicht an meinem Ohr das Telefon klingelte. Ohne die Uhrzeit zu bedenken und zu überlegen, wer mich mitten in der Nacht anrufen mochte, fasste ich mit geübtem Griff nach dem Hörer. Diesen Griff beherrschte ich sogar mit geschlossenen Augen, und ich war dabei blitzschnell, denn das nächtliche Gebimmel sollte meinen Grunzling nicht aufwecken.

»Ja, bitte?«, sagte ich in den Hörer, aber niemand meldete sich. »Hallo«, sagte ich noch einmal in der Hoffnung, es könne der Diensthabende der Stadtbezirksverwaltung für Inneres sein; schließlich hatten sie, seit Ljoscha krank war, im Bezirk nur noch mich, und alle Fälle landeten jetzt bei mir. Aber im Hörer blieb es still. Ich wollte schon auflegen, in der Annahme, es habe sich jemand verwählt oder die Verbindung sei nicht zustande gekommen, aber bei genauerem Hinhören gewahrte ich am anderen Ende der Leitung irgendein Knacken und ein kaum hörbares Atmen. Es hatte sich also niemand verwählt, und an der Qualität der Verbindung lag es auch nicht. Ich erlebte haargenau das Gleiche wie zwei Tage zuvor, als ich in der Wohnung der Klimanowa den Hörer abgenommen hatte.

Ich legte nicht auf, sondern schob den Hörer mit zitternden Händen unters Kopfkissen, erhob mich vom Bett und zog die Tür zu Grunzlings Zimmer fest zu, damit er nicht geweckt würde. Für alle Fälle kontrollierte ich auch, ob die Wohnungstür richtig zugeschlossen war, kehrte dann zum Bett zurück und hielt den Hörer wieder ans Ohr. In der Leitung war alles unverändert – jemand schwieg sich aus und wartete.

Mein Herz hämmerte wie wild. Ich wühlte in meiner Handtasche und ertastete Pietros Geschenk – mein Mobiltelefon, das ich nur höchst selten benutzte, und unter stillen Flüchen schaltete ich es ein. Die Sekunden, die bis zu dem Moment vergingen, da auf dem Display das Logo des Netzbetreibers erschien, kamen mir unendlich lang vor. Schließlich wählte ich die nur wenigen bekannte Geheimnummer unserer Bereitschaft, und atemlos bat ich Borja Spizyn, der das Gespräch entgegennahm, sich mit der Hauptverwaltung in Verbindung zu setzen und zu klären, woher der Anruf kam, der mich in meiner Wohnung erreicht hatte. Borja, von meiner Aufgeregtheit beunruhigt, versprach, sofort alles zu tun und baldmöglichst zurückzurufen. Ich überprüfte abermals, ob der Anrufer noch dran war, begab mich mit dem Handy ins Bad, schloss mich darin ein und wartete auf den Anruf aus der Bereitschaft. Endlich meldete sich Spizyn.

»Mascha«, sagte er. »Es ist unbegreiflich, aber sie kriegen nicht heraus, woher der Anruf kommt. Vielleicht redest du ein Weilchen mit dem Kerl, damit er nicht auflegt?«

»Oh, mein Gott!« Meine Stimme zitterte. »Borja, ich habe Angst, mit ihm zu sprechen.«

Ich hatte wirklich Angst, denn abgesehen von meinem schlafenden Sohn war ich allein in der Wohnung. Mit einem Unbekannten Kontakt herstellen, der von irgendwoher meine Telefonnummer erfahren hatte und der womöglich aus derselben Quelle meine Adresse wusste ... Und im Anschluss an seine Anrufe setzten die Angerufenen entweder selbst ihrem Leben ein Ende, oder man fand sie mit zerschmettertem Schädel in einem Hauseingang ... Ich war davon überzeugt, dass der Mensch mit der unheilvollen Stimme, dieser Vorbote des Todes, es nunmehr auf mich abgesehen hatte.

Vor Furcht bebend hockte ich an die vierzig Minuten im Bad, dann sah ich auf meine Armbanduhr, die ich selbst nachts nicht abnahm, und dachte, dass es mir ohnehin nicht mehr gelingen würde, einzuschlafen. Ich ging in die Küche und machte Tee.

Nachdem ich mir das kräftige Getränk eingeschenkt hatte, betrachtete ich zunächst den Tortenfleck an der Küchendecke und überlegte, wie man ihn beseitigen könnte. Dann aber hielt ich es nicht mehr aus, holte aus dem Korridor meine Handtasche mit Burows schwarzem Notizbuch und ging darin systematisch die Einträge durch.

Es handelte sich um einen zwei Jahre alten Tageskalender, der sich demnach auf die Zeit bezog, da Burow noch in seinem hinterwäldlerischen Korobizyn als operativer Mitarbeiter tätig gewesen war. Die Einträge der ersten Jahreshälfte hatten rein dienstlichen Charakter: Namen, Verabredungen, offenbar Treffpunkte mit Agenten. Nur selten schimmerten Notizen der privaten Ebene durch, beispielsweise: »Geb. Lilja, Blumen bei Timur für 100 Rbl.« Man muss überprüfen, dachte ich, wie Burows Frau mit Vornamen hieß – falls Lilja, dann war dies ein Hinweis auf ihren Geburtstag und eine Blumenbestellung zu einem bescheidenen Preis, wie ihn sich ein operativer Mitarbeiter leisten konnte. Andere weibliche Namen kamen hier in so privatem Kontext nicht vor, woraus ich den Schluss zog, Lilja müsse seine Frau gewesen sein, und meine Ahnung bestätigte sich, als ich auf die Notiz traf: »Unser Hochzeitstag, Geschenk für Lilja.« Das Datum des dreizehnten August war dick mit schwarzem Filzstift umrandet. Es folgten zwei Tage ohne Eintrag, und dann fett, diagonal über die ganze Seite: »Liljas Beerdigung. Telegramm an die Karawajews aufgeben.«

Ich schlug die Kalenderseite um. Zwischen zwei Blättern lag ein Dokument mit zerfransten Rändern. Ich faltete es auseinander und sah, dass es eine Kopie des gerichtsmedizinischen Gutachtens zur Leiche von Lilja Burowa war, sechsundzwanzig Jahre alt, Zimmermädchen im Hotel »Arche«.

Die durch das Kopieren stellenweise gänzlich verblasste Schreibmaschinenschrift mühsam entziffernd, las ich Auszüge aus dem Protokoll der Leichenschau: L. Burowa war am Flussufer tot aufgefunden worden, die Leiche hatte zur Hälfte im Wasser gelegen, ihre Kleidung war verschoben, der Unterleib entblößt, die Wäsche zerrissen; den Schlüpfer fand man fünf Meter von der Toten entfernt, die Schuhe wurden nicht gefunden. Die Leichenstarre war bereits stark ausgeprägt, die Knochen beim Tasten beweglich. Ich faltete das nächste Blatt auseinander. Die innere Untersuchung: Mageninhalt – nichts Besonderes; Splitterbrüche von vier Rippen an der vorderen Axillarlinie links, Bluterguss im Thorax, Rupturen der Pleura, einseitiger Pneumothorax; Todesursache: reflektorischer Herzstillstand als Folge eines Schlags auf den Nervenpunkt. Die Verletzungen wurden durch vier Schläge mit einem stumpfen, harten Gegenstand in die linke Brustkorbhälfte hervorgerufen, möglicherweise durch Faustschläge oder Tritte mit einem beschuhten Fuß. Und schließlich: Äthylalkohol wurde im Blut nicht festgestellt.

Die Einträge, die dem schwarz umrandeten Datum folgten, ließen erkennen, dass Burow selbst mehrere Male von der Staatsanwaltschaft vorgeladen und in dem Mordfall verhört worden war. Im Oktober gab es eine Auslassung von drei Tagen; die Daten waren in der Form eines lateinischen Z durchgestrichen, und daneben stand: »Untersuchungsgefängnis«. Am Tag darauf dann die Notiz: »Bei der Staatsanwaltschaft Papiere abholen.« Ja, eindeutig: Man hatte Burow drei Tage lang wegen des Verdachts des Mordes an seiner Frau festgehalten. Danach ließ man ihn ohne Ergebnis wieder laufen, Anklage wurde nicht erhoben.

Zum Ende des Buches wurden die Einträge immer spärlicher. Einige Seiten waren mit Etiketten von Wodkaflaschen beklebt, und Burows Handschrift veränderte sich zum Schlechteren, wurde immer unleserlicher. Der einunddreißigste Dezember war mit der bitteren Bemerkung versehen: »Prost Neujahr, Ljocha. Glück wirst du keins mehr erleben, hau lieber von hier ab. Nach Petersburg oder ans Ende der Welt. Ohne Lilja ist das sowieso ohne Bedeutung.«

Ich blätterte den Tageskalender noch einmal von Anfang an durch. Zwei Seiten im September klebten zusammen, und beim ersten Mal hatte ich sie übergangen. Jetzt zog ich die Blätter vorsichtig auseinander, darum bemüht, das Geschriebene nicht zu beschädigen. Beim ersten Hinsehen fand ich hier nichts Besonderes, irgendwelche alltäglichen Dinge, aber plötzlich fiel mein Blick auf die unterste Zeile. In winzigen Buchstaben standen dort mehrere Worte, und während ich las, traute ich meinen Augen nicht. Die Worte waren nicht einmal in Anführungsstriche gesetzt, sondern sogar noch unterstrichen. Geschrieben waren sie sorgfältig, viel sorgfältiger, als der Besitzer des Büchleins sonst zu schreiben pflegte. Ach Burow, Burow, dachte ich, warum hast du am Freitag nicht gesagt, dass du diese Worte schon mal gehört hattest? Hättest du dich uns mitgeteilt, wärst du vielleicht noch am Leben. Aber du hast geschwiegen. Warum? Du wirst die Worte kaum vergessen haben. In der Wohnung der Klimanowa musstest du dich wohl oder übel an sie erinnern, da du ja den Abschiedsbrief der Toten gesehen hast. Und ich habe dir und Petja Koslow gesagt, was ich am Telefon gehört hatte. Genau diese Worte hast du vor zwei Jahren am zehnten September in deinem Kalender notiert: *Niemand liebt dich, du musst sterben.*

10

Um acht Uhr morgens fiel mir plötzlich ein, dass der Telefonhörer immer noch unter meinem Kopfkissen lag. Ich schlich mich an mein eigenes Bett heran, als ob dort das Gespenst mit der leblosen Automatenstimme lauern würde, und hob vorsichtig den Hörer ans Ohr, insgeheim inständig betend, es möge mir ein kurzes Tuten daraus entgegenkommen. Aber nichts da – wie zuvor hörte ich darin jenes Atmen sowie undefinierbare Geräusche. Ich hatte regelrecht das Gefühl, dass sich der Unbekannte bei mir in der Wohnung befand. In Panik warf ich den Hörer auf die Gabel, und sofort klingelte das Telefon erneut.

Ich legte das Kopfkissen über den Apparat und wählte auf dem Handy die Nummer der Bereitschaft der Stadtbezirksverwaltung für Inneres. Lange nahm niemand ab, dann meldete sich Spizyns verschlafene Stimme.

»Mascha, bist du das?«

»Ja, allerdings!«, schrie ich ins Handy. »Ihr schlaft, während mich ein Geisteskranker verfolgt!«

»Was?«, erwiderte Spizyn. »Und ich dachte, du schläfst.«

»Als ob man hier schlafen könnte!« Ich war mittlerweile beinahe hysterisch. »Die ganze Nacht ruft der Kerl bei mir an, hörst du, bis jetzt gerade eben!«

»Mascha, erstens, bitte beruhige dich. Und zweitens, wer ruft dich an?«

»Das wüsste ich selber gern!«

»Beruhige dich«, wiederholte Spizyn. »Und sag: Bedroht er dich?«

Ich war irritiert. »Nein … Er schweigt einfach.«

»Na siehst du. Nichts Schlimmes. Klar, wenn er dich bedrohen würde …«

»Borja, machst du dich über mich lustig?« Ich spürte, wie mir Tränen in die Augen stiegen. »Wenn's nur um mich ginge, aber ich habe ein Kind. Wenn dieser Typ meine Telefonnummer kennt, was hindert ihn daran, auch meine Adresse herauszubekommen? Das ist ein Wahnsinniger! Tut etwas, bitte!« Auf einmal heulte ich doch tatsächlich los.

Borja, so schien es, hielt die Hand auf die Muschel, und im Bereitschaftsraum begannen irgendwelche Beratungen, woraufhin der Diensthabende Wassili Makarytsch den Hörer übernahm.

»Mascha, he, beruhige dich. Ich schicke dir gleich einen Wagen, die Leute überprüfen das Treppenhaus, wir fahren deinen Sohn zur Schule und dich zur Arbeit.«

»Und dann? Wer holt meinen Sohn aus der Schule ab? Und in der Nacht? Wenn er nun plötzlich einzubrechen versucht?«

»He, ganz ruhig. Wenn er einbrechen wollte, würde er nicht anrufen. Was ist bloß mit dir los? Als hättest du noch nie mit Verrückten zu tun gehabt!«

Ungeachtet der vernünftigen Argumente wollte ich in keiner Weise gelten lassen, dass nichts Besonderes vorgefallen war. Die arme Klimanowa! Wie gut ich sie jetzt verstand! Ich hatte wenigstens meinen Grunzling im Nebenzimmer – wie dagegen musste ihr in der leeren Wohnung zumute gewesen sein?

Nach meinem Gespräch mit Makarytsch begab ich mich in die Küche und inspizierte meinen Vorrat an Beruhigungsmitteln. Ich nahm irgendeinen Tranquilizer samt Baldriantropfen ein und dachte dabei, dass ich, wenn mein Grunzling nicht wäre, nach solch irren Anrufen in einer schlechten Stunde wohl auch Dimedrol geschluckt hätte, nur um mir nicht mehr anhören zu müssen, was da nächtelang aus dem Telefonhörer drang.

Als ich mich einigermaßen gefasst hatte, weckte ich Goschka und teilte ihm mit, dass er im Milizauto zur Schule fahren würde. Ich sagte ihm auch, er solle auf keinen Fall allein nach Hause gehen, ich würde kommen und ihn von der Schule abholen. Mein verschlafener Sohn wunderte sich über nichts und nahm alles ergeben hin.

Mit dem Milizwagen fuhren wir an der Schule vor; ich beobachtete noch, wie mein Sohn im Innern des Gebäudes verschwand, und wurde dann zur Staatsanwaltschaft gebracht.

Im Dienstzimmer meines Chefs ließ mich erneut meine Beherrschung im Stich. Bevor ich überhaupt ein Wort herausbringen konnte, fing ich an zu heulen. Der Chef jedoch hatte für derlei Fälle vorgesorgt. Für den Anfang legte er mir ein riesiges Taschentuch hin, zählte zwanzig Tropfen Baldrian ab, schob mir danach eine Praline in den Mund und reichte mir eine Tasse mit Pfefferminztee.

Nach diesen Wiederbelebungsmaßnahmen legte ich dem Chef ausführlich dar, welche Ereignisse es am letzten Wochenende gegeben hatte, und fragte ihn um Rat. Der Chef schwieg einen Moment lang und kaute auf seiner Unterlippe.

»Zunächst einmal sollten Sie umziehen«, erklärte er schließlich. »Wüssten Sie, wohin?«

Meine Knie fingen an zu zittern. »Wladimir Iwanowitsch, Sie meinen, dass die Gefahr so groß ist?«

»Nein, ich meine, dass Sie in einem solchen Zustand nicht arbeiten können«, erwiderte der Staatsanwalt in seiner unerschütterlichen Art. »Falls Sie nirgends hinkönnen, bringen wir Sie in ein Hotel.«

»In ein Hotel? Und die Kosten?«

»Ja, stimmt, das wird zu teuer. Suchen wir also nach anderen Varianten. Ziehen Sie zu Ihrem Doktor.«

»Zu Stezenko?« Ich überlegte. Natürlich konnte ich mitsamt Grunzling zu meiner Mutter übersiedeln. Dann müsste ich meiner Mutter allerdings die Gründe für meinen Wohnungswechsel offenbaren, was bedeutete, dass sie sich große Sorgen machen würde. Mir fehlte zurzeit die Kraft, etwas Glaubwürdiges zu erfinden und dieses Märchen dann aufrechtzuerhalten.

»Möchten Sie, dass ich mit ihm spreche?«, schlug mein Chef vor und hatte damit Sascha im Sinn. »Rufen wir doch den Leiter des Leichenschauhauses an …«

»Apropos Leichenschauhaus. Wladimir Iwanowitsch, ich wollte zur Obduktion der Klimanowa fahren«, erinnerte ich ihn an mein Vorhaben.

»Lassen Sie uns gemeinsam hinfahren.« Rasch erhob sich der Chef von seinem Stuhl. »Dann kann ich gleich mit Stezenko sprechen.«

»Wladimir Iwanowitsch, werden wir wegen der Klimanowa ein Verfahren einleiten?«, erkundigte ich mich, während der Chef seine Uniformjacke aus dem Schrank nahm und sie anzog.

»Wir werden doch gleich die Ergebnisse der Obduktion haben, dann können wir eine Entscheidung fällen.«

Als ich ins Vorzimmer hinausging, stieß ich unmittelbar in der Tür mit dem jungen zuständigen operativen Mitarbeiter Koslow zusammen, der gekommen war, um über die Mieterbefragung im Hause der Klimanowa Bericht zu erstatten – die Ergebnisse seiner Arbeit hatte er mir partout im Zimmer des Staatsanwalts des Stadtbezirks mitteilen wollen.

»Pjotr Valentinowitsch, wissen Sie es schon?«, fragte ich und meinte damit Burows Tod.

Der junge Kollege nickte. »Maria Sergejewna, bestimmt hängt das mit dem Mord an der Schauspielerin zusammen«, erwiderte er leidenschaftlich. »Ich würde auch gern im Mordfall Burow tätig sein. Geht das?«

Ich erklärte Pjotr Valentinowitsch, dass uns der Fall noch nicht übergeben worden war, wir ihn natürlich gern übernehmen würden, dass darüber aber die Städtische Staatsanwaltschaft zu entscheiden habe.

Pjotr Valentinowitsch tänzelte geradezu, so unbedingt wollte er an der Aufdeckung beteiligt werden. »Ich habe ein Recht darauf«, versuchte er, mich zu überzeugen. »Wir waren faktisch die Letzten, mit denen er zu tun gehabt hat ...«

»Die Letzten waren die Mörder«, korrigierte ich ihn finster.

Pjotr legte mir einen schweren Packen Papier auf die Hand – die Erklärungen der Mitbewohner im Haus der Klimanowa.

»Und?«, fragte ich, den Papierstoß schwenkend. »Sind irgendwelche Perlen darunter?«

Koslow machte ein betrübtes Gesicht. »Man hat keine fremden Personen gesehen«, antwortete er. »Ich habe alle sehr eingehend befragt, aber niemand hat sich an etwas erinnert.«

»Na klar«, sagte ich. »Wissen Sie schon, Pjotr Valentinowitsch, dass der Wahnsinnige jetzt bei mir anruft?«

Pjotr Valentinowitsch erbleichte. »Maria Sergejewna«, erwiderte er erschrocken. »Man muss unbedingt für Ihre Sicherheit sorgen! Haben Sie schon Maßnahmen getroffen?«

»Ach, unsere Stadtbezirksverwaltung meint, es sei nichts Schlimmes«, erwiderte ich. »Solange man mir gegenüber keinerlei Drohungen äußere, sei nichts zu befürchten. Das ist wie in dem alten Witz: ›Kommen Sie wieder, wenn man Sie umbringt.‹«

Pjotr Valentinowitsch presste die Kiefer aufeinander.

Ich versprach noch, ihm die Obduktionsergebnisse mitzuteilen, lief dann in mein Zimmer, um ein paar Sachen zu holen, und strich die Fahrt ins Gefängnis aus meinem Tagesplan. Jetzt musste ich erst mal die Frage meiner eigenen Sicherheit klären. Die Rettung Ertrinkender ist letztlich das Werk der Hände der Ertrinkenden selbst – das Beispiel der Klimanowa hatte mir das anschaulich vor Augen geführt.

Und doch sollte es mir heute nicht so einfach gelingen, ins Leichenschauhaus zu kommen. Als ich dem Chef hinterher zum Ausgang hastete, sah ich am Ende des Korridors die Gestalt des Schriftstellers Latkowski. Oje, dachte ich, er sollte ja die Erlaubnis zur Beerdigung seiner Exfrau erhalten. Ich erläuterte dem Chef die Situation, rannte zurück ins Büro, formulierte rasch den entsprechenden Text und erklärte Latkowski, wohin er sich wenden musste, um die Beerdigung in die Wege zu leiten.

»Andron Nikolajewitsch«, fügte ich, schon im Laufen, beim Abschied hinzu. »Nach der Beerdigung kommen Sie bitte in die Staatsanwaltschaft. Ich möchte mit Ihnen sprechen.«

»Ja, gut.« Er nickte mir hinterher. »Ist bei Ihnen irgendetwas geschehen?«

Ich gab keine Antwort.

Der Chef schwieg während der ganzen Fahrt zum Leichenschauhaus. Auch ich blieb stumm und dachte über alle mir bekannten Fakten der letzten Ereignisse nach. Als wir schon fast da waren, kam ich zu dem Schluss, dass jemand nach Korobizyn fahren musste. Dort gab es irgendeinen Knoten, ein Knäuel, dessen Fäden mit dem Tod der Klimanowa und auch mit Burows Tod verknüpft waren, und diese Fäden zogen sich bis zu Burows getöteter Frau. Außerdem gelangte ich zu dem Schluss, dass ich nicht zu Stezenko ziehen würde. Wo aber sollte ich hin? Einmal angenommen, ich ginge auf eine Dienstreise nach Korobizyn – wo bliebe dann mein Grunzling? Vermutlich bei seiner Großmutter. Allerdings mussten für ihn Schutzmaßnahmen getroffen werden. Wer konnte schon wissen, was diesem Wahnsinnigen als Nächstes einfiel?

Im Leichenschauhaus trennten sich unsere Wege. Der Chef begab sich zum Leiter der Einrichtung, und ich erkundigte mich im Büro, wer die Obduktion der Klimanowa vornehmen würde, und suchte dann den entsprechenden Sektionsraum. Als ich durch eine der Türen hineinsah, fand ich dort die Gerichtsmedizinerin Marina Marenitsch, die mit der Leiche der Klimanowa befasst war. Marina winkte mir zu und fragte freundlich: »Willst du zu uns? Komm rein.«

Ich trat ein und ging zum Seziertisch. Noch immer konnte ich nicht begreifen, über welche Seelenlage man verfügen musste, um kaltblütig in menschlichen Innereien zu wühlen und dennoch ein kultivierter Mensch zu bleiben.

»Du kommst ein bisschen zu spät«, erklärte Marina, während sie fortfuhr, am Seziertisch zu hantieren. »Ich habe sie bereits aufgeschnitten.«

Ich fühlte mich ein wenig erleichtert darüber, dass ich den feierlichen Augenblick verpasst hatte. Aber der entscheidende Teil kam ja erst noch. Marina hielt es für ihre Pflicht, den Vorgang des Obduzierens ausführlich für mich zu kommentieren.

»Pass auf«, fuhr sie fort. »Wir haben die Verbindung von Brust- und Schlüsselbein zertrennt, an den Knorpeln entlang lösen wir das Brustbein, wir schneiden den Lungenlappen ein … So, hier ist das Rippenfell … hier der Mastdarm … und dann, als zusammenhängende Organpakete, separieren wir die Bauchorgane … He, dreh dich doch nicht weg.«

Ein junges Mädchen aus dem Büro, weiß bekittelt, lugte in den Raum und rief lauthals: »Marina! Willst du nun den Pullover? Sonst nehmen sie ihn wieder mit.«

Marina, die Hand im blutigen Gummihandschuh, winkte dem Mädchen, und ein Fächer aus Blutspritzern stob von ihrem Seziermesser auf den gefliesten Fußboden.

»Kiska, bring den Pullover her. Ich berate mich mit der Untersuchungsführerin, damit bei der Farbe nichts schief geht.«

Kiska verschwand für einige Sekunden und kehrte dann mit einem grelllila Pullover in der Hand zurück.

»Komm, halt ihn mir hin«, sagte Marina. »Du siehst ja, ich habe die Hände nicht frei.«

Die Büromitarbeiterin hielt Marina gehorsam den Pullover an die Brust, und ich musste zugeben, dass ihr die Farbe stand.

»Sieht toll aus«, sagte ich aufrichtig.

»Wirklich?«, erwiderte Marina erfreut. »Dann nehme ich ihn. Verstehst du, irgendwie war ich im Zweifel, immerhin hat die Farbe etwas zu bedeuten. Man sagt, zu viel Lila kann Depressionen auslösen.«

Im Stillen amüsierte ich mich über Marina: Da schnippelte sie Tag für Tag Leichen auf – freilich nicht immer so schöne wie die heutige, sondern auch stinkende, durch Verbrennungen verunstaltete –, und dennoch glaubte sie, Depressionen könnten ihr nur von zu viel Lila in der Kleidung drohen.

Das weiß bekittelte Mädchen verschwand mit dem Pullover, und Marina setzte ihre Arbeit fort.

»Sag mal, wirst du ein Verfahren einleiten?«

»Hängt ganz von dir ab«, sagte ich. »Von dem, was du zutage förderst.«

»Es soll einen Abschiedsbrief geben?«

»Den gibt es«, bestätigte ich.

»Womit hat sich die Dame vergiftet?« Marina schnitt den Magen auf und sammelte aus dessen Inhalt die Reste von Tabletten.

»Nach den Schachteln zu urteilen, ist es Dimedrol.«

»Könnte sein. Ich schicke das den Chemikern. Tja, das pathomorphologische Bild ist unspezifisch. Ich nehme Blut, Urin, Magenwand und Mageninhalt, Darmwand und Darminhalt, Niere, Leber, Galle. Und Gehirn. Ruf etwa in einer Woche an, dann wissen wir alles über sie.« Marina betrachtete nachdenklich den aufgeklappten Körper. »Stimmt es, dass sie eine bekannte Schauspielerin war?«

»Ja. Hast du ›Das Herz in der Faust‹ gesehen?«

»Natürlich. Da hat sie mitgespielt? Hätte ich nie vermutet!« Marina ließ von ihrer Arbeit ab und prüfte kritisch, was vor ihr lag. »Wie die Schminke doch verändert. Sag, und dieser Schriftsteller, nach dessen Werk der Film gedreht wurde, ist wohl ihr Mann, oder?«

»Ja.« Ich nickte. »Er kommt heute und holt sich den Totenschein. Allerdings ist er der Exmann.«

»Verblüffend.« Marina beugte sich vor und betrachtete erneut die Tote. »Was wollen die Männer noch? Eine Schauspielerin, begabt, jung, schön ... Was hat ihm gefehlt?«

»Ach, Marina ... Weder du noch ich werden diese Frage jemals beantworten.«

»Richtig«, stimmte mir Marina zu. »Schau dich und Sascha Stezenko an. Warum quälst du den Kerl? Hau mit der Faust auf den Tisch und sag: Los jetzt, zum Standesamt, verdammt noch mal!«

»Tja, wenn das so einfach wäre.«

»Es gibt wirklich Schwierigeres«, murmelte Marina, in das Studium der Leiche vertieft. »Sag mal, war dein Mädchen Abfahrtsläuferin?«

»N-nein«, erwiderte ich zögernd. »Derlei Angaben habe ich nicht über sie.«

»Aber vielleicht ist sie vom Dach gestürzt?«, forschte Marina weiter.

»Nein, nein, sie hat ein sehr ruhiges Leben geführt. Außer ins Theater ist sie nirgends hingegangen.«

»Hat sie vielleicht in so einem avantgardistischen Stück mitgespielt? Ich war mal in einer Opernaufführung, da hat die Primadonna in einem Bett gesungen, das drei Meter über der Bühne schwebte. Ich konnte kaum zuhören – immerzu musste ich daran denken, wie sie wohl wieder herunterkommt ...«

»Soweit ich weiß, hat die Klimanowa nur in Ostrowski-

Stücken gespielt. Ihr letzter Film – ›Das Herz in der Faust‹ – war vor zwei Jahren. Aber dabei dürften ihr wohl auch keine Kunststückchen abverlangt worden sein.«

»Dann verstehe ich das nicht.« Marina legte das Seziermesser am Rand des Tisches ab und wischte sich mit der Rückseite ihres Gummihandschuhs über die Stirn.

»Was meinst du?«

»Komm näher, Mascha, nur keine Angst. Ich habe das weiche Gewebe bereits von den Knochen heruntergenommen, die Knochenhaut freigelegt, und was sehe ich?«

»Was denn?«, fragte ich zurück, während ich mich über die Tote beugte.

»Sieh mal, was da an den Rippen ist.« Marinas Finger strich über die entblößten Rippen, die mich unangenehm an einen Fleischerladen erinnerten. »Hier finden sich Verdickungen. Das Mädchen hat Knochennarben. Die Rippen waren gebrochen.«

»Ja, und?« Hastig wich ich wieder zurück. »Da kann alles Mögliche –«

»Alles Mögliche? Ein Mensch vergiftet sich, und vorher bricht er sich die Rippen? Interessiert dich nicht, unter welchen Umständen es dazu gekommen ist?«

»Das kann vor hundert Jahren passiert sein.«

»Eben nicht. Diese Knochennarben sind noch nicht gefestigt. Hier, fass an. Die sind zwei, drei Wochen alt. Die Röntgenologen können es dir natürlich genau sagen, aber glaub mir, das sind frische Spuren von Rippenbrüchen. Nach ein oder anderthalb Monaten fasst sich so eine Narbe bereits anders an.«

»Du willst sagen –«

»Möchtest du sie nicht anfassen? Genau hier, wo das wandständige Brustfell die Rippen bedeckt. Geh mit der Hand drüber, dann fühlst du es.«

Höflich lehnte ich ab und versicherte Marina, ihr voll und ganz zu vertrauen. Während ihre Hand weiter über die Rippen der Toten glitt, erklärte mir Marina, dass sich zwei bis drei Wochen nach einer Fraktur am Knochen eine Verdickung bildet, die wie ein Huckel hervorsteht, und eine solche Knochennarbe bleibt einem dann für immer erhalten.

»O mein Gott!«, rief Marina, während sie die Untersuchung fortsetzte. »Hier sind ja noch alte Frakturen. Die Frau hat ein stürmisches Leben gehabt. Du sagst, ihr Exmann ist Schriftsteller?«

»Marina, die Klimanowa ist kurz vor ihrem Tod bei mir in der Staatsanwaltschaft gewesen. Sie sagte mir, dass sie Latkowski, obwohl sie von ihm geschieden sei, noch immer liebe. Und dass sie auch nach der Scheidung ein gutes Verhältnis zueinander gehabt hätten. Wenn er ihr regelmäßig die Rippen gebrochen hätte, meinst du, sie hätte dann unter der Scheidung so sehr gelitten, dass sie in der Nervenklinik behandelt werden musste?«

»Ich weiß nicht, ich weiß nicht«, murmelte Marina. »Dann mach denjenigen ausfindig, der ihr das angetan hat. Dies sind die Folgen von Schlägen mit einem stumpfen, harten Gegenstand mit begrenzter Schlagfläche. Eine Faust oder ein beschuhter Fuß. Märchen wie von einem Sturz aus der Höhe der eigenen Körpergröße will ich gar nicht erst hören.«

»Hab verstanden. Kannst du die Zeiten der Brüche bestimmen lassen?«

»Du meinst, wann die Rippenbrüche erfolgten? Nun, nicht auf den Tag genau, aber ich werde aus den Röntgenologen herausholen, was möglich ist. Eins jedoch sage ich dir gleich: Die Frau hat mindestens drei Frakturen unterschiedlichen Alters.«

11

Als ich das Dienstzimmer des Leiters des Leichenschauhauses betrat, wo der Leiter selbst und unser Staatsanwalt freundlich miteinander plauderten, teilte ich meinem Chef unverzüglich mit, dass wegen des Todes der Schauspielerin ein Verfahren eingeleitet werden müsse. Der Chef erwiderte mir darauf Wort für Wort das, worauf ich auch selbst gekommen war, als ich Argumente gegen eine Verfahrenseinleitung gesucht hatte: erstens, der vorhandene Abschiedsbrief, zweitens fehlten Hinweise, dass die Klimanowa gewaltsam mit dem Dimedrol vergiftet worden war, da sich weder blaue Flecken am Körper noch Verletzungen an der Mundschleimhaut gefunden hatten. Drittens war die Frau wegen ihrer Nerven in Behandlung gewesen, und schließlich das stärkste Argument – sie hatte ein Motiv für einen Selbstmord gehabt, nämlich ein glückloses Privatleben und durch merkwürdige Anrufe hervorgerufene Ängste.

»Genau«, sagte ich. »Wir sollten zumindest ein Verfahren wegen eines In-den-Selbstmord-Treibens einleiten.«

»Lassen Sie uns noch abwarten«, erwiderte der Chef.

»Wladimir Iwanowitsch, es gibt Gründe anzunehmen, dass Burow umgebracht wurde, weil er etwas über den Tod der Schauspielerin gewusst hat.«

»Ja, in Ordnung.« Der Staatsanwalt nickte. »Nehmen Sie sich die Schauspielerin im Rahmen des Falls Burow vor. Sollten Sie einen Zusammenhang finden, wird niemand Sie daran hindern, gegen die Täter vorzugehen. Vorerst aber denken Sie an das postmortale psychologische Gutachten. Alles klar?«

Mir war alles klar. Das postmortale Gutachten würde aussagen, dass die psychische Verfassung der Klimanowa vor ihrem Tod ganz der Absicht entsprach, ihrem Leben ein Ende zu machen. Und außerdem, wer war schuld daran, dass sie in den Selbstmord getrieben wurde? Gegen wen sollte man vorgehen? Gegen den nächtlichen Anrufer? Um wen handelte es sich dabei? Und wieso ließ sich einfach nicht feststellen, woher diese Anrufe kamen? Aus dem Jenseits vielleicht?

Der Leiter des Leichenschauhauses machte eine besorgte Miene, und ich begriff nicht sofort, dass nicht seine, sondern meine Probleme der Grund für seine Besorgnis waren.

»Mascha«, sagte er ernst. »Wir müssen an deine Sicherheit denken.«

Ich seufzte. Rund um die Uhr würde mich niemand beschützen können, damit wäre unsere Miliz überfordert. Das Amt für die Bekämpfung der organisierten Kriminalität ließ sich schon gar nicht heranziehen, da mich nicht ein Vertreter einer kriminellen Vereinigung bedrohte, sondern das Phantom eines Geisteskranken. Zudem bedrohte er mich nicht einmal, sondern ich fühlte mich bedroht. Wovor sollte man mich beschützen? Vor Anrufen aus einem Nirgendwo?

»Wladimir Iwanowitsch und ich haben uns ausführlich unterhalten«, fuhr der Leiter des Leichenschauhauses fort. »Ich spreche jetzt mit Stezenko, und du solltest gleich heute zu ihm umziehen.«

Tolle Idee. Wenn es ein Bote aus dem Jenseits war, der mich anrief, würde er mich auch bei Stezenko finden.

»Jura«, entgegnete ich mit ernster Miene. »Das Beste wäre, wenn Stezenko und ich jetzt gleich zum Standesamt gingen und ich meinen Namen ändern würde. Zum Zwecke der Sicherheit.«

»Wird gemacht.« Jura nickte.

»Wie, habt ihr zwei euch das schon vorher ausgedacht?«,

fragte ich, mich an meinen Chef wendend. Dieser schmunzelte, da er im Unterschied zu Jura begriff, dass ich stichelte. »Gar nichts muss gemacht werden«, sagte ich dann zu beiden. »Meinen Sohn gebe ich zur Großmutter, und ich selber fahre nach Korobizyn. Dort wird mich niemand finden.«

»Ach, Maria Sergejewna, gerade dort ist es am gefährlichsten.« Mein Chef schüttelte den Kopf.

»Wenn nötig, schicken wir Stezenko zusammen mit Mascha nach Korobizyn«, erklärte der Leiter des Leichenschauhauses.

Ich machte eine abwehrende Geste. Stezenko kam herein, und meine ganze Aufmerksamkeit richtete sich jetzt auf ihn. Wir plauderten noch eine Weile miteinander und amüsierten uns darüber, dass sein Vorgesetzter ihn beinahe zwangsverheiratet hätte, dann machten der Chef und ich uns zum Aufbruch bereit. Der Chef beabsichtigte, zur Städtischen Staatsanwaltschaft zu fahren, um dort die Übergabe des Mordfalls Burow an unseren Stadtbezirk in die Wege zu leiten, und auf mich wartete das Gefängnis. Um meinem Untersuchungshäftling für ein biologisches Gutachten Blut abzunehmen, war es schon zu spät, aber ich musste vor meiner Dienstreise noch mit Barrakuda sprechen.

Wir waren schon am Gehen, als Jura noch einmal aus seiner Tür blickte und mich rief. »Mascha, komm bitte ans Telefon. Ein Anruf aus dem Kriminalamt.«

Am Telefon war Kostik Migulko. Er hatte die Informationen, die auf Burows Telefonkarte gespeichert waren, überprüft und wollte mir gleich das Ergebnis mitteilen.

»Er hat tatsächlich am Sonntagabend um sechs bei dir angerufen.«

»Woher wusste er meine Nummer?«, wunderte ich mich.

»Ach, Mascha! Die Telefonnummern der Untersuchungsführer der Staatsanwaltschaft, darunter auch die Privatanschlüsse, hat jeder operative Mitarbeiter meiner Abteilung. Hast du das vergessen?«

»Hatte ich tatsächlich. Und, gibt es noch andere interessante Anrufe?«

»Nein, am Wochenende war dies das einzige Gespräch. Davor hat er die Karte das letzte Mal am Freitag benutzt.«

»Alles klar. Das heißt, Sonntagabend um sechs war er noch am Leben und hatte Gelegenheit, seine Telefonkarte zu benutzen? Er konnte vom Automaten aus anrufen?«

Ich hielt inne. Wieso meinten wir eigentlich, dass es Burow gewesen war, der mithilfe der Karte bei mir zu Hause angerufen hatte? Den Hörer hatte doch mein Sohn abgenommen, und Burows Stimme war ihm unbekannt. Mehr noch, Goschka hatte gesagt, dass ich in der Dienststelle sei, warum hatte Burow dann nicht in der Staatsanwaltschaft angerufen?

Jura, der Leiter des Leichenschauhauses, beobachtete mich besorgt, während ich telefonierte.

»Schlechte Nachrichten?«, erkundigte er sich, als ich auflegte.

»Nein, nein«, beruhigte ich ihn. »Die laufende Arbeit.«

»Aha, die laufende Arbeit«, brummte er. »Euer operativer Mitarbeiter ist übrigens bei uns gelandet – wir machen uns gleich an die Obduktion. Mascha, bitte, wenn etwas ist, wir helfen immer.«

»Mit einer Obduktion außer der Reihe?«

»Mein Gott, was für ein makabrer Scherz. Du weißt doch, der Gedanke ist materiell, und das Wort erst recht.«

Ich, schon in der Tür, machte noch einmal Halt. »Natürlich, das Wort ist materiell. Besonders wenn man es einem psychisch unausgeglichenen Menschen gegenüber ständig wiederholt.«

»Wovon sprichst du?« Juras Miene verfinsterte sich.

»Wenn dir einer ständig sagt, dass niemand dich liebt und du sterben musst, was machst du dann?«

»Ich poliere ihm die Fresse«, antwortete Jura.

»Und wenn es keinen gibt, dem du die Fresse polieren kannst? Wenn du immer nur eine Stimme hörst?«

»Wenn ich anfange, Stimmen zu hören, melde ich mich in der Psychiatrie an. Und, wo geht's jetzt hin?«

»Eigentlich wollte ich ins Gefängnis, aber ich fahre ins Theater.«

Ich drehte mich auf dem Absatz um und rannte hinaus. Ja, dachte ich, ich fahre ins Theater. Den Mord an Burow würden wir nicht aufklären, ohne die eine oder andere Frage über die Klimanowa zu beantworten.

Da das Theater für Schauspiel und Komödie auf dem Weg zur Staatsanwaltschaft lag, brachte mich mein Chef mit dem Dienstwagen gleich dorthin. Solange über die Übergabe des Falls an unseren Stadtbezirk nicht entschieden war, konnte ich in Sachen Dienstreise nichts unternehmen. Obwohl man nur fünf, sechs Stunden Fahrt bis dorthin brauchte und keine Flugtickets benötigte, war es doch besser, sich korrekt zu verhalten.

Als ich das Theatergebäude betrat, dachte ich, dass die Zeit wohl ungünstig sei und ich kaum jemanden antreffen würde, da die Schauspieler sicherlich erst am Abend eintrafen, aber unerwartet hatte ich Glück. Fast alle Schauspieler, mit Ausnahme der zu Gastspielen gereisten, waren da. Sie bereiteten die Trauerfeier vor und schmückten die Bühne mit entsprechendem Zubehör. An einem Fensterchen mit der Aufschrift »Administrator« zeigte ich einer jungen Frau meinen Dienstausweis, und sie führte mich durch die Gänge.

Früher, wenn ich im Theater gewesen war, hatte ich nie

darüber nachgedacht, was sich hinter der Bühne abspielen mochte. Nun zeigte sich, dass sich dort die andere Hälfte des Theaters befand, mit einer Vielzahl von Korridoren, Kämmerchen, Bogengängen und Sälen. Über eine schmale Wendeltreppe erklomm ich hinter der Administratorin den ersten Stock, und dort führte mich die Dame einen langen Korridor entlang, vorbei an verschlossenen Türen, auf denen die Namen von Schauspielern standen. Schließlich machten wir vor einer Tür Halt, an der ein Schild mit zwei Namen angebracht war – Klimanowa und Rajskaja.

»Hier, das war Tatjanas Garderobe«, erklärte die Administratorin. »Lisa Rajskaja ist gerade da und macht Ordnung. Gehen Sie ruhig rein.«

Ich klopfte an, und als eine weibliche Stimme antwortete, trat ich ein. Das winzige Zimmerchen mit zwei Trumeaus, irgendwelchen Kisten auf dem Fußboden sowie einem zusammengefalteten Paravent am Fenster wurde gerade von einer jungen Frau ausgefegt, deren blasses, verweintes Gesicht auf unbestimmte Weise dem der Klimanowa ähnelte, so wie es mir von deren Besuch in der Staatsanwaltschaft in Erinnerung geblieben war.

Ich nannte meinen Namen und zeigte den Dienstausweis, aber die junge Frau sah gar nicht richtig hin. Sie warf den Besen in die Ecke, kam auf mich zu und reichte mir die Hand.

»Jelisaweta.«

»Und Ihr Vatersname?«

»Ach, nicht nötig, daran bin ich nicht gewöhnt. Setzen Sie sich. Sie ermitteln wegen Tatjanas Tod?«

Ich vermerkte im Stillen die Wortwahl: Sie sprach nicht von einem »Mord«, bei dem ich ermittelte, sondern von Tatjanas »Tod«. Mir schien, als habe auch diese Frau in dem Film »Das Herz in der Faust« mitgespielt. Inzwischen wusste ich allerdings, dass Schauspielerinnen, sofern man sie nur auf der Leinwand gesehen hatte, im Leben schwer wiederzuerkennen waren.

Ich nahm an dem Toilettentischchen vor dem Spiegel Platz und überlegte, wie ich beginnen sollte. Ich entschied mich dafür, zunächst nach dem Privatleben zu fragen.

»Lisa, können Sie mir sagen, was im Privatleben von Tatjana Klimanowa vor sich ging? Hatten Sie überhaupt engeren Kontakt?«

»Enger geht es nicht«, erwiderte Lisa lächelnd. »Sie sehen ja, wie riesig das Schminkzimmer ist. Wir gerieten mit den Ellbogen aneinander.«

»Aber Streit gab es nicht, oder?«

»Um Gottes willen! Mit Tatjana konnte man gar nicht streiten, unmöglich. Sie glaubte ja an Gott ...«

»Und wie war das mit ihrem Privatleben?«, wiederholte ich meine Frage.

»Na ja, so ...« Die Rajskaja schnappte sich wieder den Besen und spielte damit herum, wirbelte ein Schmutzhäufchen unter dem Stuhl auf.

»Was heißt das – so?«

»Vor zwei Jahren wurde sie geschieden. Sie wissen bestimmt, dass sie mit Andron Latkowski verheiratet war.« Bei der Namensnennung machte die Rajskaja eine kaum merkliche Grimasse, die zeigte, dass sie Latkowski nicht leiden konnte.

Ich wollte sichergehen und fragte: »Sie mögen ihn nicht?«

»Aber wie kommen Sie denn darauf?«, verwahrte sie sich augenblicklich. »Ich habe keinen Grund für irgendeine Art von Abneigung. Aber auch keinen für Zuneigung«, fügte sie nach kurzer Überlegung hinzu.

»Weshalb kam es zu der Scheidung?«

»Ich habe ihr immer gesagt, dass man einen Mann nicht so verwöhnen soll. Niemals! Sie war ja völlig überdreht, was ihn anging.« Die Rajskaja fuhr jetzt wütend mit dem Besen über den Fußboden. »Na ja, und er schlug voll über die Stränge. Solange er bloß von einer zur andern wechselte, war das noch nicht schlimm. Das wäre so weitergegangen, aber dann geriet er an eine Durchtriebene, eine richtig Gerissene. Es macht nichts, wenn ich so rede? Es ist ja nicht meine Sache …«

»Sprechen Sie ruhig weiter«, sagte ich. »Wir benötigen dringend Informationen.«

»Ja?«, fragte sie leicht unsicher und beruhigte sich wieder. »Natürlich, klar. Also, dieses Weibsstück klammerte sich an ihn wie eine Klette, spielte sogar die Schwangere.«

»Spielte?«

»Ja, die Schwangerschaft war vorgetäuscht. Aber Tatjana selbst hat ihm gesagt, dass er sie heiraten soll. Als *Ehrenmann*. Die Dumme!«

»Aber ihr Verhältnis zueinander blieb gut?«

»Ich habe das nie verstanden. Nie! Ich hätte ihm das nicht verziehen.«

»Und die Klimanowa?«

»Ich sage doch, sie war eine Dumme. Natürlich ist es nicht nett, so von einer Toten zu sprechen.« Die Augen der Rajskaja füllten sich mit Tränen. »Aber sie war wirklich dumm! Andron machte sich ihren Edelmut zunutze, verließ sie und heiratete sofort dieses Flittchen. Aber auch Tatjana besuchte er –«

»Er besuchte sie? Wie ist das gemeint?«

»Wie das gemeint ist? Ich habe keine Ahnung, wozu es da gekommen ist, aber besucht hat er sie öfter.«

»Lisa, sagen Sie, hat Tatjana Ihnen in letzter Zeit etwas von seltsamen Dingen erzählt?«

»Zum Beispiel?« Die Rajskaja legte den Besen beiseite und starrte mich an.

»Nun, von irgendwelchen seltsamen Telefonanrufen …«

»Ach so.« Die Rajskaja richtete sich auf, strich sich über den Rock und presste die Lippen zusammen. »Hat das bei ihr also wieder angefangen? Dabei hatte ich ihr doch gesagt, dass man sich nicht so auf einen Kerl fixieren darf!«

»Was hat wieder angefangen? Hatte es so etwas schon einmal gegeben?«

»Ja. Das ist jetzt zwei Jahre her. Ich war mit ihr zusammen in Korobizyn, diesem altertümlichen Städtchen. Damals fing das bei ihr an. Im Hotel bekam sie Anfälle, sie schrie, dass man es in der ganzen Stadt hören konnte. Wir rannten zu ihrem Hotelzimmer, klopften und dachten schon, wir müssten die Tür aufbrechen. Sie öffnete und erklärte, es habe sie jemand angerufen, der sagte, sie müsse sterben. Sie hat dann mehrere Drehtage ausgesetzt.«

»Weswegen? Hatte sie Angst, oder fühlte sie sich schlecht?«

»Weswegen? Na, sie lag flach, konnte nicht aufstehen. Sie weinte immerzu und sagte, irgendeine Stimme behaupte, dass niemand sie liebt. Stellen Sie sich das vor: Sie spielte die Hauptrolle, spielte eine Schauspielerin, die von einem Irren angerufen wird, der ihr sagt, dass niemand sie liebt und sie sterben muss. Und Tatjana fängt an, so etwas in der Realität zu faseln. Sagt, dass sie wirklich jemand anruft. Was sollten wir anderen davon halten? Wir gingen davon aus, dass es bei ihr nicht mehr richtig tickte. Sie hatte sich in die Opferrolle hineingelebt.«

»Hat sie sich danach in Behandlung begeben?«

»Ja, als wir wieder in St. Petersburg waren, hat Latkowski sie in eine Nervenklinik gebracht. Aber es hat nicht viel genützt.«

»Lisa, und Sie glauben, dass sie Halluzinationen hatte, dass nicht wirklich jemand bei ihr anrief?«

»Ja, natürlich. Und dann wurde auch noch dieses Zimmermädchen umgebracht. Da gebärdete sich Tatjana erst recht wie toll, behauptete immerfort, daran schuld zu sein – sie meinte, dass diese Lilja ihretwegen umgebracht worden sei. Die jenseitigen Mächte hatten da etwas verwechselt.« Die Rajskaja verzog das Gesicht zu einer Grimasse.

»Was wissen Sie von dem Zimmermädchen?«

»Ich weiß, dass man sie am Fluss gefunden hat, erschlagen und anscheinend auch vergewaltigt. Jedenfalls lag die Unterwäsche herum. Die Sache ist die, dass Tatjana und diese Lilja eine gewisse Ähnlichkeit miteinander hatten, das fiel allgemein auf. Die beiden haben sogar manchmal die Kleider getauscht. Besonders interessant ist, dass Lilja, als man sie fand, ein Kleid von Tatjana trug.«

»Ein Kleid der Klimanowa? Dann wollte man vielleicht tatsächlich die Klimanowa umbringen?«

»Hören Sie …« Lisa blickte mir direkt ins Gesicht. »Warum hätte man sie umbringen sollen? Ich kann dafür keinen Grund erkennen. Und außerdem wussten doch alle, dass Tatjana ihr Kleid dem Zimmermädchen geschenkt hatte. Nein, nein, das war nur so ein unglückliches Zusammentreffen der Umstände. Man hat mich zu dem Mord an dem Zimmermädchen vernommen, und da habe ich das Gleiche gesagt.«

»Wer wurde als Täter verdächtigt, wissen Sie das?«

»Wer? Ihr Mann natürlich. Oder irgendwelche Asoziale aus dem Ort. Das ist eine schlimme Gegend, keine Akademikersiedlung.«

»Das heißt, Ihrer Meinung nach gab es nicht wirklich eine Bedrohung? Tatjana hat sich das alles nur eingebildet?«

»Urteilen Sie selbst: Sie weckt nachts das ganze Hotel mit ihrem Geschrei. Wir kommen, sie macht die Tür auf und erklärt, jemand habe sie angerufen und ihr diese

Scheußlichkeiten gesagt. Wir beruhigen sie, und ich frage hinterher die Etagenfrau, ob jemand bei der Klimanowa im Hotelzimmer angerufen hat. Man muss ja über die Zentrale verbunden werden … Da stellt sich heraus: Es ist gar kein Anruf gekommen.«

In der Tür erschien ein junger Mann von engelsgleichem Aussehen und rief die Rajskaja irgendwohin, wo sie dringend gebraucht wurde. Die Rajskaja bat mich, sie zu entschuldigen, und erklärte, dass sie gehen müsse.

»Natürlich, Lisa.« Ich erhob mich. »Wir werden uns noch einmal treffen – ich muss alles aufzeichnen, was Sie mir erzählt haben. Letzte Frage: Hatte Tatjana Klimanowa irgendwelche Verletzungen?«

»Verletzungen?«, fragte die Rajskaja zurück. »Was meinen Sie damit?«

»Nur, was ich gesagt habe. Ist sie mal gestürzt? Oder ist jemand auf sie gefallen? Ist sie irgendwo dagegen geprallt? Vielleicht im Theater, bei der Probe?«

Die Rajskaja schüttelte erstaunt den Kopf. »Nein, soweit ich weiß, gab es keine Verletzungen. Nie. Die Leute brechen sich ja öfter mal Arm oder Bein, aber bei ihr sind keine Knochenbrüche vorgekommen. Sie war ein so ruhiger Mensch, ging mit Bedacht, nicht mal im Winter ist sie ausgerutscht. Nein, keinerlei Verletzungen.«

Wir verabschiedeten uns, und ich machte mich auf den Weg. Mir war klar, dass ich diese Einzelaussage durch Vergleich überprüfen, dass ich noch jemand anderen befragen müsste, aber dazu fehlte mir die Zeit. Ich werde Petja herschicken, dachte ich, soll er die Künstler befragen. Er war ja ein solcher Pedant, er würde sie schon ausquetschen. Ich dachte darüber nach, was ich von der Rajskaja erfahren hatte. Immerhin eine enge Freundin. Also, Verletzungen gab es keine, und niemand hatte die Klimanowa wirklich angerufen. Allerdings, was war dann mit den bei der Obduktion festgestellten Knochennarben als Folge von Rippenbrüchen und der Stimme aus dem Jenseits, die ich selbst in ihrer Wohnung am Telefon gehört hatte?

12

Mit dem Gefängnis durfte ich nicht länger warten. Außer um das Gespräch wegen des aus der Ermitage gestohlenen Gemäldes hatte mich Ljoscha dringend gebeten, bei Borodinski die Protokolle unterschreiben zu lassen, ohne die es unmöglich wäre, den Fall einem Gutachter zuzuleiten.

Erstaunlicherweise hatte ich Glück, und es waren nicht viele Leute im Untersuchungsgefängnis. Zwar entwickelte sich am ersten Kontrollpunkt, wo einem Dienstausweis, Waffe und mobile Kommunikationsmittel abgenommen wurden und man dafür Quittungszettel erhielt, gerade irgendein Tumult, aber ich achtete nicht sonderlich darauf. Ich ging weiter zum Ausgang, passierte die Metallkontrolle, zeigte meine Handtasche vor, in der ich nicht einmal versuchte, etwas Verbotenes in das Untersuchungsgefängnis zu schleusen, und wandte mich dann den Ermittlerzimmern zu.

Ich hatte kaum die mitgebrachte Zeitung aufgeschlagen, als ein Begleitposten die Tür zu dem von mir belegten Arbeitszimmer öffnete und Herrn Borodinski hereinführte – in schneeweißem Sportanzug, sauber rasiert und zufrieden lächelnd.

»Oh, was für ein Wiedersehen! Maria Sergejewna!«, rief Barrakuda freudig aus, als er sah, dass er zu mir gerufen worden war. »Und ich dachte schon, man würde mich ins falsche Zimmer bringen. Was kann ich für Sie tun?«

Ich erläuterte ihm knapp die Situation, doch danach konnte ich mich nicht länger beherrschen und gab meinem Erstaunen darüber Ausdruck, dass er sich an mich erinnerte.

»Aber wie könnte ich Sie vergessen!«

Ungeachtet seiner äußeren Erscheinung war Kostja Barrakuda seiner Natur nach ein eher einfältiger und absolut ungebildeter Bursche. Dennoch besaß er einen Hang zur Kultur und nutzte jede Gelegenheit, mit einem kultivierten Menschen zu reden. In diesem Fall, nach seinem Dafürhalten, mit mir. Ich sah ihn zum zweiten Mal in meinem Leben, und kennen gelernt hatte ich ihn unter recht skurrilen Umständen.

Vor ein paar Jahren musste ich zu einem unserer Fälle unbedingt einen gewissen Albert Borodinski vernehmen, auf den sich, zur Bestätigung seines wackeligen Alibis, ein festgenommener Bandit berief. Da ich keine Angaben über den Aufenthaltsort des gesuchten Zeugen besaß, sandte ich an das Amt für die Bekämpfung der organisierten Kriminalität, welches meinen Fall operativ begleitete, einen Einzelauftrag mit der Bitte, Herrn Borodinski ausfindig zu machen und ihn mir in der Staatsanwaltschaft vorzuführen. Der Einzelauftrag ging wie üblich verloren, die Zeit für das Verfahren verstrich, und eines Tages stand der Endtermin vor der Tür. Ich rief den Chef des Amtes für die Bekämpfung der organisierten Kriminalität an und erinnerte ihn aufgebracht an meinen verloren gegangenen Auftrag. Genau fünf Minuten später meldete sich telefonisch ein operativer Mitarbeiter, der auf die Karapusa-Gruppierung spezialisiert war, und bat mich zu bestätigen, dass ich mit Borodinski sprechen wollte. Ich bestätigte und vergaß dabei vollkommen, dass es in der Karapusa-Gruppierung außer meinem Zeugen noch einen gewissen Kostja Barrakuda mit dem gleichen Nachnamen gab, zu damaliger Zeit bereits eine herausragende Figur, einer, der auf Karapusas Befehl hin eigenhändig eine Vielzahl einflussreicher Geschäftsleute ins Jenseits befördert hatte.

Um siebzehn Uhr desselben Tages, als ich die Hoffnung schon aufgegeben hatte, noch die nötige Zeugenaussage zu erhalten, öffnete sich die Tür meines Dienstzimmers, und auf der Schwelle erschien in seiner vollen Pracht ein junger Mann mit der Physiognomie eines typischen Vertreters der Unterwelt, bekleidet mit einem Seidenanzug und von einer sagenhaften Parfümwolke umhüllt. Meine Kollegen schnupperten noch zwei Tage lang im Korridor danach und verdrehten dabei die Augen.

Der junge Mann fragte: »Sie haben Borodinski herbestellt?«

»Die Papiere!«, bellte ich, immer noch wütend, weil es mich ein halbes Jahr gekostet hatte, diesen räudigen Borodinski herzubekommen, und der lächelte jetzt auch noch.

Der junge Mann, leicht irritiert, breitete ratlos die Arme aus. »Ich habe keine bei mir. Ich trage nie welche bei mir, wissen Sie ...«

In giftigem Ton, der einen empfindsameren Menschen glatt umgehauen hätte, ließ ich verlauten, dass einer, falls er nicht ein geborener Vollidiot war, beim Gang zur Staatsanwaltschaft doch wohl daran denken müsste, irgendeinen Fetzen mitzubringen, der seine Identität dokumentierte, sonst könnte hier ja jeder kommen.

Der junge Mann geriet noch stärker in Verlegenheit. »Im Auto liegt mein Führerschein«, sagte er leise. »Vielleicht sollte ich den holen?«

»Ich warte genau drei Sekunden.« Mein Tonfall blieb scharf. »Los, beeilen Sie sich.«

Kurz darauf kam er keuchend zurück und legte mir seinen Führerschein hin, aus dem hervorging, dass er Konstantin Alexejewitsch Borodinski war und nicht der von mir verlangte Albert Arkadjewitsch Borodinski. Ich war beschämt und zugleich belustigt bei der Vorstellung, dass da Barrakuda persönlich nach seinem Ausweis gerannt war, jener schreckliche Barrakuda, der bereits so viele Geschäftsleute umgelegt hatte wie die ganze Gruppierung zusammen.

Ich war nicht gewillt, den Fehler ihm gegenüber zuzugeben, befragte ihn daher zu verschiedenen belanglosen Themen und ließ ihn dann laufen. Das Protokoll heftete ich allerdings nicht in die Akte – es blieb einfach so in meinem Panzerschrank liegen, als Erinnerung an die Bekanntschaft mit einem Superkiller.

»Und Sie, Maria Sergejewna, erinnern Sie sich an unsere Begegnung?«, fragte Barrakuda, während er auf der im Boden festgeschraubten Bank Platz nahm und sich eine Marlboro light ansteckte.

»Ja«, sagte ich kichernd, und ich gestand Barrakuda, dass ich damals gar nicht mit ihm hatte sprechen wollen, sondern mit seinem Namensvetter.

»So viel hatte ich begriffen«, erwiderte Barrakuda.

»Wirklich? Aber bei Ihnen zuckte kein Muskel. Sie haben das Ganze stoisch ertragen.«

Barrakuda brummte und drückte seine Zigarette aus.

»Nein, bei Ihnen zuckte kein Muskel. Ich habe danach zwei Tage lang getrunken. Wissen Sie noch, wie wir auseinander gegangen sind?«

»Wie schon, wir haben uns verabschiedet, und Sie sind gegangen.«

»Jaja, wir haben uns verabschiedet … Ich, Maria Sergejewna, war aufgestanden und schon an der Tür, als Sie plötzlich zu mir sagten: Konstantin Alexeitsch, was tragen Sie da für einen Ring am Finger? Mir wurde ganz kalt.«

»Das mit dem Ring weiß ich nicht mehr«, erwiderte ich.

Barrakuda lachte laut auf. »Tatsächlich? Und ich kriegte weiche Knie. Den Ring hatte ich – heute kann ich darüber sprechen, der Fall ist Vergangenheit – einer getöteten ›Bestie‹ abgenommen. Ich dachte, verdammt, jetzt reise ich von hier direkt nach Kaljajewa. Sie aber haben sich den Ring angesehen und mich gehen lassen. Weshalb haben Sie danach gefragt?«

Während ich Barrakuda zuhörte, besann ich mich nach und nach darauf, dass bei uns im Kriminalamt ein Mann gewesen war, der ständig einen massiven Goldring mit einem originellen Siegel am Finger trug, und automatisch hatte ich damals einen Blick für ähnliche Schmuckstücke. Das wäre was gewesen – ich stelle eine ganz unschuldige Frage, und Barrakuda reitet sich beinahe selbst rein. Wenn wir immer richtig einschätzen könnten, welche Wirkung wir auf andere ausüben, würde sich unsere Aufklärungsquote vielleicht dem Weltstandard annähern. Nun gut, noch ein kleiner Wortwechsel der Höflichkeit halber, dann war es Zeit, den Abend der Erinnerungen zu beschließen.

»Wie ist es so im Knast, Konstantin Alexeitsch?«

»Ich kann nicht klagen.« Barrakuda lächelte zufrieden. »Der Fitnessraum hier ist anständig, Sauna haben wir zweimal pro Woche, da gibt's sogar Mädchen und Massage, alles ganz nett.«

»Freut mich für Sie.«

Ich zog die Protokolle aus meiner Handtasche und bat Barrakuda um seine Unterschrift.

»Ich hoffe, Sie werden wegen dieser Bagatelle nicht nach Ihrem Anwalt verlangen. Alexej Jewgenjewitsch hat es einfach nicht geschafft, die Blätter fertig zu machen, und dann ist er krank geworden.«

»Ich weiß, ich weiß«, säuselte Barrakuda, während er

schwungvoll die Formulare unterschrieb. »Ein gebrochenes Bein, soll vorkommen.«

Mich verblüffte stets, wie blitzartig sich derlei Nachrichten in bestimmten Kreisen verbreiteten. Mal sehen, was Barrakuda noch wusste.

»Außerdem hat mich Alexej Jewgenjewitsch darum gebeten, mit Ihnen über ein spektakuläres Verbrechen zu reden. Einer Information zufolge sind Sie daran beteiligt, obwohl Alexej Jewgenjewitsch eine andere Ansicht vertritt.«

Barrakuda horchte auf. »Wovon sprechen Sie?«, fragte er. »Etwa von Ihrem Kollegen, dem operativen Mitarbeiter? Ich schwöre, damit habe ich nichts zu tun.«

Noch einmal staunte ich, dass man hier auch über Burow Bescheid wusste, und laut äußerte ich, dass ich Barrakuda keinesfalls mit diesem Mord in Beziehung brächte, da er ja schon längere Zeit hinter Gittern saß. Barrakuda indessen wandte ein, dass man auch von hier aus etwas in Auftrag geben und organisieren könne, das sei sogar günstiger, im Hinblick auf ein verbürgtes Alibi.

»Lieber Gott, nun sagen Sie bloß nicht, dass Sie mir diese Schauspielerin anhängen wollen.« Borodinski fuchtelte abwehrend mit den Händen, und meine Verwunderung wuchs weiter. Wegen des Todes der Klimanowa war noch nicht einmal ein Verfahren eingeleitet, aber dennoch wusste man hier darüber Bescheid.

»Nein, nein, Konstantin Alexeitsch, beruhigen Sie sich. Gortschakow meint, mit Ihnen könne man offen sprechen, deshalb rede ich nicht um den heißen Brei herum: Es gibt Aussagen, die Sie hinsichtlich des Diebstahls eines Gemäldes aus der Ermitage belasten.«

»Was?!« Barrakuda sprangen fast die Augen aus dem Kopf. »Man verdächtigt mich … ein Gemälde gestohlen zu haben?!« Vor Empörung begann er gar zu stottern.

»Was regen Sie sich denn so auf? Ich verhehle nicht, dass es die Aussage eines Mannes gibt, der gehört haben will, wie Sie mit Ihren Bekannten die Absprache über den Raub des Bildes getroffen haben.«

»Aha.« Barrakuda wurde augenblicklich ernst. »Und wie heißt diese Ratte, die mich auf solche Weise reinlegen will? Glauben Sie mir, wenn ich sage, dass ich mit dem Bild absolut nichts zu tun habe? Ich dachte, man würde mir irgendeinen Mord anhängen wollen, aber ... der Diebstahl eines Kunstwerks ... einfach unglaublich!« Kostja schüttelte den Kopf, womit er seine Frisur durcheinander brachte, und streckte seine Arbeiterhände vor, als wollte er demonstrieren, dass diese Hände nie im Leben ein raffinierteres Gerät gehalten hatten als eine automatische Waffe.

Nach einigem Zögern nannte ich Kostja den Namen. Schon nach fünf Minuten hatten wir geklärt, dass der betreffende Herr mit Barrakuda auf Kriegsfuß stand und ihm auf diese Weise schlicht hatte eins auswischen wollen, was umso eindeutiger erschien, als der betreffende Herr – nach Barrakudas glaubwürdig klingenden Beteuerungen – gar nicht an dem Ort hatte zugegen sein können, an dem die Absprache angeblich stattgefunden hatte, denn er hatte zu diesem Ort keinen Zutritt.

Ich brachte Borodinskis Kommentare zu der Verleumdung rasch zu Papier, er unterschrieb, vermochte sich jedoch nicht zu beruhigen und wünschte dem Denunzianten alle himmlischen Strafen an den Hals.

»Maria Sergejewna, es ist unerhört, mir einen Diebstahl in der Ermitage anzuhängen! Nicht zu fassen! Auf so etwas würde ich mich nie einlassen.«

Auf meine dümmliche Frage, warum nicht, ereiferte sich Kostja noch mehr.

»Warum nicht? Weil ich meine Stadt liebe. Meine Großmutter hat die Blockade mitgemacht, und ich sollte aus dem Museum ein Gemälde stehlen? Wie könnte ich ihr danach noch in die Augen sehen!«

Ich gab zu, dass dies schlagende Argumente waren. Das Eigentliche hatten wir damit erledigt, und es blieb noch Zeit für ein wenig Geplauder. Barrakuda, obwohl ein eiskalter Profikiller, war ein bezaubernder Junge mit viel Charisma.

Auf den Tod der Schauspielerin Klimanowa kam Barrakuda von selbst zu sprechen. Vielmehr tat er zunächst kund, deren Mann zu kennen, Latkowski.

»Dieser Latkowski war vor ungefähr fünf Jahren auf Geldsuche, zusammen mit dem Regisseur Genka Fishenski. Die beiden wollten unbedingt einen Film drehen. Latkowski hatte das Drehbuch geschrieben, und nun fehlte ihnen der Kies. Über irgendwelche Bekannten stießen sie zu Karapusa vor und baten ihn um Geld. Und unser Papst, ein namhafter Gönner der schönen Künste« – Kostja grinste –, »gab ihnen den Kies. Sie haben dann tatsächlich einen Film gedreht, ich weiß nicht mehr, wie er hieß, aber es ging um irgendwelche Banden in St. Petersburg, mit diesem bekannten ... ach, wie heißt er ...«

»Kasarow«, soufflierte ich. Ich hatte den Film »Kaution«, eine hochamüsante, beißende Kriminalkomödie, mehrmals gesehen. Als Helden traten darin tatsächlich Banditen auf, aber sie waren mit einer gehörigen Portion Sozialsatire dargestellt und genossen zugleich die Sympathie der Autoren. Nach meiner Kenntnis war dies ein einzigartiges Produkt der zeitgenössischen Filmkunst, das gleichermaßen der Mafia wie auch der Intelligenz gefiel.

»Genau, ja. Also, der Papst gab ihnen das Geld, sie drehten den Film, und der Papst veranstaltete eine Voraufführung. Der Film läuft ab, das Licht geht wieder an, sie gucken, warten, aber der Papst bleibt stumm. Dann sagt er: Na schön, Jungs, das Geld werde ich nicht von euch zurückfordern, aber zu niemandem ein Wort, dass ich euch den Kies dafür gegeben habe.«

Kostja wieherte los, ich aber war erstaunt.

»Wie, hat ihm der Film nicht gefallen?«

»Nein, hat er nicht. Aber seitdem sind Latkowski und unser Papst Kumpels. Latkowski hat offenbar sogar vor, sich für den Kies vom Papst in die Gesetzgebende Versammlung wählen zu lassen. Haben Sie gehört, dass die Wahlen im Dezember stattfinden sollen?«

Ich nickte. Das hieß, Latkowski schickte sich an zu kandidieren. Dann würde es seinerseits sicher keine Beschwerde geben, wenn auf die Einleitung eines Strafverfahrens wegen des Todes seiner geschiedenen Frau verzichtet würde. Er konnte jetzt keinen Rummel gebrauchen, keinen Skandal, nicht einmal den Schatten eines solchen.

»In dem Film rauscht Kasarow in einem schwarzen Porsche durch die Stadt«, fuhr Barrakuda fort. »Die Karre hatten sie aus Moskau hergeschafft. Hier bei uns gab es nur einen solchen Schlitten, das war meiner. Da sitze ich also beim Chef, und die Jungs rufen mich an und fragen, wo meine Karre steht. Ich sage, wieso? In der Garage natürlich. Sie aber: Nein, wir haben sie in der Stadt gesehen. Ich rief dann sogar in der Garage an, und man bestätigte mir, dass sie dort stand. Da war also Kasarow durch die Straßen gerast, und unsere Jungs, die nicht auf das Nummernschild geachtet haben, dachten, es wäre mein Auto. Dann fuhr der Schauspieler zu einer Kneipe, um was zu essen, er kommt wieder raus, und neben seiner Karre haben sich die Jungs aufgebaut. Puso – ein ziemlich kräftiger Kerl – fragt ihn lässig: He, wo ist Kostja? Da hätte der sich fast in die Hose gemacht ...«

Barrakuda lachte erneut laut los, mit dem gesunden Lachen eines Menschen, der ein reines Gewissen hat. Nun ja, zumindest war er ein Mensch mit Prinzipien. Ljoscha hatte mir erzählt, dass die Kollegen vom Amt für die Bekämpfung der organisierten Kriminalität, als sie Barrakuda festnahmen, ihm einen Dreifachmord anzuhängen versuchten – den am Präsidenten der Treibstoff-Holding sowie an dessen Frau und Tochter, die alle drei in einem Auto aus Barrakudas Lieblingswaffe erschossen worden waren, einer Kurzrohr-MP der Marke »Uzi«. Kostja jedoch habe die Verleumdung verärgert zurückgewiesen: »Ich, Alexej Jewgenjewitsch«, soll er zu Ljoscha gesagt haben, »bin ein Mensch mit Prinzipien. Heutzutage gibt es viele Schwachköpfe, die für zweihundert Valutapiepen die eigene Mutter meucheln. Nein, so einer bin ich nicht, dass ich Kinder zusammen mit den Eltern abknalle. Wenn ich einen aufs Korn nehme, lege ich immer nur den einen um. Und wenn der Typ gerade mit seinem Kind oder mit seiner Frau unterwegs ist, dann warte ich lieber so lange, bis er allein ist. Auf Kinder und Frauen habe ich noch nie geschossen.«

Aus dem Gespräch mit Barrakuda, das sich unverhofft einem für mich interessanten Thema zugewandt hatte, nahm ich die Überzeugung mit, dass ich schnellstens die gesamte an den Dreharbeiten zu dem Film »Das Herz in der Faust« beteiligte Mannschaft befragen musste, zuallererst den Regisseur Fishenski. Selbstredend war es zweckmäßig, dies noch vor meiner Abreise nach Korobizyn zu tun. Fragte sich nur, wann. Bei dem Gedanken an eine Dienstreise ließ ich ganz außer Acht, dass neben meinen eigenen termingebundenen Verfahren noch mindestens fünf von Ljoscha auf mich warteten und eilig abgeschlossen werden mussten, ganz zu schweigen davon, dass, wenn ich wegfuhr, der Stadtbezirk ohne einen Zuständigen dastand.

Auch war damit zu rechnen, dass der Mordfall Burow durchaus bei der Städtischen Staatsanwaltschaft bleiben könnte, aufgrund gesellschaftlicher Relevanz – ich indessen verfuhr in Gedanken schon so, als hätte ich den Fall in der Tasche …

Als ich das Ermittlerzimmer verließ, prallte ich gegen Simanow, den Chef der Operativabteilung des Untersuchungsgefängnisses, der gerade den Korridor entlangraste. Ich rieb mir die von dem Zusammenstoß schmerzende Schulter und fragte ihn, was los sei.

»Ich hoffe doch, keine Geiselnahme?«

»Nein, etwas anderes«, erwiderte Simanow. »Komm mal mit, vielleicht können wir dich brauchen.«

Er schlug die Richtung zum ersten Kontrollpunkt ein, und weil sich eben dort der Ausgang aus dem Untersuchungsgefängnis befand, blieb mir nichts anderes übrig, als ihm zu folgen. Im Laufen erzählte er mir die Geschichte von einer blutjungen Untersuchungsführerin der Miliz, die vom Land hergekommen war.

»Du weißt ja, deren Klienten sitzen in unserem Untersuchungsgefängnis, und deren Ermittlungsstellen sind bei den Sachverständigengutachten mit einbezogen. Wer nach St. Petersburg fährt, wird bis zum Hals mit Aufträgen eingedeckt und muss sich hier um alle laufenden Verfahren kümmern. So auch diese Frau. Sie erschien hier im Untersuchungsgefängnis mit einer Tüte, der Kontrolleur fragt sie, was drin ist, sie antwortet ehrlich: Haschisch von der chemischen Begutachtung. Der Kontrolleur legt ihr nahe, die Tüte in der Gepäckaufbewahrung zu lassen – du weißt schon, die Boxen befinden sich bei uns direkt in der Schleuse zum Kontrollpunkt, nicht wahr?«

Natürlich wusste ich das. Des Weiteren berichtete Simanow, die junge Kollegin habe nach Erledigung ihrer Angelegenheiten das Untersuchungsgefängnis verlassen, die Tüte aus der Box geholt, und als sie schon in der Metro saß, fiel es ihr ein, nachzuprüfen, ob in der Tüte noch alles komplett war. Sie zählte, wie sie sich ausdrückte, ihre Haschischstängel und erschrak, als es anstatt vierundsechzig nur noch achtundfünfzig waren.

Sie fuhr zum Gefängnis zurück und verlangte von dem Kontrolleur das fehlende Haschisch. Der Kontrolleur antwortete entrüstet, er habe nichts genommen und würde noch in hundert Jahren nichts davon brauchen. Die Kollegin insistierte, und schließlich flossen Tränen. Es endete damit, dass der Kontrolleur, der sich nicht zu helfen wusste, denn er durfte ja weder seinen Posten verlassen noch konnte er normal weiterarbeiten, bei Simanow anrief und sich darüber beklagte, dass die Frau die Schleuse nicht verlassen wollte, Haschisch verlangte und übers Handy ihren Vater anrief. Inzwischen seien schon der Stellvertretende Leiter des Untersuchungsgefängnisses und der Chef des Bereitschaftsdienstes hinzugerufen worden, aber die wüssten sich in dieser Situation auch keinen Rat und scheuten davor zurück, der Frau das Handy zu entreißen.

»Wer ist ihr Vater denn?«, fragte ich. »Doch nicht zufällig der Chef der Hauptverwaltung für Inneres?«

»Wohl nicht«, erwiderte Simanow. »Allerdings kenne ich nicht alle Stellvertretenden Minister mit Namen. Wie auch immer, wir werden das schon schaffen. Wenn nötig, hilfst du uns dabei?«

Ich nickte.

Vor der Schleuse drängten sich zahlreiche Menschen – sowohl beim Einlass wie beim Auslass hatte sich wegen des ungeklärten Verschwindens des Haschisch ein Stau gebildet. Das Heulen und Schluchzen der jungen Frau drang bis zum zweiten Kontrollpunkt. Ich zwängte mich durch die

Warteschlange hindurch und folgte Simanow in die Schleuse.

»Der Leiter der Operativabteilung«, stellte der junge Kontrolleur Simanow vor, und man sah ihm deutlich an, dass er über die missliche Situation mehr als unglücklich war.

Als die Frau hörte, Simanow sei irgendein Chef, warf sie sich ihm augenblicklich an die Brust und weinte noch heftiger. Durch das Schluchzen hindurch klang deutlich ihre verzweifelte Bitte: »Sagen Sie, um Gottes willen, wo kann man hier Haschisch kaufen? Ich habe Geld dabei …«

Simanow löste nicht grob, aber bestimmt die mit Wimperntusche beschmierten Hände der jungen Kollegin von seiner Uniform und legte ihr nahe, keine dummen Fragen zu stellen, sondern erst einmal die Situation zu klären.

»Warum sagst du ihr nicht, dass man bei euch in jeder Zelle Haschisch kaufen kann?«, flüsterte ich Simanow zu. Er wandte sich abrupt von der jungen Kollegin ab und flüsterte zurück: »Du kränkst uns. Bei uns in den Zellen kann man Heroin kaufen. Haschisch gibt es längst nicht mehr.« Darauf wandte er sich wieder der jungen Frau zu und wischte ihr mit ritterlicher Hand die Tuscherinnsale von der linken Wange.

»Wir werden das gleich geklärt haben. Dies hier ist übrigens Maria Sergejewna. Sie ist eine erfahrene Untersuchungsführerin, Mitarbeiterin der Staatsanwaltschaft, eine Frau und Mutter.« Simanow drehte sich zu mir. »Du bist doch Mutter?«

Ich nickte und fragte leise, was das hier sollte.

»Na ja, sie hat doch ihren Vater angerufen«, erläuterte mir Simanow ebenso leise. »Vielleicht beruhigt sie das … Also«, fuhr er fort, an die junge Kollegin gewandt. »Gleich wird alles geklärt sein.«

Mir war klar, dass man etwas tun musste. Die Frau bekam schon Schluckauf vom vielen Weinen, und die Tusche hatte sich über ihr ganzes Gesicht verteilt. Energisch entzog ich ihr die unter den Arm geklemmte Tüte mit dem Haschisch, und während ihr Simanow noch mit der Hand über die Wangen strich und die schwarzen Muster vermehrte, machte ich mich daran, die Stängel zu zählen.

Ich kam auf vierundsechzig und überlegte, wie viel es ursprünglich hatten sein sollen. Dann prüfte ich mein Ergebnis durch eine zweite Zählung. Es blieb bei vierundsechzig. Der Chef des Bereitschaftsdienstes und der Leiter des Untersuchungsgefängnisses starrten die ganze Zeit vor sich hin und waren mit ihren Gedanken eindeutig bei eigenen Angelegenheiten.

»Ich bitte um Entschuldigung«, wandte ich mich an die junge Untersuchungsführerin. »Wie viele Stängel müssen es sein?«

»Vierundsechzig«, antwortete die Kollegin unter Tränen.

»Das hier sind vierundsechzig«, sagte ich und reichte ihr die Tüte.

»Das kann nicht sein!« Dem Aufschrei folgte erneut ein lautes Schluchzen.

»Warum kann das nicht sein?«

Wir schoben uns jetzt gegenseitig die Tüte zu, ich ihr und sie mir. Das ging so lange, bis ich es satt hatte. Ich legte die Tüte dem für einen Augenblick unachtsamen Simanow in die Hände, hielt meinen Dienstausweis dem völlig entnervten Kontrolleur hin und winkte ihm, damit er mich hinausließ.

Auf dem Weg zur Metro fand ich, dass ich meiner Rolle als Frau und Mutter durchaus gerecht geworden war, indem ich getan hatte, worauf bis dahin niemand gekommen war, nämlich das Haschisch zu zählen. Vier Männer hatten sich das Gezeter über den Verlust des Haschisch angehört, hatten alles für bare Münze genommen und überlegt, wie man das fehlende Haschisch wieder finden könnte. Tja, man durfte in solchen Situationen eben nicht jedes Wort glauben, das man hörte. Alles musste überprüft werden, sogar das Augenscheinliche. Die Klimanowa zum Beispiel erzählte allen, als sie im Hotel in Korobizyn wohnte, dass jemand sie auf dem Zimmer anrufe und scheußliche Dinge sage. Ihre Freundin Rajskaja überprüfte die Sache und fand heraus, dass gar kein Anruf für sie gekommen war. Allerdings, beinahe das Gleiche hatte mir die Klimanowa in der Staatsanwaltschaft berichtet – nämlich dass jemand sie anrufe und in den Hörer schweige, und das hatte sich dann bestätigt, denn einen solchen Anruf hatte ich selbst entgegengenommen, und mehr noch: Auch die scheußlichen Worte hatte ich gehört. War die Klimanowa nun angerufen worden oder nicht?

An der Metrostation sah ich auf die Uhr und rannte los, so schnell ich konnte. In einer Viertelstunde würde bei meinem Sohn der Unterricht zu Ende sein. Ich musste Goschka mit nach Hause nehmen, die Sachen packen und ihn zu seiner Großmutter bringen. Außerdem musste ich meinen Exmann beauftragen, auf unseren Sohn aufzupassen und für seine Sicherheit zu sorgen.

Von der Schule nach Hause nahmen wir ein Taxi, denn ein zweites Mal am selben Tag mit der Metro zu fahren hätte ich nicht überlebt. An unserem Haus ließ ich Goschka erst einmal stehen und überprüfte den Eingang. Das Treppenhaus war leer, niemand lauerte uns auf, und so zog ich meinen Sohn rasch nach oben in die Wohnung.

Die Nachricht, dass ich mich auf eine Dienstreise begeben würde und er so lange bei seiner Großmutter wohnen müsse, nahm mein Sohn erstaunlich ruhig auf. Mit dem Staatsanwalt hatte ich verabredet, dass uns ein Fahrzeug der Staatsanwaltschaft zur Großmutter bringen würde. Der Wagen sollte uns in vierzig Minuten abholen. Mein Grunzling hatte mit kosmischer Geschwindigkeit seine Sachen gepackt und klimperte nun auf seiner Gitarre. Ich steckte den Kopf in sein Zimmer und bat ihn höflich darum, das Geschirr, das noch vom Frühstück im Abwaschbecken stand, zu spülen – keine Unmengen, nur zwei Tassen, zwei Schälchen und noch irgendwelcher Kleinkram. Ich wollte unterdessen seine Socken auswaschen. Nach zwanzig Minuten, ich hatte die Socken bereits an die Heizung gehängt, bemerkte ich, dass das Geschirr unberührt dastand.

Für eine Auseinandersetzung hatte ich keine Kraft, darum krempelte ich noch einmal die Ärmel hoch.

Gerade als ich die Tassen in den Trockner stellte, erschien Goschka in der Küche.

»Hast du etwa das Geschirr abgewaschen?«, fragte er.

»Ja.«

»Aber wieso denn?«

»Na, auf dich kann man ja lange warten.«

»Jetzt eben wollte ich abwaschen.«

»Erzähl keine Märchen.«

»Wirklich, wollte ich.«

»Das willst du schon anderthalb Stunden lang.« Im Stillen dachte ich, dass wir gerade mal eine halbe Stunde zu Hause waren, aber aus erzieherischen Gründen korrigierte ich mich nicht.

»Was ist los? Ich wollte es wirklich tun. Du hast mich auch gar nicht weiter dazu überredet.«

»Ich überrede Männer nicht gern zu etwas.«

»Ich bin doch kein Mann.«

»Was denn sonst?«

»Ein großes Kind.«

»Alle Männer sind große Kinder, von der Geburt an bis ins hohe Alter. Und ihr wollt überredet werden.«

Mein Sohn ging, um sein Gitarrenspiel fortzusetzen, und vor mir zeigte sich in aller Klarheit der Kern des Problems meiner Beziehung zu Stezenko. Natürlich, auch er wollte überredet werden. Nach seiner Vorstellung musste es so sein und nicht anders. Alles nämlich, was sich nicht nach Plan entwickelte, brachte ihn aus dem Konzept, deshalb verhielt er sich auch so merkwürdig.

Scheiß drauf, dachte ich ärgerlich. Sein Entwicklungsstadium würde es ihm durchaus erlauben, Stereotypen zu entsagen und zu tun, was zu tun war. Ich jedenfalls würde gewiss nicht nachgeben.

Das Telefon klingelte. Unser Fahrer von der Staatsanwaltschaft rief an und teilte mit, dass der Wagen eine Panne habe, dass er irgendwo in der Pampa festsitze und an diesem Tag nicht mehr mit ihm zu rechnen sei.

Fantastisch, dachte ich wütend, was für ein würdiger Abschluss eines tollen Arbeitstages. Dabei hatte ich eigentlich noch vor, den Regisseur Fishenski ausfindig zu machen und zu befragen. Aber ich war schließlich eine Frau, und im Unterschied zu Personen männlichen Geschlechts konnte mich eine außerplanmäßige Entwicklung der Ereignisse nicht aus der Bahn werfen.

Ich wählte Reginas Nummer. »Meine liebe Freundin«, säuselte ich, als sie sich meldete, und packte den Stier gleich bei den Hörnern: »Schenk mir eine halbe Stunde deiner kostbaren Zeit und bring meinen Sohn zur Großmutter.«

»Kein Problem«, erwiderte Regina, ohne zu zögern. »Ich bin gleich da. Bin gerade bei euch in der Nähe.«

Zehn Minuten später klingelte sie bereits an der Wohnungstür und erhob Anspruch auf einen Kaffee.

»Irgendwie siehst du blass aus«, sagte sie, nachdem sie den ersten Schluck getrunken hatte.

»Übermüdung«, erklärte ich knapp. Ich mochte mich nicht in Details ergehen, was die Ereignisse der letzten Tage anging – vor allem nicht in Bezug auf die Telefonanrufe dieses Geisteskranken.

»Wozu dann auch noch eine Dienstreise? Ruh dich aus.«

»Das geht nicht.«

»Du immer mit deinem Das-geht-nicht.« Eine für Regina typische Replik.

»Ich kann die Dinge nicht auf halbem Weg hinschmeißen.«

»Warum eigentlich nicht? Du interessierst dich überhaupt nicht für das Leben deiner engsten Freundin, dabei habe ich zwei Wochen in der Nervenklinik zugebracht. Wollte mich mal von diesem verrückten Leben erholen. Ich habe dort einen Kurs in Psychotherapie belegt.«

»Und was macht man da?«, fragte ich amüsiert.

»Man lernt, dass man sich schonen muss. Du zum Beispiel siehst aus wie eine Vogelscheuche, weil du entschieden zu viel Verantwortung auf dich lädst.«

»Danke«, murmelte ich.

»Keine Ursache. Ich habe mich noch vorsichtig ausgedrückt, aus Rücksicht auf deine Gefühle. Also, das Grundprinzip ist: Nimm alles leichter. Liegt Staub in deiner Wohnung? Leg dich daneben und ruh dich aus.«

»Und wie ist es sonst dort in der Nervenklinik?«, fragte ich.

»Nicht schlecht. Die Leute dort sind super. Krank ist allerdings keiner von denen, alle wollen sich im Grunde erholen.«

»Wo warst du gleich noch mal?«

»In einer *Nervenklinik*«, erwiderte Regina langsam und fügte dann hinzu: »Ein Ort, an dem es Mode ist, sich unter fachärztlicher Aufsicht vom nervenaufreibenden Dasein zu erholen. Dort wimmelt es von Schauspielern, Fernsehleuten, und auch zwei Damen, die Romane schreiben, waren da.«

Im Stillen änderte ich meine Pläne: Sobald ich Goschka zur Großmutter gebracht hätte, konnte ich, anstatt Fishenski zu suchen, in die Nervenklinik fahren. Regina würde mich bestimmt gern begleiten und mir alles zeigen.

So kam es denn. Ich verfrachtete Goschka samt Gitarre und Rucksack in Reginas Auto, und wir fuhren los. Nachdem die Übergabe an die Großmutter erfolgt war, erhielt mein Sohn von mir noch wertvolle Hinweise für ein sicherheitsbewusstes Verhalten – wie immer hörte er kaum zu und wähnte sich schlauer als alle anderen Menschen. Zusammen mit Regina begab ich mich danach auf eine Exkursion in jene Einrichtung, in der es heutzutage Mode war, sich von den Widrigkeiten des Schicksals zu erholen.

Regina versicherte mir, kraft ihrer dort geknüpften festen Bande zu jeder Tages- und Nachtzeit eingelassen zu werden. Tatsächlich durften wir ungehindert passieren, und zu meinem großen Glück hatte gerade jener Arzt Dienst, der zwei Jahre zuvor die Klimanowa betreut hatte, ein bejahrtes Onkelchen mit prachtvollem Schnurrbart und imposanter Pfeife.

Ich konnte gar nicht so schnell hinsehen, da hatte uns der Mensch im Ordinationszimmer schon einen Kaffee vorgesetzt und auch ein Fläschchen Likör auf den Tisch gestellt. Der Likör war hervorragend, der Doktor sympathisch, sein weißer Kittel raschelte beruhigend, und überhaupt wirkte die Atmosphäre so anheimelnd, dass ich plötzlich heftigen

Neid auf Ljoscha Gortschakow verspürte, der jetzt gemütlich im Krankenhaus lag und einen triftigen Grund hatte, nicht an die Arbeit denken zu müssen.

Der Doktor erkundigte sich, wie lange ich schon als Untersuchungsführerin tätig sei, und gab seiner höflichen Verwunderung darüber Ausdruck, dass ich noch nie Patientin in dieser wohltätigen Einrichtung gewesen war.

»Wie wäre es mal mit einem Aufenthalt bei uns?«, fragte er. »Wir würden Ihnen das beste Zimmer geben.«

»Meinen Sie, es sei an der Zeit?«

»Aber ja. Ihre Tätigkeit ist mit Stress und Überbelastung verbunden. Mehr noch, bitte verzeihen Sie die Indiskretion, aber mit Ihrem Privatleben ist doch auch nicht alles in Ordnung.«

»Woher wollen Sie das wissen?«, erwiderte ich scharf und richtete meinen strafenden Blick auf Regina, die sich plötzlich eingehend mit ihrem Kaffee beschäftigte.

»Ich sehe es«, sagte der Doktor. »Besser, man tut etwas für seine Gesundheit, bevor es zu Halluzinationen kommt. Sie gehen hier raus wie neugeboren und meistern alles mit links.«

»Und wie war das mit Tatjana Klimanowa? Hatte sie ihr Gleichgewicht wiedergefunden?«

»Sie meinen meine ehemalige Patientin? Oje. Aber meine Schuld ist das nicht. Ich offenbare Ihnen ein kleines Geheimnis: Sie befand sich nur dem Papier nach bei uns.«

»Ach ja? Und wo ist sie wirklich gewesen?«

»Sie war in der richtigen Psychiatrie«, antwortete mir der Doktor nach kurzem, aber deutlich erkennbarem innerem Widerstreit mit sich selbst. »Das ist zwar fraglos ein Geheimnis, aber früher oder später wären Sie ohnehin selbst darauf gekommen, und ich möchte nicht gern dumm dastehen.«

Das konnte ich durchaus nachvollziehen. Der Doktor erklärte, die Klimanowa habe an einer ernsthaften psychischen Zerrüttung gelitten, für die eine spezielle psychiatrische Behandlung notwendig gewesen sei, nicht die Hilfe von Psychologen und Psychoanalytikern.

»Welcher Art war die Zerrüttung?«, fragte ich.

»Darüber sollten Sie besser mit den Psychiatern sprechen. Als Psychologe aber kann ich Ihnen sagen, dass sie einen sehr schweren Schuldkomplex hatte. Und dazu das Syndrom psychologischer Erscheinungen, die ich als Besessenheit von einer Opferrolle bezeichnen würde.«

»Wie ist das genauer zu verstehen?«

»Sie kam gleich nach den Dreharbeiten zu einem Film zu uns, in dem sie eine Schauspielerin darstellte, das heißt zu einem gewissen Teil sich selbst. Nach dem Szenarium wird die Heldin von einem Geisteskranken verfolgt. Aus der Anamnese erfuhr ich, dass in der Stadt, in der der Film gedreht wurde, in dem Hotel, auch die Klimanowa Anrufe von irgendwem erhielt. Die Person, die sie spielte, erhielt Anrufe – und sie selbst ebenfalls.«

»Sind Sie sicher, dass sie Anrufe erhielt?«

Der Doktor breitete ratlos die Arme aus. »Nun, das nachzuprüfen gehörte nicht zu meinen Obliegenheiten. Jedenfalls hat sie es den Ärzten so erzählt.«

»Also gut, jemand rief sie an. Was wollte dieser Jemand von ihr?«

»Eben da zeigte sich meiner Ansicht nach ihre klare Besessenheit von der von ihr verkörperten Figur. Ihrer Aussage zufolge sagte der Anrufer zu ihr die gleichen Worte wie der Wahnsinnige zu jener Heldin im Film. Wenn der Patient Realität und Fiktion nicht mehr auseinander halten kann, sieht die Sache schlecht aus. An diesem Punkt habe ich sie dann in die Psychiatrie verlegt.«

»Doktor, hätten Sie nicht annehmen können, dass die Klimanowa die Wahrheit sagt, dass sie tatsächlich Anrufe erhielt und man ihr die gleichen Worte sagte wie ihrer Heldin?«

»Sie werfen mir also vor, ich hätte einen gesunden Menschen in die Klapsmühle gesteckt? Ich bitte Sie. Es gibt ein Instrumentarium professioneller Verfahren, die es einem erlauben, zu erkennen, ob ein Patient tatsächlich aus dem Gleichgewicht geraten ist. Glauben Sie mir, ich als Psychologe mit fast vierzigjähriger Berufspraxis bin imstande, einen Menschen, der von etwas sehr Realem erschreckt wird, von einem psychisch Kranken zu unterscheiden, der unter Wahnvorstellungen leidet.«

»Sie wollen sagen, die Klimanowa habe sich vor Gespenstern gefürchtet?«

»Mehr noch, meine Liebe, sie hat es den Ärzten genau so gesagt.«

»Dass sie sich vor Gespenstern fürchtet?«

»Nun ja, dass sie sich vor einem Wesen mit einer körperlosen Stimme fürchtet, vor der virtuellen Ausgeburt jenes Geisteskranken, der sie im Film verfolgte. Sie hatte die fixe Idee, dass Gedanken und Worte materiell seien ...«

»Diese Idee hat aber doch das Denken der Klassiker der Philosophie beherrscht ...«

»Zweifellos, aber nicht in krankhafter Form. Die Klimanowa hat diese Idee ad absurdum geführt. In ihrer Vorstellung fingen alle literarischen und gespielten Figuren irgendwann an, ein Eigenleben zu führen, und die realen Personen, die diese Figuren einmal verkörpert hatten, mussten ihnen unbedingt wieder begegnen. Da beginnt dann ein Kampf zwischen Realperson und fiktiver Figur, weil es für beide in ein und derselben Haut zu eng wird. Der fiktiven Figur können dabei ihre virtuellen Partner zu

Hilfe kommen, denn im Grunde genommen ist dies ein Kampf zweier Welten – der realen und der virtuellen Welt. Ein Konflikt, der mit dem Sieg der einen enden muss, während die andere unterliegt.«

»Wirklich interessant«, meldete sich Regina zu Wort, die dem Doktor ebenso atemlos lauschte wie ich. »Aber warum meinen Sie, dass diese Idee eine Krankheitserscheinung ist? Ich finde, es ist einfach ein origineller Gedanke, nicht mehr.«

»Meine liebe Regina, vergessen Sie nicht, dass die Klimanowa im wahrsten Sinne des Wortes von dieser Idee *besessen* war. Jede Idee verliert ihre erkenntnistheoretische Bedeutung, sobald sie zur *fixen* Idee wird. Ich wiederhole, ich würde ihr Syndrom als ein Syndrom der Opferrolle bezeichnen. Wissen Sie, worin sich diese Krankheit äußert, neben der Hervorbringung schöner Gedanken?«

»Worin?«, fragten Regina und ich im Chor.

»Darin, dass der Kranke alles tut, um tatsächlich ein Opfer zu werden. Und wenn sich die passende Gelegenheit dazu nicht ergibt, konstruiert er sie eben.«

»Sagen Sie, Doktor …« Ich versuchte, einen mir ständig wieder entgleitenden Gedanken zu formulieren. »Könnte es nicht sein, dass die Klimanowa schlicht auf irgendeine reale Situation krankhaft reagierte?«

»Sie meinen, dass die psychische Zerrüttung daher rührte, dass sie vor etwas Realem Angst hatte?«

»Ja.«

»Natürlich, das wäre möglich.«

»Noch eine Frage: War sie nach der Therapie geheilt?«

Der Doktor zögerte einen Moment. »Sagen wir so: Es ist zu einer Remission gekommen.«

»Was ist das denn?«, flüsterte Regina mir zu.

»Remission bedeutet Besserung, ein vorübergehendes

Abklingen der Krankheit«, erläuterte der Doktor, der über ein feines Gehör verfügte.

»Sie sagen demnach nicht, dass sie geheilt war?«

»Lassen Sie uns die Terminologie klären.« Der Doktor schien allmählich die Geduld zu verlieren. »Heilung ist selbstredend ein großartiges Resultat, aber es ist kein Selbstzweck. Es kommt vor, dass ein Patient nicht heilbar ist – man bringt ihn ins Gleichgewicht und unterbricht dann die Therapie, beobachtet ihn jedoch ständig.«

»Aber sie spielte doch wieder Theater.«

»Was ist schon dabei? Ein solches Leiden schadet nicht der schöpferischen Seite des Wesens. Und für ihre Umgebung war sie nicht gefährlich.«

Kaffee und Likör waren ausgetrunken, und ich dankte dem Doktor, obwohl für mich nicht endgültig geklärt war, was die Klimanowa real erlebt und was sie sich eingebildet hatte.

Regina und ich erhoben uns und schickten uns an zu gehen. Da entschloss ich mich zu einer weiteren Frage.

»Doktor, Sie haben die Klimanowa doch untersucht, als sie hierher in die Klinik kam, nicht wahr?«

»Nicht nur ich, eine ganze Kommission hat sie untersucht.«

»Haben Sie bei ihr nicht irgendwelche somatischen Abweichungen festgestellt?«

»Abweichungen oder Erkrankungen? Das sind verschiedene Dinge.«

»Allgemein gesagt, haben Sie etwas Ungewöhnliches bemerkt?«

»Ungewöhnliches – nein. Nur dass der Brustkorb beim Abtasten schmerzempfindlich war, das habe ich bemerkt. Aber sie ließ es auch nicht zu, dass man sie richtig abtastete.«

»In dem Moment, als sie zu Ihnen auf die Station kam, verheilten bei ihr gerade Rippenbrüche, daher die Schmerzempfindlichkeit.«

»Was Sie nicht sagen!« Der Doktor war wie vom Donner gerührt. »Sind Sie sicher?«

»Bei der Obduktion habe ich mit eigenen Augen die Knochennarben an den Rippen gesehen.«

»Nun, hätte ich damals solch einen Verdacht gehabt, dann hätte ich ihren Zustand anders bewertet.«

»Anders? Wie?«

»Ich hätte dann gesagt, dass sie psychisch weniger unausgeglichen ist, als ich es dargestellt habe.«

»Und warum?«

»Warum?« Man spürte, dass der Doktor es leid war, zwei Dilettantinnen die Grundlagen seines Fachs zu erläutern. »Weil eine reale Gefahr und eine zwanghafte Angst so etwas sind wie verbundene Gefäße. Je stärker die reale Gefahr ist, desto weniger Gründe gibt es anzunehmen, dass sich der Patient in einem Zwangszustand befindet. Verstehen Sie?«

Ich verstand gar nichts. Da hatte es eine psychisch kranke Schauspielerin gegeben, die sich immerzu etwas einbildete. Als Resultat hatten wir ihre Leiche, die Leiche einer Frau, die ihr ähnlich sah, und die Leiche des Ehemanns dieser ihr ähnlichen Frau. Burows Tod erschien mir wie die unheilvolle Fortsetzung eines Dramas, das ich noch nicht begriff.

»Wollen Sie die medizinischen Unterlagen einsehen?«, fragte der Doktor, und ich erwachte aus meinen Gedanken.

»Ja, natürlich. Geht das jetzt gleich?«

»Selbstverständlich.« Wie mir schien, lag das dem Doktor bereits im Blut: seinen Gesprächspartnern nicht zu widersprechen.

Er verschwand irgendwohin und kehrte mit der Krankengeschichte zurück, die in eine schöne Mappe mit rosa Buchrücken geheftet war.

»Da es der Zufall so will, frische ich mal mein Gedächtnis auf.«

Ich wartete geduldig, bis der Doktor seinem Gedächtnis bezüglich der Therapiegeschichte der Klimanowa auf die Sprünge geholfen hatte, und erkundigte mich dann nach dem, was mich von Beginn an hätte interessieren sollen: »Was ist mit ihrem Kummer wegen der Scheidung?«

Der Doktor blickte von den Papieren auf und sagte: »Ich weiß nicht, was Sie meinen.«

»Sie kam doch zu Ihnen, weil sie von ihrem Mann geschieden war und deswegen unter Stress stand.«

»Das höre ich zum ersten Mal!« Der Doktor sah mich neugierig an.

»Wollen Sie damit sagen, Sie hätten es nicht gewusst?«

»In der Tat, ich wusste nichts davon. Während der Zeit, in der ich mit der Patientin zu tun hatte, fiel ihrerseits kein Wort über eine Scheidung. Mehr noch, ich bin mit ihrem Mann gut bekannt. Sehr gut sogar.« Nach einer kurzen Pause fügte er hinzu: »Ihr Mann war es, der sie zu uns brachte.«

13

Der Regisseur Fishenski war seiner äußeren Erscheinung nach ein groß gewachsener, gutmütiger Tollpatsch, beleibt und stark behaart. Regina aber, die sich eine Zeit lang in Künstlerkreisen herumgetrieben hatte, wusste vom Hörensagen, dass die Schauspieler in ihm ein ungebärdiges Tier sahen, das bei Dreharbeiten oft herumbrüllte und sogar handgreiflich wurde.

Ich war zu ihm in die Schneidewerkstatt gefahren. Auf einem der Höfe fand ich eine unscheinbare, nicht recht kenntlich gemachte Tür, und zusammen mit Regina, die sich mir an die Fersen geheftet hatte, drückte ich eine ganze Weile immer wieder auf einen hinter einer Leiste versteckten Klingelknopf. Schließlich öffnete uns ein junger Mann, fragte, wer wir seien, und versprach, den Regisseur zu suchen.

Wir wurden eingelassen und sollten einstweilen in einem Vorraum Platz nehmen. Regina und ich folgten der Anweisung, und auf einem kleinen Sofa sitzend lauschten wir einem lebhaften Wortwechsel, der durch eine angelehnte Tür uns gegenüber zu hören war.

»Du bist der Drehbuchautor, oder?«, donnerte eine tiefe Männerstimme.

»Ja, schon.« Die Antwort klang bedrückt, beinahe ängstlich.

»Dann schreib die Szene um.«

»Wozu?«, sperrte sich der Drehbuchautor.

»O mein Gott!«, dröhnte der Erste. »Ich sage dir doch, morgen ist letzter Drehtag. Wir drehen die Szene achtundfünfzig, die Leiche in der Wohnung. Wir haben eine Wohnung gefunden – einfach super, drei Zimmer, total ausgebrannt. Hat uns einen Haufen Kies gekostet. Die Bude macht sich toll im Bild, alles rabenschwarz verkohlt. Fishenski hat Feuerwehrleute befragt, die meinen, drei Tage habe die Bude so nicht brennen können, ohne dass jemand was gemerkt hätte. Bei dir aber steht, dass die Leiche nach drei Tagen gefunden wurde. Also mach, nimm diesen Widerspruch raus.«

»Welchen Widerspruch?«, sagte der Drehbuchautor müde. »Was soll das? Warum schiebst du mir das Drehbuch zu?«

»Hier, korrigier das.« Man hörte Papier rascheln.

»Gut, ich ändere es, Borja«, gab der Drehbuchautor nach. »Unter einer Bedingung: Zeig mir hier genau die Stelle, wo geschrieben steht, dass die Wohnung total ausgebrannt ist. Bei mir steht: ›Das Regal ist abgebrannt.‹ Verstehst du? Das Re-gal ist ab-ge-brannt!«

Nach einer Pause dröhnte erneut die Bassstimme: »Das spielt keine Rolle. Morgen ist letzter Drehtag. Schreib schon.«

Der junge Mann erschien wieder in dem Vorraum, und leicht außer Atem teilte er mit, dass Gennadi Michailowitsch zum Abendessen gegangen sei und wir ihn im Café um die Ecke finden könnten.

Regina meinte, das sei ihr nur recht, auch sie würde liebend gern etwas essen und trinken, sozusagen das Angenehme mit dem Nützlichen verbinden, und zog mich mit sich, um das Café zu suchen.

Insgeheim machte ich mir Vorwürfe. Schließlich opferte Regina ihre persönliche Zeit, war auf liebenswürdige Weise bereit, mit mir durch die Stadt zu gondeln auf der Suche nach Leuten, die ich befragen musste, und stellte mir für all die Fahrerei ihr Privatauto zur Verfügung. Freilich hatte sie sonst ja nichts zu tun und war auf diese Weise wenigstens beschäftigt. Entscheidend war, dass sie sich nicht in die Befragungen einmischte.

Dann, als wir das Café betraten, dachte ich, dass Regina für das Gespräch mit dem Regisseur alles andere als hinderlich war, sondern hier geradezu den Hauptstimulus darstellte. Der große Tollpatsch mit dem intellektuellen Blitzen in den Augen, der, in einer Ecke sitzend, gerade dabei war, ein Fleischstück von unglaublichen Dimensionen zu verschlingen, maß Regina mit einem solch taxierenden Blick, dass sie – immerhin eine mit allen Wassern gewaschene Frau – doch tatsächlich stolperte.

Wir gehorchten dem fordernden Blick des Regisseurs, gingen zu ihm und stellten uns vor. Fishenski seufzte, lud uns ein, Platz zu nehmen, und bot uns sogar etwas aus der nicht eben reichhaltigen Speisekarte an. Dazu bestellte er für jede von uns und auch für sich selbst ein Glas Wein, um damit unsere Bekanntschaft zu begießen.

»Was für einen Film drehen Sie gerade?«, fragte Regina neugierig.

»Jetzt gerade? Mal wieder so einen Fick«, antwortete Fishenski melancholisch.

Regina und ich tauschten Blicke, unsicher, wie wir reagieren sollten.

»Ist das Drehbuch denn so schlecht? Oder ist viel ... äh, äh ... Erotik darin?«, fragte ich zögerlich.

»Warum?«, wunderte sich der Regisseur. »Ach so, Sie haben das missverstanden, das ist nur so ein Terminus. Eigentlich F-i-G, bedeutet ›Frau in Gefahr‹.«

»Und wer spielt darin die Hauptrolle?«, fragte Regina interessiert.

Fishenski nannte den Namen einer jungen Schauspielerin, die bereits in einigen Fernsehserien mitgespielt hatte, die meiner Ansicht nach aber außer einem hübschen Gesicht und einer netten Figur absolut nichts besaß, womit sie hätte brillieren können. Fishenski sagte, sie hätten drei Schauspielerinnen zur Probe gehabt und er habe sich für diese entschieden. Ich schwieg taktvoll dazu, aber Regina fuhr fort, den Regisseur mit Fragen zu bedrängen.

»Und warum gerade sie?«

Fishenski schloss träumerisch die Augen und erklärte: »Sie ist besonders talentiert. Dieser Busen!«

Wenn man von den Einzelheiten des rasanten Flirts zwischen dem Regisseur und Regina einmal absah, etwa dem Kuss auf die Fingerspitzen der Dame und dem Kniekontakt unter dem Tisch, dann ließ sich das Gespräch folgendermaßen zusammenfassen:

Zwei Jahre zuvor hatte der Regisseur Fishenski einen Film nach dem Buch seines alten Freundes und Kampfgefährten Latkowski machen wollen. Das Geld dafür erhielten sie von einem früheren Sponsor (unschwer zu erraten, dass auch dieser Streifen von Karapusa finanziert wurde, der offenbar die Hoffnung nicht aufgeben mochte, der von ihm protegierte Regisseur werde irgendwann einen Film zustande bringen, der dem anspruchsvollen Geschmack seines Mäzens entspräche). Drehbuchautor Latkowski bestand darauf, die Hauptrolle mit seiner Exehefrau zu besetzen, die im Übrigen eine gute Schauspielerin war, weshalb es gegen die Klimanowa keine Einwände gab, im Gegenteil.

Latkowski seinerseits fand einen idealen Drehort für die Filmaufnahmen – ein altes Städtchen mit einer Architektur aus dem achtzehnten Jahrhundert. Das Filmteam fuhr hin und bezog im dortigen Hotel Quartier. Nichts Luxuriöses, aber aufgrund der zahlreichen ausländischen Gäste verfügte das Hotel zumindest über eine anständige Bar.

Innerhalb des Filmteams kam es jedoch zu unbegreiflichen Vorfällen. Anfangs gerieten die Frauen fortwährend miteinander in Streit; sie schrien sich an, zerrten sich an den Haaren, ja, und die Männer lieferten sich wilde Raufereien. Dann befiel das technische Personal eine Art Delirium, und der Fahrer und der Beleuchter verfolgten einander allabendlich mit dem Messer in der Hand. Tatjana Klimanowa mit ihrer sanften Wesensart und ihrer Frömmigkeit beteiligte sich nicht an den Orgien und mied auch das üble Weibergezänk. Dafür wurde sie von einer anderen Plage heimgesucht.

»Wir wussten nicht, was wir davon halten sollten«, sagte Fishenski. »Tatjana hatte auf mich immer den Eindruck eines normalen, vernünftigen Menschen gemacht. Man hätte es noch verstanden, wenn sie sich hätte voll laufen lassen, in dem Zustand kriegt man leicht Halluzinationen. Sie aber trank niemals. Nachts schrie sie wie am Spieß. Wir rannten hin, klopften an ihre Tür. Sie öffnete, kreidebleich, zitternd, in den Augen nicht die Spur von Schlaf. Sie sagte, der Wahnsinnige aus dem Film, den wir drehten, rufe sie an. Stellen Sie sich das vor! Was sollten wir davon halten?«

»Dass das Mädchen therapiert werden müsste«, schlussfolgerte Regina, die bereits ihr drittes Glas Wein leerte.

»Therapieren, schön und gut, aber wir waren mitten in den Dreharbeiten. Zu Anfang glaubte ich, Peresylkin treibe mit ihr Schabernack, der Darsteller des Geisteskranken. Ich glaube, er war ein bisschen in Tatjana verliebt. Aber nein, er war mit dabei, als wir zu ihr rannten.«

»Na und?«, erwiderte ich. »Er hätte anrufen und sich Ihnen danach anschließen können.«

»Nein.« Fishenski verwarf eine solche Version entschieden. »Wir haben mehrere Male gemeinsam in meinem Zimmer Wein getrunken, als Tatjana zu schreien begann. Wir rannten hin, sie schlotterte am ganzen Leib und zeigte auf das Telefon. Der Hörer war abgenommen, darin schwieg jemand, man hörte das Atmen.«

(Schau einer an!, dachte ich. Die liebe Freundin der Klimanowa, die Schauspielerin Rajskaja, hatte mir etwas völlig anderes erzählt. Nämlich dass sie die Sache überprüft und erfahren hätte, dass gar kein Anruf für die Klimanowa gekommen war.)

»Überlegen Sie, was sollte ich tun? Die Klimanowa zur Behandlung schicken und die Aufnahmen unterbrechen? Hätte sie Alkohol getrunken, wäre alles leichter gewesen, da hätte ich am Abend darauf geachtet, dass sie die ›Medizin‹ schluckte, und hätte bis zum nächsten Morgen meine Ruhe gehabt. So aber … Ich habe sie dann selbst behandelt.«

»Auf welche Weise?«, fragte ich.

»Ich kaufte in der Apotheke Dimedrol. Das Zeug schluckte sie dann nach den täglichen Dreharbeiten und schlief darauf tief und fest. Kein einziger Irrer hätte sie mit seinem Anruf erreicht. Am nächsten Morgen kam sie zwar schwer auf die Beine, wankte umher, aber dafür warf sie schön verschleierte Blicke in die Kamera – fantastisch!«

Gewiss, lauter wertvolle Informationen, die aber die Geschichte nur noch verworrener machten. Der Regisseur entschuldigte sich, bezahlte die Rechnung, stand auf und ging von dannen: Er musste zurück in den Schneideraum, der ihm nur bis zum nächsten Tag zur Verfügung stand.

Während Fishenski entschwand, kam mir in den Sinn, dass ich als Nächstes mit dem Requisiteur reden sollte – oder wie immer der Mensch heißen mochte, der den Schauspielern die abgerissenen Knöpfe an die Kleidung nähte und den Gang der Dreharbeiten sicherstellte, indem er die nötigen Utensilien besorgte.

Da der Regisseur auf seinem Weg in den Schneideraum aber bereits dieses fiebrige Glühen in den Augen hatte und sich jedes weitere Gespräch, außer über das Schneiden des Films, mühsam gestaltet hätte, wurde mir klar, dass ich an diesem Tag keine Liste mit den Namen des damaligen Filmteams mehr bekommen würde. Egal, morgen war auch noch ein Tag.

Regina und ich verweilten noch ein Viertelstündchen im Café, erholten uns von Fishenskis stürmischer Konversationsart, und Regina fragte: »War das alles für heute? Wohin soll ich dich bringen?«

Auf einmal wurde mir mit Schrecken bewusst, dass mein

Sohn bei der Großmutter war und ich mich noch nicht auf die Dienstreise begeben hatte. Mir stand also bevor, in meine leere Wohnung zurückzukehren und dort die Nacht zu verbringen, stets mit dem mulmigen Gefühl, dass der Wahnsinnige wieder anrufen könnte. O nein!

Regina schmunzelte. »Natürlich könnte ich dich zu mir einladen. Besser wäre es aber, das Angenehme mit dem Nützlichen zu verbinden.«

»Was meinst du?«

Ohne mir zu antworten, nahm Regina ihr Handy aus der Handtasche und wählte eine Nummer. Ich begriff nicht sofort, dass sie im Leichenschauhaus anrief.

»Hallo, Saschalein«, gurrte sie in den Apparat. »Sag, weißt du schon, dass Mascha letzte Nacht fast umgebracht worden wäre? Ja, von wem … Von einem Geisteskranken. Und stell dir vor, niemand hat für ihren Schutz gesorgt. Ihr Sohn befindet sich an einem sicheren Ort, aber wo soll *sie* jetzt hin? Sie tut mir ja so schrecklich Leid! Sie sieht ganz elend aus. Und greift sich immerzu ans Herz. Sie ist doch meine beste Freundin, und wenn einer sie abknallt, wer soll mir dann bloß die Bullen vom Hals halten?« Regina lachte affektiert. »Nein, sie sitzt nicht neben mir, sie ist gerade zur Toilette gegangen. Da wollte ich dich mal um Rat fragen, was mit ihr geschehen soll. Ja? Und du bist noch im Dienst? Aber ich könnte sie hinbringen. Auch ins Leichenschauhaus. Macht doch nichts, dass sie noch lebendig ist, oder? Ja, Beziehungen sind so wichtig. Jetzt muss ich sie nur noch überreden, aber überlass das ruhig mir.«

Ich konnte nicht umhin, Reginas virtuoses Intrigantentum zu bewundern. Zu guter Letzt tranken wir auf ihre diplomatischen Fähigkeiten, dann brachte sie mich in das Büro für gerichtsmedizinische Gutachten.

»Auch wenn ich etwas getrunken habe, fürchte ich mich

nicht davor, mich ans Steuer zu setzen«, plapperte sie, während wir fuhren. »Ich bin nämlich eine sehr sichere Fahrerin. Meine Springmaus« – so nannte sie zärtlich ihren derzeitigen Liebhaber – »ist da allerdings ein wenig merkwürdig. Sobald uns einer schneidet oder laut hupt, heißt es bei ihm: ›Frau am Steuer.‹ Der sollte sich mal selber sehen! Ich frage ihn immer, ob er denn viele Frauen kennt, die wegen Verkehrsdelikten verurteilt worden sind. Das ist nämlich der Haken. Immer sind es Männer!«

»Regina, aber wieso fahren wir eigentlich dorthin? Soll ich etwa im Leichenschauhaus übernachten?«, erkundigte ich mich besorgt.

Regina zog unnachahmlich die Schultern hoch. »Was ist schon dabei? Besser mit einem Kerl im Leichenschauhaus als einsam und allein zu Hause. Er nimmt dich mit zu sich.«

»Wenigstens ein Fortschritt. Sonst will er immer zu mir und da übernachten.«

Sascha stand bereits auf der Straße, um uns in Empfang zu nehmen, da Regina erklärt hatte, das Leichenschauhaus nicht betreten zu wollen.

»Habt ihr eine Vorstellung, wie viele ruhelose Seelen dort sind?«, fragte sie. »Solche, die nach Rache dürsten? Sascha, ich kann sowieso nicht verstehen, wie ihr Gerichtsmediziner dort arbeiten könnt! Eure Klienten sind doch tot, und ihre Seelen rufen eine ungute Atmosphäre hervor …«

Stezenko und ich taten der Form halber so, als ob wir uns küssten, indem wir uns mit den Wangen berührten. Der Anblick stellte Regina vollauf zufrieden.

»Tja, Leute, wenn ich euch nicht noch wohin fahren soll, ziehe ich mal wieder los«, sagte sie.

»Mach's gut!« Sascha winkte ihr zu.

Regina wendete elegant und schoss davon. Seltsam –

kaum war ich mit Stezenko allein, erwachte in mir der Widerspruchsdämon. Ich hatte es schon vorausgeahnt, dass ich gegen meinen Willen auf jedes Wort von Sascha mit einem Widerwort reagieren und mit allem, was er tat, im Streit liegen würde. Kennzeichnend war, dass es sonst keinen Menschen auf der Welt gab, der in mir solche Gefühle auslöste. Wahrscheinlich war das Liebe.

Stezenko fasste mich am Arm und führte mich durch das um diese Zeit leere Labyrinth der thanatologischen Abteilung in sein Arbeitszimmer. Dort schenkte er mir, ohne mich zu fragen, Tee ein, und liebenswürdigerweise schob er auf dem Tisch liegende Präparate von Hautlappen beiseite, damit ich Platz für meinen Tee hatte.

»Trinkst du auch welchen?«, fragte ich.

»Ja.« Sascha schenkte sich ebenfalls Tee ein und setzte sich mir gegenüber.

Ich trank ein wenig aus meinem Becher. »Heiß ... Sascha, darf ich telefonieren, bis der Tee abgkühlt ist?«

»Natürlich.«

Nacheinander rief ich zuerst in der Kanzlei an, danach sämtliche Dienstzimmer in meiner Staatsanwaltschaft. Natürlich war es schon spät, alle waren weg, nur ich drückte mich um diese Zeit noch in staatlichen Gebäuden herum, als hätte ich keine anderen Freuden im Leben. Es wäre gut gewesen, wenigstens Soja zu erreichen, um von ihr die letzten Neuigkeiten zu erfahren. Ein Blick auf die Uhr sagte mir, dass Soja, falls sie mit dem letzten Gongschlag fluchtartig ihren Arbeitsplatz verlassen hatte, jetzt bereits bei Gortschakow sein musste, um ihm seinen Krankenhausaufenthalt zu versüßen. Also blieb mir nur übrig, Ljoschas Handynummer zu wählen.

»He, altes Haus, weißt du noch, wo dir der Kopf steht, oder bist du schon völlig durch den Wind?«, erkundigte sich mein Freund und Kollege Gortschakow feinfühlig. »Soja kommt bereits gesprungen, man hat dich überall gesucht. Ich übergebe.«

Soja schnurrte in aller Eile, um Gortschakow nicht in Unkosten zu stürzen, herunter, dass erstens der Mordfall Burow im Stadtbezirk angekommen und übertragen sei – »Rate mal, wem!«, schrie Gortschakow dazwischen –, und zwar mir; dass zweitens mich gesucht hätten: der Chef, die Mordkommission, die Städtische Staatsanwaltschaft wegen der Formalitäten für die Dienstreise nach Korobizyn, der zuständige operative Mitarbeiter Pjotr Valentinowitsch Koslow, Fedortschuk von der Spurensicherung, der Schriftsteller Latkowski, meine Mutter, mein Exmann, der Leiter des Leichenschauhauses, die Gerichtsmedizinerin Marenitsch, zwei Anwälte wegen meiner Verfahren und drei Anwälte wegen Gortschakows Verfahren …

In der fünften Aufzählungsminute nahm Ljoscha Soja einfach das Telefon aus der Hand und fragte, warum in drei Teufels Namen ich ein Handy besäße, wenn ich es ohnehin abschaltete und untertauchte.

»Ljoscha, ich hatte das Handy ganz vergessen. Heute Vormittag war ich übrigens im Gefängnis, Barrakuda lässt dich grüßen.«

»Hat er die Protokolle unterschrieben?«

»Ja, hat er.«

»Hast du mit ihm über den Diebstahl gesprochen?«

»Ja. Er verneint, und das ziemlich überzeugend.«

»Wie erklärt er das?«

»Mit der Großmutter, die die Blockade mitgemacht hat.«

»Wie bitte?«, wunderte sich Ljoscha.

»Ich lasse dir über Soja das Protokoll der Befragung zukommen, dann kannst du es selbst lesen.«

Ich fragte Ljoscha, wie es seinem Bein ginge, und erfreute ihn mit der Nachricht, dass das gesamte Untersuchungsgefängnis bereits von seiner Verletzung wisse.

Ljoscha seinerseits erzählte, dass der Freund der hiesigen Krankenschwester, jener selben mit den menschenfresserischen Manieren, mich kannte, dass er angeblich von mir verhört worden sei.

»Ah, Ljoscha«, entgegnete ich lachend. »Die Verbrecherwelt umzingelt dich offenbar, wie?«

»Nein, nein, dieser Kerl hat früher bei der Miliz gearbeitet.«

»Wie heißt er?«

»Kirejew.«

»Kenn ich nicht.«

»Denk mal genau nach.«

»Lass gut sein, ich besuche dich bald, dann reden wir miteinander.«

»Er hat gebeten, dir einen Gruß zu bestellen. Er schimpft auf dich, was das Zeug hält, er sagt, du hättest ihn drei Stunden lang befragt –«

»Aber ich kenne ihn nicht«, unterbrach ich Ljoscha, er jedoch fuhr fort: »Hör zu, er sagt, du hättest ihn drei Stunden lang befragt, ohne die Zigarette aus dem Mund zu nehmen.«

Ich kicherte. »Dann weiß ich Bescheid. Und den Selbstgebrannten aus der großen Flasche habe ich nicht angerührt?«

Ich verabschiedete mich von Ljoscha und machte mich daran, die Liste der Anrufer abzuarbeiten. Als Erstes meldete ich mich bei meiner Mutter, von der ich erfuhr, dass mein lieber Sohn die weitgehend zutreffenden Gründe für seine Evakuierung ausgeplaudert hatte, weshalb meine Mutter, da sie mich den ganzen Tag über im Dienst nicht erreicht hatte, vor Angst fast durchgedreht war, denn sie stellte sich vor, wie mich der Wahnsinnige bereits überfallen, in Stücke gehackt und in den Wind gestreut hatte. Mit meiner Mutter also führte ich ein prophylaktisches Gespräch und überzeugte sie davon, dass das Zerstückeln noch nicht stattgefunden habe und dass der Wahnsinnige noch nicht geboren sei, der es mit mir aufnehmen könne. Es gelang mir, meine Mutter einigermaßen zu beruhigen.

Der Nächste auf der Liste war, dem Rang nach, der Chef. Ich war so kühn, ihn zu Hause zu stören, und hörte, dass der Mordfall Burow unter der Kontrolle der Städtischen Staatsanwaltschaft stehe, ich daher vor Antreten der Dienstreise einen ausführlichen Ermittlungsplan vorlegen und grundlegende Gutachten anordnen müsse und am nächsten Tag um neun Uhr mit einem Bericht in der Staatsanwaltschaft zu erscheinen habe, der eine detaillierte Begründung enthielt, warum gerade ich die Untersuchungen in Korobizyn durchführen müsse, da unser Bereichs-Chef darauf bestehe, einen Mitarbeiter des operativen Dienstes nach Korobizyn zu schicken und nicht mich. Der Chef zumindest hielt es für zweckmäßig, dass ich fuhr. Allerdings, wenn ich um neun in der Städtischen Staatsanwaltschaft sein sollte, musste ich spätestens um halb neun den Chef erwischen, damit er meinen Bericht absegnete. Ganz zu schweigen davon, dass der Bericht erst einmal erstellt werden musste.

Als Nächster wäre eigentlich Kostik Migulko an der Reihe gewesen. Zuvor jedoch wählte ich die Nummer unserer Spurensicherung. Migulko würde noch lange im Dienst hocken, Fedortschuk indes war sicher schon auf dem Sprung, wenn nicht sogar schon weg. Da er mich aber gesucht hatte, hieß das, dass es etwas Wichtiges gab. Lange meldete sich dort niemand, und enttäuscht glaubte ich schon, Fedortschuk verpasst zu haben. Dann aber war plötzlich

Gena selbst am Apparat und sagte, er sei eigens lange im Dienst geblieben, weil er meinen Anruf erwartete, und gerade als er aufgegeben hatte und nach Hause gehen wollte, habe er von der Treppe aus das Telefon klingeln hören und sei noch einmal umgekehrt.

»Mascha, warum ich dich gesucht habe …« Wie gewöhnlich sprach Gena leise und umständlich. »Ich habe das Schriftstück, das in der Wohnung der Schauspielerin lag, untersucht. Das interessiert dich doch, oder?«

»Durchaus«, bestätigte ich sofort.

»Das habe ich mir gedacht. Es sind eine Menge Fingerabdrücke darauf. Aber alte. Unterschiedliche Fingerabdrücke. Vergiss nicht, mir die Daktyloskopien von der Schauspielerin zuzuschicken.«

»Gena, wenn wir ein Verfahren einleiten, bekommst du sie auf jeden Fall.«

»Ist denn noch kein Verfahren eingeleitet worden?«, wunderte sich Gena.

»Nein.«

»Komisch. Das ist doch ein typischer Mord.«

Ich zog eine Grimasse und erwiderte: »Mit der Ansicht stehst du wohl allein da, Gena.«

»Und wie siehst du das?«

»Ich habe vorerst meine Zweifel. Aber ich denke, es könnte wirklich ein Mord sein.«

»Na bitte. Und ich kenne noch jemanden, der bereit ist, diesen Mord aufzudecken.«

»Pjotr Valentinowitsch, nicht wahr?«

»Nun ja. Übrigens, der Junge kam sogar zu mir gelaufen und wollte wissen, was ich herausgefunden habe. Du selbst hast dir dafür ja noch nicht die Zeit genommen.«

»Ich habe auch nicht faul herumgesessen«, entgegnete ich gekränkt.

»Das war ein Scherz«, erklärte Gena gelassen. »Hör dir an, was es noch zu dem Schriftstück zu sagen gibt.«

»Das war noch nicht alles?«

»Eben nicht, es war nur der Anfang. Ich habe auch die Handschrift geprüft – ich bin schließlich als Graphologe zugelassen.«

»Hat sie das geschrieben?«

»Ja, ohne Zweifel. Aber schon vor längerer Zeit.«

Ich wurde hellhörig. »Was heißt, vor längerer Zeit? Graphologie hin und her, um das Alter eines Schriftstücks zu bestimmen, wird ein anderes Gutachten benötigt. Und das ist nicht in zwei Tagen zu erstellen – das Verfahren ist sehr aufwändig und dauert seine Zeit.«

»Natürlich, die Ergebnisse sind nicht binnen zwei Tagen zu bekommen. Ich habe nur mal vorab einen Blick darauf geworfen, denke aber, dass die Kollegen meine Vermutung bestätigen werden. Das Schriftstück ist mindestens zwei Jahre alt.«

Ich schwieg, und Gena fragte: »Mascha, bist du noch da?«

»Ja, natürlich. Weißt du, Gena, was das Komischste ist? Mir fiel heute ein, dass ich den Requisiteur aus dem Aufnahmeteam gebrauchen könnte, das den Film ›Das Herz in der Faust‹ gemacht hat. Mich interessiert, wer den Abschiedsbrief der Heldin geschrieben hat. Erinnerst du dich? Die Schauspielerin hinterlässt dort einen Zettel, auf dem steht: ›Niemand liebt mich, ich muss sterben.‹ Man sieht das Schriftstück im Bild.«

»Nein, Mascha, das Komischste ist etwas anderes: Ich habe eine Videokassette von dem Film, und heute beim Durchlaufen habe ich einen Bildstopp gemacht und einen graphologischen Vergleich vorgenommen. Der Abschiedsbrief im Film wurde eigenhändig von der Klimanowa geschrieben.«

»Das habe ich mir schon gedacht. Deshalb möchte ich den Requisiteur fragen, wo das Schriftstück nach der Fertigstellung des Films geblieben ist.«

»Mascha, nach dem Requisiteur brauchst du gar nicht zu suchen, ich kann es dir sagen. Auf dem Zettel, der im Film verwendet wurde, gibt es eine Reihe charakteristischer Besonderheiten: die Handschrift, die Anordnung des Textes auf dem Papier, die Farbstoffqualität und so weiter. Die Übereinstimmung in diesen Parametern mit unserem Abschiedsbrief reicht aus für die unbedingte Schlussfolgerung –«

»Dass es sich um dasselbe Schriftstück handelt?«

»Ja«, sagte Gena schlicht.

»Nein, ich brauche dennoch den Requisiteur. Mich interessiert, ob der Zettel gleich stibitzt wurde, damals vor zwei Jahren, oder erst jetzt.«

Sascha, der neugierig meinem Teil des Gesprächs gelauscht hatte und offenbar genau mitbekam, worum es ging, bemerkte leise: »Hältst du es nicht für möglich, dass die Klimanowa das Schriftstück damals bei den Dreharbeiten selber an sich genommen hat? Vielleicht hat sie Reliquien gesammelt von den Filmen, in denen sie mitgespielt hat.«

»Entschuldige mal, Gena.« Ich hielt die Hand auf die Muschel und sagte an Sascha gewandt: »Wir haben bei ihr kein Archiv gefunden.«

»Mit wem erörterst du denn da Geheiminformationen?«, fragte Fedortschuk argwöhnisch.

»Hast du das noch nicht mitbekommen? Mit Doktor Stezenko.« Gena schien sogleich beruhigt, und ich fuhr fort: »Gena, hast du für solche Untersuchungen eine Zulassung?«

»Im Prinzip habe ich die Zulassung für die kriminaltechnische Untersuchung von Schriftstücken, nur fehlen mir hier die Möglichkeiten dazu.«

»Und bei wem könnte ich ein solches Gutachten anfordern? Macht Moskau so etwas?«

»Da es sich um ein älteres Schriftstück handelt, machen dir das die Fachleute im regionalen Sachverständigenzentrum. Moskau bearbeitet die Dinge unter einem Jahr.«

»Und warum das?«, fragte ich erstaunt.

»Das ist bei denen so aufgeteilt. Wende dich also an das Regionalzentrum.«

Ich dachte angestrengt nach. Sollte wirklich schon damals, vor zwei Jahren, jemand diese Requisite geklaut haben, mit dem fernen Ziel, einen Selbstmord der Klimanowa zu inszenieren? Obwohl, denkbar war auch folgende Variante: dass jemand bei den Aufnahmen das Schriftstück abgestaubt hatte in der Absicht, es gleich damals zu verwenden. Und das aus irgendeinem Grund nicht konnte. Oder nicht wollte. Oder dass die Notwendigkeit entfiel. Und jetzt war sie wieder da. Daraus würde sich folgern lassen, dass der Requisitenräuber ein überaus weit blickendes Subjekt war – und von außergewöhnlicher Geduld.

Was für Nachrichten wohl Kostik Migulko für mich hatte? Heute waren alle miteinander darauf aus, mich zu verblüffen, angefangen bei dem Psychologen-Doktor und dem Regisseur. Kostik informierte mich darüber, dass auch sie keine Zeit vergeudet und die Identität des blutüberströmten Mannes, in dessen Tasche Burows Dienstausweis gefunden worden war, festgestellt hatten.

»Obermanager der Firma ›Best-oil‹. Was kompromittierende Kontakte angeht, bisher unauffällig. Er kam von seiner Geliebten im zweiten Stock.«

»He, meinst du, das wäre kein kompromittierender Kontakt?«

»Im Gegenteil, es charakterisiert ihn bestens. Eben deshalb war es zunächst schwierig gewesen, herauszufinden, was ihn mit dem Ort verband, denn als Gentleman wollte er die Dame nicht mit hineinziehen. Und die Dame wollte erst recht in nichts hineingezogen werden. Jedoch, dank glänzender Ermittlertätigkeit –«

»Gut, gut, und was sagt er?«

»Mascha, du hast gesehen, in welchem Zustand er war. Glaubst du wirklich, er könnte sich an irgendetwas erinnern?«

»Und was sagt die Geliebte?«

»Sie sagt, er sei mit einem Liebesversprechen zu ihr gekommen, habe sich stattdessen aber heillos betrunken. Weshalb er von ihr vor die Tür gesetzt wurde.«

»Aha. Da wären wir also keinen Schritt weiter, obwohl ich mir in etwa vorstellen kann, wie es gewesen ist.«

»Ich kann es mir auch vorstellen«, sagte Kostik bedrückt. »Sie haben die Leiche angeschleppt, in den Hauseingang geworfen, und da kommt ihnen ein Geschenk des Himmels entgegen, ein unzurechnungsfähiger Kerl, der kein Wort mehr herausbringt. Sie haben ihm Kopf und Hände mit Blut beschmiert, haben ihm Burows Ausweis in die Tasche geschoben, damit er keine Chance hat, sich herauszureden –«

»Kostik!«

»Mascha!«

Die Anreden fielen gleichzeitig, denn beiden kam uns im selben Augenblick die Erleuchtung, ich aber fuhr fort: »Wer hat die Streife auf den Obermanager aufmerksam gemacht? Schwer zu glauben, dass die Leute von sich aus so viel Wachsamkeit bewiesen hätten.«

»Eben, Mascha. Du hast doch den Weg gesehen, den er entlanggegangen ist. Warum hätten sich die Leute dort plötzlich in die Büsche schlagen sollen? Jemand muss sie darauf gestoßen haben.«

»Kostik, nimm dir die Posten vor und schüttle alles aus ihnen heraus.«

»Gut, wird gemacht. Du gehst auf Dienstreise?«

»Ja. Würdest du mitkommen wollen?«

Sascha, der bis zu diesem Augenblick so getan hatte, als studiere er den vertrockneten Hautlappen, der auf dem Tisch neben den Lebkuchen lag, beugte sich über den Tisch und sagte leise, aber eindringlich in den Hörer: »Migulko, wenn du sagst, dass du wollen würdest, hilft dir auch deine Pistole nichts.«

Kostik reagierte unbeeindruckt: »Mascha, richte Stezenko aus, er möge sich nicht in unsere Familienangelegenheiten einmischen. Eigentlich aber gedenken wir, dir Pjotr Koslow als Partner zuzuteilen. Der Junge ist gescheit, und er wird nicht zulassen, dass dir etwas geschieht. Hast du bemerkt, wie er dich ansieht?«

»Großer Gott.« Stezenko stöhnte theatralisch. »Noch einer, den ich umlegen muss – da bleibt von euch ja keiner mehr übrig!«

»Und dieser Mensch hat den hippokratischen Eid geleistet«, kommentierte Kostik. Stezenko bekam es mit und konterte: »Nichts da. Ich habe den Eid des sowjetischen Arztes geleistet, in dem hieß es, dass wir gegen den Imperialismus zu kämpfen hätten, das war alles.«

»Ich störe euch doch nicht?«, unterbrach ich die beiden, und als sie beteuerten, dass ich sie keineswegs störe, erklärte ich: »Da Pjotr Valentinowitsch mitkommt, liegt die organisatorische Seite ganz bei ihm. Wie fahren wir? Was geht, fährt, schwimmt nach Korobizyn?«

»Ihr nehmt den Wagen. Pjotr fährt.«

»Bestens.«

Nach dem Gespräch mit Migulko erledigte ich weniger wichtige Anrufe, und am Ende hatte ich nur Latkowski nicht gesprochen. Dabei hoffte ich, er würde mir das nachsehen – Soja hatte ihm ja mitgeteilt, dass ich eine Dienstreise antreten würde. Obwohl, mein Verstand sagte mir, ich hätte ihn vor der Reise befragen sollen …

Nach etwa anderthalb Stunden, als die Liste endlich abgearbeitet war und ich den leicht geschmolzenen Telefonhörer auf seinen angestammten Platz zurücklegte, markierte Sascha mit Inbrunst und eigens für mich den eifersüchtigen Liebhaber, und erst danach fragte er, wo wir übernachten würden.

Klar, dass wir zu mir nicht fahren konnten. Sogar wenn ich den Telefonhörer nicht abnahm, würde ich dennoch von dem Wahnsinnigen nicht loskommen können.

»Mascha, gibt es wirklich nicht die Möglichkeit, jemanden wegen eines solchen Telefonterrors zur Verantwortung zu ziehen?«, fragte Sascha.

»Nein.«

»Folglich sind wir dem völlig schutzlos ausgeliefert?«

»Genau genommen, ja.«

»Was für ein Schwachsinn.«

»Weißt du, Sascha«, sagte ich müde, »wenn es um unsere Gesetze geht, kannst du die Logik bisweilen vergessen. Das liegt wahrscheinlich daran, dass unsere Gesetzgeber keine nächtlichen Anrufe von solchen Telefonirren bekommen.«

Sascha war jedoch nicht zu beruhigen. »Ich hab da eine Geschichte gehört«, sagte er. »Dass eine Frau zu einem Unterstaatsanwalt in die Sprechstunde gekommen ist und sich beklagt hat, weil jemand sie immer in der Nacht anrief und ihr drohte.«

»Und was hat der Unterstaatsanwalt getan? Hat er

nachts am Telefon der Frau Bereitschaftsdienst geschoben?«

»Nein, er hat gesagt, dass er nicht imstande sei, ihr zu helfen. Weil es kein Gesetz gebe, jemanden dafür zur Verantwortung zu ziehen, dass er telefoniert.«

»Und die Drohungen?«

»Wie sollte man nachweisen, dass ihr tatsächlich jemand drohte?«

»Man kann eine Fangschaltung legen.«

»Und wo ist die Garantie dafür, dass die Frau nicht selbst die Anrufe organisiert hat mit dem Ziel, jemanden anzuschwärzen?«

»Hast du dir das ausgedacht?«

»Nein, der Unterstaatsanwalt.«

»Was folgte daraus?«

»Man erlaubte ihm nicht, ein Verfahren einzuleiten.«

»Und damit war alles erledigt?«

»Nein, nicht alles. Einige Zeit später fing jemand an, den Unterstaatsanwalt in der Nacht zu Hause anzurufen und ihm zu drohen.«

»Mein Gott!«

»Der Unterstaatsanwalt lud die Beschwerdestellerin vor und leitete ein Verfahren wegen Rowdytum ein.«

»Gegen den Anrufer?«

»Nein, gegen die Beschwerdestellerin.«

»Wieso das?«

»Er meinte, sie würde sich auf diese Weise an ihm rächen, weil er kein Verfahren eingeleitet hatte.«

»Das ist irgendwie schon Surrealismus.«

»Mascha, bitte sei schön vorsichtig auf der Dienstreise, ja?«

»Natürlich, Sascha. Was soll mir dort schon passieren? Außerdem fahre ich mit Pjotr.«

»Trotzdem. Ruf an, ja?«

Ich gab mein feierliches Versprechen anzurufen, und voller Wehmut dachte ich daran, dass ich noch den Bericht mit der Begründung der Notwendigkeit der Reise verfassen, einen ausführlichen Ermittlungsplan aufstellen und die Sachverständigengutachten anordnen musste.

»Was nun? Fahren wir zu mir?«, fragte Sascha.

»Ich mag nicht«, erwiderte ich stur.

»Mascha.« Saschas Stimme klang sanft. »Zu dir nach Hause willst du nicht, zu mir auch nicht, und mehr Varianten gibt es nicht. Höchstens die, hier zu bleiben.«

»Ich bleibe besser hier«, entschied ich zu meiner eigenen Überraschung.

Der Gerechtigkeit halber muss bemerkt werden, dass Stezenko diese Kapriole mit erstaunlicher Gelassenheit ertrug. Fügsam sagte er: »Dann hier, in Ordnung. Komm, ich richte dir das Bett im Zimmer des Dienst habenden Gerichtsmediziners.«

»Aber warum dort? Ich will hier bleiben!«, entgegnete ich stur.

»Dort ist der Schlafplatz besser«, versuchte Sascha, mich zu überzeugen. »Aber wenn du hier bleiben möchtest …«

Mein Verdacht war sofort der, dass Sascha, indem er mir das Zimmer des Dienst habenden Gerichtsmediziners schmackhaft machte, einfach Angst davor hatte, dass am anderen Morgen Marina Marenitsch zur Arbeit käme und mich in ihrer beider Dienstzimmer schlafend vorfände. Das steigerte augenblicklich mein Verlangen, in Saschas Zimmer zu übernachten. Schade, dass ich keine Präservative bei mir hatte, die hätte ich, gleichsam wie benutzte, Marina unter die Nase gerieben. Na schön, dann beschränkte ich mich eben auf eine erotische Schlafpose, eingenommen nach allen möglichen Liebesausschweifungen – sollte sie ruhig eifersüchtig werden!

Sascha erklärte ich, in seinem Zimmer bleiben zu wollen, weil ich am Computer arbeiten müsse, den es im Bereitschaftszimmer nicht gab. Stezenko schnitt eine Grimasse und schaltete den Computer ein. Ich legte mir Papiere zurecht und vertiefte mich in meine Arbeit. Aus dem Erstellen des Ermittlungsplans riss mich das Schrillen des Telefons. Stezenko nahm den Hörer ab, sprach kurz mit jemandem, umarmte mich von hinten und küsste mich in den Nacken.

»Maschalein«, sagte er. »Ich bin zu einer Leiche beordert.«

»Hast du etwa Bereitschaft?«, fragte ich über das leise Klappern der Tastatur hinweg.

»Nein, aber die Dienst habende Mannschaft hat Probleme.«

»Kommst du wieder?«

»Ich bemühe mich, aber du weißt ja, manchmal hängt man länger fest.«

»Verabschiedest du mich vor der Reise?«

»Ich werde es versuchen. Fürchtest du dich nicht, hier allein zu bleiben?«

»Nein, nein.«

»Gut. Unten ist der Wachschutz. Die Telefonverbindung funktioniert. Wenn du zur Toilette gehst, sag ›Ksch, ksch‹.«

»Warum das?«

»Unsere Klienten stehen nachts manchmal auf und wandeln durch die Gänge.« Sascha ließ ein hohles Gelächter ertönen.

Nachdem er weg war, verschloss ich die Tür von innen und stemmte noch ein Stuhlbein dagegen (obgleich ich natürlich wusste, dass die Toten nicht wiederauferstanden und durch die Gänge wandelten, aber wenn die Nacht hereinbrach, war man bereit, an alles Mögliche zu glauben). Als ich alle meine Schreiben verfasst und mich in das von Sascha sorgsam gemachte Bett gelegt hatte, wurde mir jäh bewusst, dass ich hier in dem leeren, dumpf hallenden Leichenschauhaus bedeutend ruhiger war als in meiner Wohnung. Vielleicht sollte ich ganz hierher umziehen, bis das Scheusal gefunden war, das mich mit seinen Anrufen ängstigte?

14

Wie schon vorausgesehen, erwachte ich davon, dass die Marenitsch wie wild an die Tür klopfte, während sie sich erfolglos bemühte, in ihr eigenes Dienstzimmer zu kommen. Sie unterstrich ihr Klopfen mit derart deftigen Flüchen, dass ich mir mit dem Öffnen Zeit ließ und erst einmal lauschte. Da Marina ohnehin alles klar sein musste, hielt ich es für überflüssig, sie hereinzulassen und danach noch eine erotische Schlafhaltung einzunehmen. Die gute Marina bereitete mir trotz allem einen Tee, spendierte mir einen mitgebrachten Becher Joghurt und lieh mir überdies ihre Wimperntusche. Die Zeit war knapp, und zu mir nach Hause würde ich es vor dem Termin in der Staatsanwaltschaft nicht mehr schaffen.

Der Chef saß bereits in seinem Zimmer und erwartete mich. In aller Kürze berichtete ich ihm von den Erfolgen des Vortages.

»Sie sind also mit der Künstlerwelt in Berührung gekommen?«, fragte er nachdenklich, während er meinen Bericht unterschrieb. »Wie war's denn so?«

»Gemischte Eindrücke«, erwiderte ich vage.

»Ich bin auch einmal mit diesem Milieu in Berührung gekommen«, erklärte der Staatsanwalt. »Als Konsultant bei Filmaufnahmen.«

»Worum ging es dabei, Wladimir Iwanowitsch?«, fragte ich interessiert.

»Um einen Film mit juristischer Thematik.« Der Chef seufzte und kaute auf der Unterlippe, während er sich erinnerte. »Man hatte mich zum Drehort bestellt. Ich komme hin und sehe in einem Raum drei Männer in Zivil und einen in der Uniform eines Staatsanwalts sitzen, alle bereden irgendetwas. Mitten im lebhaften Gespräch kommt ein Mädchen in kurzem Röckchen herein und serviert Tee. Ich erkundige mich, was die Szene darstellen soll. Der Regisseur sagt, es handle sich um eine Besprechung des Gerichts im Beratungszimmer. Aber was macht dort der Staatsanwalt?, wundere ich mich und erkläre, das sei eine Geheimnisverletzung, außer den Richtern habe niemand dabei zu sein. Der Regisseur widerspricht: Na ja, der Staatsanwalt gibt der Spruchkammer eben gute Ratschläge. Dann zeige ich auf die junge Frau und frage, wer das ist. Ach, das sei die Gerichtssekretärin, sie sorge für das ästhetische Prinzip … Nun, den Staatsanwalt konnte ich aus dem Beratungszimmer entfernen, die Sekretärin aber wollte der Regisseur unbedingt dabeihaben, und so blitzten ihre nackten Beine immer wieder in dem Beratungszimmer auf …«

Als ich den Chef verließ, stieß ich auf Pjotr Valentinowitsch, der im Vorzimmer auf Anweisungen wartete. Wir verabredeten, dass ich ihn anrufen würde, sobald ich fertig wäre. Ich kränkte Pjotr Valentinowitsch ein wenig mit meiner Frage, ob er eine Pistole besitze.

»Aber natürlich«, antwortete er, bis in die Haarwurzeln errötend.

»Können Sie damit auch schießen?« Mit dieser Zusatzfrage aber blamierte ich mich.

Pjotr Valentinowitsch, noch tiefer errötend, teilte mir mit, er sei ein Meister des Schießsports, und bot mir dann an, mich zur Städtischen Staatsanwaltschaft zu fahren. Ich verkniff es mir, ihn auch noch nach seinem Führerschein zu fragen.

Zu meinem Erstaunen hatte ich sämtlichen Papierkram bis zum Mittag erledigt. Zum Packen genügten mir anderthalb Stunden. Da das Auto, mit dem der zuständige operative Mitarbeiter Koslow und ich auf die Dienstreise gehen sollten, nicht nach Fahrplan fuhr, sondern dann, wann es uns genehm sein würde, würden wir eben aufbrechen, sobald es uns genehm war.

Als wir an der Stadtbezirksverwaltung für Inneres vorbeikamen, schlug Pjotr Valentinowitsch vor, auf einen Sprung bei Migulko reinzusehen, um letztmalig den Aktionsplan zu besprechen. Gesagt, getan, und Migulko, verschlafen und unrasiert, mit roten Augen, erfreute mich mit der Nachricht, dass man festgestellt habe, woher die nächtlichen Anrufe, die ich zu Hause erhalten hatte, gekommen waren.

»Kostik, wie hast du das nur hingekriegt!«, rief ich aus und klatschte vor Begeisterung in die Hände.

»Eine logische Ableitung«, sagte Migulko bescheiden. »Ich habe bei der Fernsprech-Vermittlungsstelle angefragt, ob für dich Gespräche von außerhalb gekommen sind. Da unsere Leute nicht hatten feststellen können, woher der dir geltende Anruf gekommen war, konnte es sich nur um ein Ferngespräch gehandelt haben.«

»Und?«, drängte ich weiter.

»Nun, das war gar nicht so einfach. Die Sonderdienste wurden eingeschaltet, und schließlich war klar, dass die Anrufe aus Korobizyn kamen.«

»Und wer war der Anrufer?«

»Das weiß ich noch nicht. Vorerst haben wir nur die Telefonnummer, aber es ist keine Wohnung.«

»Sondern?«

»Mascha.« Kostik kniff die entzündeten Augen zusammen. »Ich übergebe Pjotr die Daten, und ihr werdet es vor Ort untersuchen.«

»Und sag, Kostik«, fragte ich zum Schluss, »von woher wurde die Klimanowa angerufen? Vielleicht von derselben Stelle?«

»Vielleicht. Vorerst wissen wir es nicht. Sobald wir Antwort erhalten, gebe ich euch Bescheid.«

Unterwegs erwies sich, dass Pjotr Valentinowitsch ein hervorragender Fahrer war. Ich erfuhr, dass er sogar an Rallyes teilgenommen hatte. Während ich sein jungenhaftes Profil betrachtete, dachte ich bei mir, dass er über ideale Voraussetzungen für eine Tätigkeit in der Spezialeinsatztruppe verfügte: ein Meister im Schießen und im Autofahren, dazu ein Äußeres, das schwerlich einen Mitarbeiter im Bereich des Rechtsschutzes vermuten ließ. Es wäre gut, seine Talente mit Vernunft einzusetzen und sie nicht zu vergeuden.

Wir erreichten das Städtchen Korobizyn genau um Mitternacht. Wir fuhren aus dem Wald heraus und rasten direkt auf das Schloss zu, das sich mit seinen zinnenbewehrten Mauern auf einem Felsen über dem Fluss erhob. Im Schein des Vollmonds nahm sich das altertümliche Bauwerk geradezu wie ein Trugbild aus, und als uns aus dem Wald Wolfsgeheul hinterhertönte, hatte ich keinen Zweifel mehr: Dies hier war ein Ort für Gespenster und Vampire.

Pjotr Valentinowitsch hatte unterwegs erzählt, dass sich heutzutage im Schloss ein Chemiekombinat befand – ein großes Unternehmen, das achtzig Prozent der Bevölkerung von Korobizyn Beschäftigung bot. Und dass das

Schloss im achtzehnten Jahrhundert für die Gräfin Molotschkowa, eine Hofdame Ihrer Kaiserlichen Hoheit, erbaut wurde, die sich in einen zehn Jahre jüngeren Gardeoffizier verliebt hatte und mit ihm auf dessen Gut Korobizyno geflohen war. Der verlassene Gatte verfluchte sie, die Verwandtschaft wandte sich von ihr ab, und fast hätte der Zar sie mitsamt dem Geliebten in Gewahrsam genommen, aber die Zarin legte ein gutes Wort für ihre Hofdame ein, und man verzieh den Flüchtigen – dem Gardeoffizier wurde nicht einmal das Vermögensrecht abgesprochen. Der Geliebte ließ der Gräfin, um ihr für die Mesalliance und für den Verlust der Stellung bei Hofe einen Ausgleich zu schaffen, eben dieses Schloss errichten, und bis zum heutigen Tag befand es sich in gutem Zustand. Überhaupt war der Gardeoffizier so sehr darum bemüht gewesen, den provinziellen Alltag seiner Geliebten zu verschönern, dass er auf dem Gut eine Art Vergnügungszentrum erbauen ließ und viele Bälle veranstaltete … Allmählich wurde das Gut immer größer, das Dorf Korobizyno nannte sich Stadt und wurde zu Korobizyn.

Die größte Sehenswürdigkeit der Stadt aber war, nach dem Chemiekombinat, das Grab der Gräfin und des Offiziers auf dem hiesigen Friedhof. Die Inschrift nannte nur ein einziges Datum, denn beide waren am selben Tag gestorben. Jeden Sommer erblühte auf dem Grab in voller Pracht ein weißer Heckenrosenstrauch, und die hiesigen Kavaliere brachen sich Zweige davon ab. Obgleich die Regel galt, dass man von einem Friedhof nichts mitnehmen dürfe, glaubte man in Korobizyn, dass, wenn jemand seiner Liebsten eine von diesem Grab gestohlene Heckenrosenblüte schenkte, er sie für immer, bis ans Lebensende, betörte.

»Woher wissen Sie das alles?«, fragte ich Pjotr Valentinowitsch erstaunt. »Sind Sie schon mal hier gewesen?«

»Nein.« Mein Begleiter zuckte die Achseln. »Ich habe nur beim hiesigen Kriminalamt angerufen und vereinbart, dass sie für uns Zimmer im Hotel reservieren, da wir nachts ankommen würden.«

»Und das Kriminalamt hat Ihnen das alles am Telefon erzählt?«

»Nein, ich habe mir auch ein Büchlein gekauft, ›Das Leningrader Umland‹. Da steht alles drin.«

Offenbar enthielt das Büchlein außerdem einen detaillierten Stadtplan von Korobizyn, den Pjotr Valentinowitsch letzte Nacht studiert hatte, denn ohne jede Verzögerung, ohne jede Irrfahrt durch Korobizyns leere Straßen, gelangte er geradewegs zu dem Hotel mit der leuchtenden Aufschrift »Arche«.

»Pjotr Valentinowitsch, hat die Stadt nur ein Hotel?«, erkundigte ich mich, während er einparkte und den Motor abschaltete.

»Zwei«, erwiderte er.

»Dann gratuliere ich Ihnen, weil wir in dem Hotel wohnen werden, in dem sich vor zwei Jahren die Klimanowa aufgehalten hat.«

»Ich weiß«, sagte Pjotr Valentinowitsch. »Deshalb habe ich es ja ausgewählt.«

Die Hoteltür war natürlich schon verschlossen. Pjotr Valentinowitsch aber drückte auf einen Klingelknopf, und uns wurde geöffnet. Zwei Damen empfingen uns – die Portiersfrau und, nach der Plakette am Revers zu schließen, die Hoteldirektorin. Wir erhielten Anmeldeformulare, und die beiden warteten geduldig, bis wir sie ausgefüllt hatten.

»Was für ein Zimmer möchten Sie?«, fragte die Direktorin höflich. »Haben Sie bestimmte Wünsche? Bei uns gibt es auch ein Luxusappartement.«

Ich begriff nicht recht, was da in mich fuhr, denn plötzlich hörte ich mich fragen, ob jenes Zimmer frei sei, in dem vor zwei Jahren, als hier ein Film gedreht wurde, die Schauspielerin Klimanowa gewohnt hatte. Die Portiersfrau und die Direktorin tauschten einen Blick und schwiegen. Dann fragte die Portiersfrau: »Sie möchten dieses Zimmer?«

»Äh, ja.«

Abermals tauschten die Damen Blicke, dann nickte die Direktorin kaum merklich, und achselzuckend sagte die Portiersfrau: »Na schön. Das genau ist das Luxusappartement. Nummer dreizehn.«

Pjotr Valentinowitsch erhielt ein Zimmer auf der anderen Seite des Korridors. Wir bekamen die Schlüssel und wurden zu unserer zeitweiligen Unterkunft geleitet.

Mein Begleiter wartete, bis die Hoteldamen die Zimmer aufgeschlossen hatten und schlafen gingen, dann hielt er mich mit einer Geste davon ab, mein Appartement zu betreten, nahm seine Pistole, entsicherte sie und untersuchte sorgfältig die Räume. Erst danach erlaubte er mir, mein Luxusappartement zu beziehen.

Es bestand aus zwei Räumen, einem Boudoir und einem Wohnzimmer. Die Einrichtung war sehr hübsch, wenngleich ein wenig düster. Aus dem Fenster eröffnete sich ein weiter Blick auf das Schloss. Die Aussicht war unglaublich schön, und sogleich überlegte ich, warum dieses Korobizyn, wo es ein solches Schloss gab, bis heute noch kein Zentrum des Welttourismus war.

Während ich den Blick aus dem Fenster genoss, kümmerte sich Pjotr Valentinowitsch, ohne viele Worte zu verlieren, um meine Sachen. Er hängte meine Jacke, die er aus dem Auto mitgebracht hatte, in den Schrank, sah sich noch einmal im Zimmer um und wünschte mir eine gute Nacht, nicht ohne mich über ein sicherheitsbewusstes Verhalten belehrt zu haben. Und obwohl ich diese Belehrungen genauso in den Wind schlug, wie das mein Sohn mit meinen mütterlichen Predigten zu tun pflegte, dachte ich doch, dass mein Begleiter ein unerhört verlässlicher Mann war, einer von jenen Menschen, bei denen man sich sicher und geborgen fühlte.

In der tiefen Stille des Hotels, die nur dann und wann der ferne Schrei eines Nachtvogels durchdrang, hörte ich, wie Pjotr sein Zimmer öffnete und hineinging. Ich vermochte mich kaum von dem bezaubernden Anblick des imposanten Schlosses oben auf dem Steilufer des Flusses zu lösen und sog die Luft der Korobizyner Nacht ein, die mir ein Cocktail aus dem Geruch wilder Kräuter, der Frische des Flusses und dem Duft der Heckenrose zu sein schien.

Auf einmal huschte ein Schatten am Fenster vorüber. Ich erschauerte, aber es war nur eine Eule, die sich schwer auf dem dicken Ast eines Baums nahe dem Hotel niedergelassen hatte, ohne Eile ihre Flügel zusammenfaltete und mich aus ihren gelben Augen fixierte. Ich zog die Gardinen zu, ganz wie mich Pjotr Valentinowitsch angewiesen hatte, und ging ins Badezimmer. Die Hoteldirektorin hatte uns bereits gesagt, dass es bis zum Morgen kein warmes Wasser geben würde, aber das war nicht das schlimmste Übel, das einem auf einer Dienstreise widerfahren konnte.

Nach Schlafen war mir eigentlich nicht zumute, aber am folgenden Tag würden wir zeitig unsere Arbeit aufnehmen müssen – schon für acht Uhr hatten wir das Frühstück angesetzt –, deshalb legte ich mich ins Bett und mühte mich redlich einzuschlafen. Als mir das schon fast gelungen war, durchschnitt das Klingeln des Telefons die nächtliche Stille. Ich fuhr hoch, denn der Ton war ungewöhnlich schrill. Im Glauben, Pjotr Valentinowitsch habe mir etwas zu sagen vergessen, nahm ich den Hörer ab und meldete mich: »Ja, bitte, Schwezowa.«

Entgegen meinen Erwartungen vernahm ich nicht etwa Pjotrs Stimme. Im Hörer wurde geschwiegen, und irgendwie erschien mir dieses Schweigen entsetzlich bekannt. Vor Schreck war ich einen Moment wie gelähmt. Dann warf ich den Hörer zurück auf die Gabel, aber das Klingeln wiederholte sich augenblicklich. Mit zitternder Hand ergriff ich erneut den Hörer, und wieder erreichten mich nur ein kaum merkbares Rascheln und ein verhaltenes Atmen. Panisch wurde mir bewusst, dass ich keine Ahnung hatte, wie ich Pjotr in seinem Zimmer anrufen konnte. Aber sogar wenn ich es gewusst hätte, wäre es mir nicht gelungen, denn sobald ich den Hörer auflegte, ertönte sofort das nächste Klingeln. Das Ganze hatte etwas Mystisches. Es hätte doch einen Zwischenraum geben müssen, wenigstens für die Zeit des Neuwählens. Das nächste Klingeln aber ertönte bereits Sekundenbruchteile nach dem Auflegen. Ich kam nicht einmal dazu, rasch den Hörer abzunehmen und damit den Anschein zu erwecken, als ob mein Telefon besetzt sei.

Schließlich gab ich den Zweikampf auf. In bewährter Weise schob ich den klingelnden Apparat unters Kopfkissen und überlegte, was schlimmer war: das unentwegte Gebimmel oder das Schweigen in der Leitung. Daran, in den Korridor hinauszugehen und bei Pjotr Valentinowitsch an die Tür zu klopfen, war nicht zu denken. Ich wusste ja nicht, was da draußen auf mich lauerte. Womöglich gar nichts, aber meine Fantasie lieferte mir Bilder, von denen eins grässlicher war als das andere. Auf unsicheren Beinen bewegte ich mich aus dem Boudoir hinüber ins Wohnzimmer und wühlte in meiner Reisetasche, um das Handy auszugraben. Nachdem ich den gesamten Inhalt auf den Teppich geschüttet hatte, musste ich einsehen, dass ich das Handy tatsächlich zu Hause vergessen hatte. Die nächsten drei Minuten vergingen unter Selbstbeschimpfungen.

Was sollte ich nun tun? Die Zähne zusammenbeißend, zwang ich mich, zur Tür zu gehen, mir dabei einredend, dass jemand, der bei mir anrief, nicht gleichzeitig vor meiner Tür stehen würde. Folglich konnte ich auf den Korridor hinausgehen und bei Pjotr klopfen. Pjotr hatte eine Pistole.

Gerade aber, als ich zitternd die Verriegelung lösen wollte, verstummte das Telefonklingeln. Ruckartig zog ich die Hand zurück und verharrte einige Zeit an der Tür, zu keiner Regung fähig. Dann ging ich weg, denn an der Tür zu stehen und in die Stille des Korridors zu lauschen überstieg meine Kräfte. Ich setzte mich im Wohnzimmer auf das Sofa und stützte den Kopf in die Hände. Auf einmal hörte ich jemanden an der Tür scharren.

Ich saß in der Falle.

Verzweifelt blickte ich zur Tür und erkannte, dass das mickrige Schloss mich nicht schützen würde – ein Druck mit der Schulter dagegen, und die Tür spränge auf. Mit plötzlichem Gleichmut wartete ich auf diesen Moment, aber dann hörte ich jenseits der Tür eine leise Stimme meinen Namen rufen: »Maria Sergejewna, Mascha!«

Die Stimme klang ein wenig merkwürdig, aber sie brachte mich zur Besinnung. Genug gezittert wie ein Hasenfuß in der Erwartung, dass mich der Wahnsinnige in die Unterwelt befördert, sagte ich mir. Entschlossen stand ich auf, ging zur Tür und fragte mit fester Stimme: »Wer ist da?«

»Ich, Pjotr.«

»Pjotr Valentinowitsch?« Ich traute meinen Ohren nicht.

»Ja, natürlich, Maria Sergejewna. Ist bei Ihnen alles in Ordnung?«

»Nein!«, schrie ich. »Bist du es wirklich?«

Ich bemerkte, dass ich Pjotr vor lauter Aufregung geduzt hatte. Wenn er es aber wirklich war, dann war er in diesem Augenblick meine einzige Hoffnung, die einzige vertraute Seele in einer großen, feindlichen Welt.

»Ich bin es, ja«, bestätigte die Stimme hinter der Tür.

»Nenn mir Migulkos Telefonnummer«, verlangte ich, da mir keine bessere Testfrage einfiel, um die Identität des Menschen dort im Korridor zu überprüfen. Er bestand den Test, nannte, ohne zu stocken, Kostiks Telefonnummer und zeigte nicht einmal Verwunderung über mein Ansinnen.

Komme, was da wolle, dachte ich. Ein Schreckensphantom hätte die vertrauliche Information gewiss nicht so schnell heruntergerattert. Ich öffnete die Tür.

Es war tatsächlich Pjotr Valentinowitsch – mit der Pistole in der Hand. Ich spähte in den Korridor hinaus, um nachzusehen, ob noch jemand in der Nähe war. Aber der Korridor war leer, und so zog ich Pjotr in mein Zimmer und verschloss die Tür.

»Was gibt's?«, fragte ich aufatmend.

Selbst in einer Situation wie dieser, so konnte ich feststellen, verlor Pjotr Valentinowitsch keineswegs die Fassung. Er wunderte sich über nichts, behandelte mich nicht wie eine, die einen Anfall hatte. Mit schnellem Blick überprüfte er mein Zimmer, dann steckte er seine Pistole in die Waffentasche.

»Das Haus ist sehr hellhörig«, erklärte er mir. »Ich habe das Telefon klingeln hören und mir gedacht, es wird bei Ihnen sein, aber Sie nahmen nicht ab. Das hat mir nicht gefallen, und deshalb wollte ich nachsehen, ob alles in Ordnung ist.«

»Nicht alles«, erwiderte ich mit leicht schriller Stimme. »Man hat mich angerufen und in den Hörer geschwiegen. Genauso wie in St. Petersburg. Pjotr, was geht hier vor?«

»Bleiben Sie hier sitzen. Ich laufe runter zur Rezeption.«

»Nein!«, jaulte ich und klammerte mich an seinen Ärmel, schämte mich aber sogleich wegen meines Verhaltens. War ich denn eine Hysterikerin, hatte ich mich überhaupt nicht mehr in der Gewalt?

»Dann gehen wir gemeinsam.« Pjotr Valentinowitsch blieb vollkommen ruhig. Er übersah geflissentlich, wie ich mich aufführte.

»Gut, also los«, stimmte ich zu.

Wir verließen das Zimmer und gingen den Korridor entlang. Wie tapfer ich auch tat, ich musste mich dennoch, um ein gewisses seelisches Gleichgewicht bemüht, an Pjotr festhalten. Dieser demonstrierte durch seine unerschütterliche Haltung, dass meine Sicherheit in verlässlichen Händen lag.

Allmählich beruhigte ich mich. Wir stiegen die Treppe hinunter und gelangten in die dunkle Hotelhalle. An der Rezeption war niemand. Dann, schon näher am Empfangstisch, entdeckten wir dahinter, friedlich schlafend auf einer Klappliege, die Portiersfrau. Pjotr räusperte sich laut, und sofort schlug die Frau die Augen auf.

»Was ist?«, fragte sie mit hellwacher Stimme.

»Entschuldigen Sie«, sagte Pjotr Valentinowitsch. »Bei uns im Zimmer gab es sonderbare Anrufe – entweder hat es mit der Verbindung nicht geklappt, oder wer weiß, was da los ist.«

»Anrufe?« Die Portiersfrau schlug ihre Decke zurück, setzte sich auf und rieb sich die Augen. »Telefonanrufe?«

Wir nickten beide zur Bestätigung.

»Nein, nein, da bringen Sie was durcheinander«, sagte die Portiersfrau. »In der Nacht ist unsere Zentrale gar nicht besetzt. Wir haben nur eine Telefonistin, und die geht abends nach Hause. Das Telefon kann bei Ihnen gar nicht klingeln.«

»Was soll das heißen, es kann nicht klingeln?«, fragte ich verunsichert. »Es hat geklingelt …«

»Ja, es hat geklingelt«, bestätigte Pjotr.

Die Portiersfrau angelte mit dem Fuß unter der Klappliege nach ihren Pantoffeln. »Nun, Tatsache ist, im Hotel ist sonst niemand vom Personal. Sind alle zu Hause. Auch der Kesselraum ist nachts zu, ich hab doch gesagt, nachts gibt es kein heißes Wasser. Die Telefonistin hat Feierabend, die Telefonzentrale ist sogar abgeschlossen.«

Angesichts unserer misstrauischen Mienen tastete sie nach etwas in einem Schränkchen unter dem Empfangstisch. »Kommen Sie, ich mache Ihnen die Zentrale auf. Dann sehen Sie selbst, dass dort niemand ist.«

Mit einem Schlüsselbund in der Hand führte sie uns aus der Hotelhalle in einen kleinen Gang, der vor einer Eisentür endete. Die Tür trug ein Siegel aus Plastilin. Gähnend riss die Portiersfrau das Bindfadenende von dem Siegel, und mit den Schlüsseln klappernd, öffnete sie die Tür.

»Hier, bitte, überzeugen Sie sich.«

Sie trat zur Seite und ließ uns an ihr vorbei in den winzigen Raum gehen. Wir sahen uns darin um: Die technische Anlage füllte das Zimmer vollkommen aus. Verstecken konnte sich hier wahrlich niemand, nicht einmal eine Katze.

»Lässt sich hier auch anders anrufen, unter Umgehung der Vermittlung?«, fragte ich ungläubig.

Die Portiersfrau schüttelte den Kopf. »Wie denn anders? In den Zimmern gibt es keinen Anschluss ans Amt. Das Hotel hat eine einzige Nummer, und die Zentrale leitet die Anrufe weiter. So läuft das.«

»Und Sie? Sind Sie hier nachts ohne Telefon?« Mein Verstand wollte sich einfach nicht damit abfinden, dass ich unter Halluzinationen leiden sollte.

»Aber nein.« Die Portiersfrau holte aus ihrer Tasche ein Mobiltelefon und zeigte es mir. »Für den Fall der Fälle. Tja, dann können wir die Zentrale wohl wieder abschließen?«

Wir nickten beide und gingen unserer Wege. An der Tür zu meinem Zimmer blieb ich stehen und fragte: »Pjotr, glaubst du auch, dass ich mir das eingebildet habe?«

»Warum sollte ich?«, antwortete Pjotr. »Ich habe das Klingeln gehört. Sie haben sich das nicht eingebildet.«

»Pjotr, lass uns du sagen«, schlug ich vor.

Petja-Pjotrs Gesicht spiegelte eine ganze Skala von Gefühlen wider, und dann errötete er. Mit einer energischen Kopfbewegung sagte er schließlich: »Also gut. Sie ... Du ... Wenn du willst, sitze ich bis morgen früh in deinem Zimmer.«

»Natürlich will ich«, erwiderte ich. Die Vorstellung, in mein ziemlich geräumiges Appartement zu gehen, die Tür hinter mir zu schließen und diesem Telefongespenst hilflos ausgeliefert zu sein, war mir unerträglich.

Pjotr nickte. »Ich habe Tee dabei«, sagte er. »Und Gebäck. Soll ich das rüberbringen?«

»Und wie bekommen wir kochendes Wasser?«, fragte ich zweifelnd.

»Ich habe einen Wasserkocher«, erwiderte mein verlässlicher Begleiter, und wir gingen zusammen in sein Zimmer, um die Sachen zu holen.

Tee zu trinken war eine gute Idee. Ich hätte jetzt ohnehin nicht schlafen können.

Pjotr griff die Schachtel mit dem Tee, das Gebäck und den Wasserkocher und führte mich zurück zu meinem Luxusappartement. Bis das Wasser kochte, untersuchte er noch einmal, die Pistole stets schussbereit, meine Zimmer: Da war nichts. Während unserer Abwesenheit hatte sich nichts verändert, es war nichts hinzu- und nichts abhanden gekommen, dennoch schielte ich ängstlich zu dem altmodischen schwarzen Telefonapparat. Er schwieg im Übrigen, und ich dachte bei mir, wenn es der Zweck der Anrufe gewesen war, mir Furcht einzujagen, dann war das diesem Wahnsinnigen vollauf gelungen. Gern hätte ich gewusst, wie allmächtig der Unbekannte war, da er es schaffte, bei mir im Hotelzimmer anzurufen, obwohl dies technisch doch überhaupt nicht möglich sein sollte.

Das Teetrinken in Pjotrs Gesellschaft stabilisierte meinen Zustand so weit, dass ich das Wohnzimmer verlassen und mich nebenan ins Bett legen konnte. Pjotr hatte mich überredet, ein wenig zu schlafen, da wir am nächsten Tag unbedingt einen klaren Kopf haben müssten, und viel Zeit bliebe ja nicht mehr bis zum Morgen. Anfangs glaubte ich, das Telefon würde sofort wieder klingeln, sobald ich im Bett läge, aber es blieb stumm, und ich merkte gar nicht, wie ich einschlief.

15

Am anderen Morgen, nach einem durchaus passablen Frühstück in dem sauberen, wenngleich etwas ärmlichen Speiseraum des Hotels, begaben wir uns zur örtlichen Miliz. Bei Tagesanbruch hatte ich bereits nicht mehr solche Angst verspürt wie in der Nacht, deshalb hatte ich Pjotr Valentinowitsch in sein Zimmer entlassen, damit er die Morgentoilette verrichten konnte, und auch ich war ohne Herzklopfen ins Bad meines Luxusappartements geschlüpft.

Bei Tage war das über der Flussbiegung schwebende Schloss mindestens genauso schön. Das Wetter war prächtig, sodass Pjotr und ich uns zu einem Spaziergang entschlossen. Die Portiersfrau maß uns mit leicht ironischem Blick, als sie uns den Weg zur Miliz erklärte.

In der Korobizyner Verwaltung für Inneres wurden wir in einen Raum geführt, in dem drei operative Mitarbeiter etwa gleichen Alters saßen. Sie empfingen uns freundlich, wenngleich ohne Überschwang, Pjotr mit einem festen Händedruck und mich mit einer förmlichen Verbeugung, bei der sie sich andeutungsweise von den Plätzen erhoben. Zum Zeichen der Gastfreundschaft offerierte man uns den obligatorischen Tee.

Zwar hatten wir eben erst im Hotel Tee getrunken, aber eine Ablehnung wäre unhöflich gewesen, und so setzten wir uns an das wacklige Zeitschriftentischchen, wobei mich Pjotr Valentinowitsch wieder einmal mit seiner Weitsicht verblüffte, als er aus seiner Jacke eine Schachtel »Raffaelo« hervorholte und, quasi als Gastgeschenk, auf den Tisch legte.

Nachdem ich einen Schluck Tee getrunken hatte, erwähnte ich Burows Tod. Hier wusste man natürlich schon davon. Alle drei operativen Mitarbeiter hatten mit Burow gearbeitet, und zwei von ihnen zeigten aufrichtiges Mitgefühl. Der Dritte indessen, ein hoch gewachsener, etwas düsterer Bursche, den die Kollegen Sam nannten, runzelte die Stirn und brummte: »Der Junge kann mich, verdammt …«

»Sam, das ist nicht richtig«, bemerkte der eine seiner Kollegen sanft. »Ljocha Burow ist tot, und wir wollen seiner im Guten gedenken.«

»Ich wüsste zu gern, wer ihm eins über die Rübe gehauen hat«, murmelte Sam. »Der hätte einen Orden verdient. Ein Rächer aus dem Volk …«

»Red nicht solchen Müll«, schaltete sich der andere Kollege ein.

»Ich habe ein Recht auf meine Meinung«, beharrte Sam.

»Ich bin sicher, dass er seine Frau umgebracht hat. Unsere zahnlose Staatsanwaltschaft hat bei ihm ja versagt, aber jetzt hat er bekommen, was er verdient.«

»Sie sind also der Ansicht, dass er es war, der seine Frau umgebracht hat?«, fragte ich.

»Wer sonst?«, brummte Sam, aber er kam nicht mehr dazu, das Thema weiter zu vertiefen, da die Sekretärin erschien und ihn zum Chef rief.

Nachdem er gegangen war, entschuldigte sich einer der beiden anderen Kollegen. »Achten Sie nicht auf ihn, er ist seit damals auf Ljocha fixiert. Eine alte Geschichte, aber Burow lebt nicht mehr, darum kann man es sagen: Sam hatte eine Schwäche für Burows Frau. Weshalb er stur die Meinung vertritt, Burow habe Lilja aus Eifersucht getötet.«

»Und was meinen Sie?«

»Ich habe den Mord an Lilja nicht bearbeitet«, antwortete mein Gesprächspartner ausweichend. »Alles ist möglich. Aber Sam sieht nur diese eine Version. Sie müssen den Fall ohnehin in Augenschein nehmen, da Sie wegen dem Mord an Burow hier sind, und können dann selbst beurteilen, ob alles bedacht wurde oder nicht.«

»Alles wurde bestimmt nicht bedacht«, schaltete sich der andere operative Mitarbeiter diensteifrig ein. »Wenn man das tut, wird der Mordfall gelöst. Lilja trieb sich damals bei den Künstlern herum, warum hat man die nicht unter die Lupe genommen? Sam hatte stets nur im Blick, dass Liljas Leiche ans Flussufer gebracht worden war. Für ihn hieß das, Burow hatte sie zu Hause getötet und musste sich der Leiche entledigen. Ebenso gut konnte man sie im Hotel umgebracht haben, auch da hätte man die Leiche loswerden müssen.«

»Und wie denkt Ihre Staatsanwaltschaft darüber?«

Die beiden Kollegen grinsten gleichzeitig.

»Die denkt überhaupt nichts«, entgegnete der Diensteifrige. »Die Staatsanwaltschaft ist der Meinung, Lilja sei gleich dort am Fluss getötet worden.«

Das Teetrinken war beendet, und Pjotr zog den Zettel mit der Telefonnummer aus der Tasche, von der aus nach den Informationen, die Migulko erhalten hatte, der Anruf in meine Wohnung erfolgt war.

»Leute, wir müssen eine Telefonnummer orten, könnt ihr dabei helfen?«

»Eine hiesige Nummer?«, fragte einer der beiden Kollegen.

Wir nickten, und die beiden beugten sich über den Zettel.

»Das ist an der Brücke«, sagte der eine. »Die Nummer kommt mir bekannt vor.«

»Ja, allerdings«, bestätigte der Zweite und nahm das Telefonbuch aus dem Schreibtischfach. Immer wieder die Einträge mit der Nummer auf dem Zettel vergleichend, fand er rasch die betreffende Zeile.

»Wo wohnen Sie?«, fragte er dann und blickte zu uns auf.

»Im Hotel ›Arche‹«, sagte ich.

»Dies ist die Nummer der ›Arche‹. Dort müssen Sie suchen.«

Sam kam nicht wieder zu uns zurück. Seine beiden Kollegen gaben noch einmal ihrem Mitgefühl für Burow Ausdruck.

»Was für ein Schicksal«, sagte der eine. »Erst die Frau, dann er selbst …«

Der Zweite seufzte und bemerkte: »Man will es einfach nicht glauben. Am Samstag haben wir uns noch gesehen, und am Montag erfuhren wir, dass er nicht mehr am Leben ist.«

»Am Samstag haben Sie sich gesehen?«, fragte ich erstaunt und wechselte einen Blick mit Pjotr.

»Waren Sie in St. Petersburg?«, wollte Pjotr von dem operativen Mitarbeiter wissen.

»Aber nein, Burow ist hier gewesen.«

»Wann?«, fragten Pjotr und ich gleichzeitig.

Der Kollege überlegte, versuchte, sich zu erinnern.

»Am Nachmittag ist er gekommen.«

»Und weshalb war er hier?«, fragte ich.

»Das hat er nicht gesagt, und ich habe auch nicht gefragt. Ein Mensch kann viele Gründe haben –«

»Und wie lange war er hier?«

»Er ließ sich von mir den Schlüssel für das Dienstzimmer geben und bat um die Erlaubnis, hier übernachten zu dürfen. Am Sonntag um zwei Uhr brachte er mir den Schlüssel nach Hause und sagte, er werde zurückfahren.«

Ich stöhnte auf. »Und er hat nichts erzählt? Hat keine Bekannten erwähnt, nicht von dem Mord an seiner Frau gesprochen?«

Der Kollege schüttelte den Kopf.

Pjotr und ich verließen die Miliz und hielten draußen eine kurze Beratung ab. Es war klar, dass wir so oder so den Weg zur Staatsanwaltschaft einschlagen mussten, um die Akte zum Mordfall Lilja Burowa einzusehen. Pjotr schlug vor, uns zu trennen: Ich sollte zur Staatsanwaltschaft gehen, und er wollte das Hotel übernehmen, da nun einmal sämtliche Fäden dorthin verliefen. Oder von dort ausgingen.

Widerstrebend stimmte ich zu, obwohl ich mich nur ungern von Pjotr trennte. Er brachte mich noch in die Staatsanwaltschaft, übergab mich dem Staatsanwalt persönlich, der mich wieder mit Tee bewirtete, und Pjotr machte sich auf zum Hotel, mit dem Versprechen, mich um drei Uhr nachmittags hier abzuholen.

Der Staatsanwalt hörte sich mit Vergnügen meinen Petersburger Klatsch an, wir tauschten Ansichten zur Politik der Generalstaatsanwaltschaft aus, darunter auch zu deren Kaderpolitik. Danach bat er seinen Oberuntersuchungsführer zu sich, bei dem die Akte von Lilja Burowa geführt wurde.

Der Oberuntersuchungsführer, den die operativen Mitarbeiter ziemlich heruntergemacht hatten, war ein älterer und unerschütterlich wirkender Mann. Er trug Uniform, was schon für sich sprach. Als er erfuhr, dass ich aus St. Petersburg gekommen war, um die Akte zum Mordfall von Lilja Burowa einzusehen, zeigte er keine Begeisterung, nahm es im Grunde aber gelassen hin.

Er führte mich in sein Arbeitszimmer, bot mir Tee an, den ich diesmal allerdings ablehnte, woraufhin er dem Panzerschrank eine Flasche Kognak entnahm und zwei Kristallgläschen auf den Tisch stellte.

»Dann vielleicht ein Schlückchen davon?«, fragte er.

Ich lehnte so behutsam ab, wie ich nur konnte. Der Gastgeber ließ sich nicht kränken, räumte eines der Kristallgläschen wieder weg, füllte das andere bis zum Rand und leerte es mit Genuss.

»Jetzt können wir über den Fall sprechen«, sagte er, stellte die Flasche zurück in den Panzerschrank und holte von dort eine eher schmale Akte heraus.

»Wollen Sie sie zunächst lesen, oder sprechen wir erst einmal darüber?«, fragte er.

Ich schwankte einen kurzen Augenblick, entschied dann aber, zuerst zu lesen und mir dann anzuhören, was es dazu zu sagen gab.

Der Untersuchungsführer ließ mich an seinem Schreibtisch Platz nehmen und erklärte, er werde inzwischen zum Chemiekombinat gehen, wo er Unterlagen zu besorgen habe.

Wieder blieb ich allein, und mir war unwohl dabei, aber was sollte ich tun?

Ich schlug die Akte auf. Die Version von der Mittäterschaft des Ehemanns der Burowa an deren Ermordung war gewissenhaft ausgearbeitet, das musste man diesem Sam lassen. Sogar die Ergebnisse operativer Maßnahmen hatte er dazugeheftet – zum Beispiel Mitschnitte von Telefonaten, die Burow geführt hatte. Mehr noch, die Akte begann – und das ging mir durch und durch – mit einem akkurat eingehefteten Ermittlungsplan, in dem die Gründe dargelegt waren, warum der Ehemann des Opfers der Tat zu verdächtigen sei. Als Hauptmotiv wurde Eifersucht angegeben.

Zu dem Fall waren zwei Nachbarinnen der Burows vernommen worden. Eine von ihnen hatte ausgesagt, gesehen zu haben, wie Burow seine Frau einmal geschlagen habe (Burow bestritt dies beim Verhör energisch und bezeichnete die Aussage der Nachbarin als Verleumdung – er hatte deren jüngsten Sohn hinter Gitter gebracht, und nun räche sie sich an ihm). Beim Verhör kam es an diesem Punkt zu einer Auseinandersetzung: Der Untersuchungsführer fragte Burow, warum die Nachbarin dann nur ein einmaliges Schlagen angegeben habe, denn wenn sie sich hätte rächen wollen, hätte sie doch gesagt, Burow habe seine Frau regelmäßig verprügelt. Burow erwiderte darauf, so etwas lasse sich sehr leicht überprüfen. Wenn ein Mann seine Frau regelmäßig schlage, sei das nicht zu verheimlichen. Bei einem Einzelfall hingegen sei eine Lüge viel schwerer nachzuweisen.

Ein Alibi hatte Burow nicht gehabt. Zugleich aber gab es auch keine direkten Indizien, die auf seine Täterschaft hindeuteten. Offensichtlich hatte der Untersuchungsführer Burow unter dem Druck des operativen Mitarbeiters festgenommen, der ihm einredete, nach drei Tagen Untersuchungshaft würde die Wahrheit schon herauskommen. Das aber bewahrheitete sich nicht, und Burow wurde ohne Anklageerhebung freigelassen.

Die Version, den Ehemann als Mörder anzusehen, war in der Tat die einzige. Befragt wurden die Angestellten des Hotels, man ermittelte, dass Lilja nach der Arbeit das Hotel verlassen hatte, aber zu Hause nie angekommen war (Letzteres einzig nach Burows Aussage, andere Zeugnisse dafür, dass Lilja nicht nach Hause gekommen war, gab es nicht), und am nächsten Vormittag wurde ihre Leiche am Ufer des Flüsschens entdeckt. In der Akte fehlte jeglicher Hinweis darauf, dass sich zu der Zeit ein Filmteam in Korobizyn aufhielt, was ich seltsam fand, vor allem im Lichte jener Information, die ich von der Schauspielerin Rajskaja erhalten hatte: dass nämlich die Ermordete Umgang mit der Klimanowa gehabt, dass sie deren Kleider getragen und an dem bewussten Tag ein von der Schauspielerin geschenktes Kleid angehabt hatte. Und außerdem hatte die Rajskaja mir gesagt, dass sie befragt worden sei. Wo war dann das Protokoll dieser Befragung?

Natürlich war es möglich, dass das Filmteam mittels operativer Maßnahmen bearbeitet worden war und der Untersuchungsführer sich einfach nicht mit offenkundig unergiebigen Befragungen hatte abgeben wollen. Seltsam blieb jedoch, dass auch in den Aussagen der Hotelangestellten jegliche Erwähnung des Filmteams und des Kontaktes der Burowa zu den Künstlern fehlte.

Was mich indessen noch mehr erstaunte, war, dass Burow selbst mit keinem Wort darauf einging. Entweder wusste er einfach nichts davon, was bedeutet hätte, dass er mit Lilja nicht gerade in trauter Eintracht zusammenlebte, oder aber er maß dem keine Bedeutung bei, woran ich nicht recht glauben mochte. Jeder andere hätte die Aufklärung eines solchen Verbrechens ohne Leidenschaft betreiben können, nicht aber der Ehemann, ein Mitarbeiter des Kriminalamtes ... Noch dazu, wo er selbst des Mordes verdächtigt wurde. Da schien es doch geboten, sich an jede Bagatelle zu klammern.

Warum enthielt der Ermittlungsplan keine anderen Versionen?

Ich blätterte zum Anfang zurück und begann erneut zu lesen. Nein, eine mögliche Mittäterschaft von irgendeinem der Hotelgäste wurde nicht erwogen, nicht einmal erwähnt. Das war äußerst merkwürdig. Es kam ja vor, dass ein absolut unfähiger Untersuchungsführer eine Akte mit einem Sammelsurium zufälliger und in keiner Weise systematisierter Fakten versah. Wenn aber aus den Vernehmungen, Anfragen und Beschlussfassungen hervorging, dass der Untersuchungsführer kein Idiot war, mehr noch, dass er zielgerichtet und gewissenhaft eine bestimmte Variante bearbeitete, dann hieß das, die Bearbeitung anderer Versionen lag aus irgendwelchen Gründen nicht in seiner Absicht. Einmal angenommen, er war zu Beginn auf eine Version festgelegt, und auch die operativen Mitarbeiter bestanden darauf. Aber die Version von Burows Täterschaft hatte sich ja nicht bestätigt. Wieso hatte man es da nicht mit anderen Varianten versucht?

Der Untersuchungsführer kam zurück, umwallt von den Düften der Kantine des Chemiekombinats. Ich fragte ihn auf den Kopf zu, warum die Ermittlung ins Stocken geraten war.

Der Mann zögerte, blickte zur Seite, sagte dann aber nach einem lauten Seufzer: »Natürlich wusste ich von den Schauspielern. Alle wussten von ihnen. Nur sollten wir unsere Nase da nicht hineinstecken.«

»Von wem kam dieser Wunsch?«

»Fragen Sie das den Staatsanwalt. Jemand hat ihn aus Moskau angerufen.«

»Aus Moskau?«, fragte ich erstaunt. »Nicht aus St. Petersburg?«

»Nein, aus Moskau. Aus der Generalstaatsanwaltschaft. Die Bitte lautete, das Filmteam nicht zu behelligen, ja, es gar nicht erst zu erwähnen.«

»Hat Sie das nicht hellhörig gemacht? Wenn eine solche Bitte erging, hieß das doch, dass jemand Dreck am Stecken hatte.«

»Möglich. Aber ich muss es bis zur Rente schaffen.«

»Wie lange haben Sie noch?«

»Acht Monate. Was soll ich machen, wenn man mich aus der Staatsanwaltschaft hinauskatapultiert?«

»Man wird Sie schon nicht hinauskatapultieren«, versuchte ich, seine Sorgen zu zerstreuen.

»Doch, doch, das wird man. Ihr in den Großstädten habt es gut. Aber bei uns hier, das ist wie ein großes Dorf. Ich besitze kein Land, ich kann nicht einmal etwas anbauen und meine Produkte auf dem Markt verkaufen. Die einzige Möglichkeit wäre eine Tätigkeit als Jurist im Kombinat, aber sämtliche Stellen sind für hundert Jahre im Voraus besetzt – die Kinder und Enkelkinder der heutigen Juristen stehen dort Schlange.«

»Aber Sie denken, das Filmteam habe etwas mit dem Fall zu tun?«, fragte ich.

»Ich habe keine Ahnung, ob die Leute damit zu tun haben oder nicht.« Die Stimme des Untersuchungsrichters nahm einen ärgerlichen Tonfall an. »Aber dass sie sich hier unmöglich aufgeführt haben, ist Fakt. Gesoffen haben sie, gegen die Ordnung verstoßen, die ganze Stadt in Schrecken versetzt. Im Hotel haben sie drei Kreuze gemacht, als die endlich weg waren.«

Deshalb also war die Akte so dünn. Ohne den Anruf aus Moskau hätte sie imposanter ausfallen können.

»Und im Alleingang haben Sie nicht versucht, etwas über die Filmleute herauszubekommen? Welche Kontakte hat Lilja Burowa zu denen gehabt?«

»Ich habe Lilja Burowa gekannt.« Der Untersuchungsführer seufzte. »Ein nettes Mädchen, sehr umgänglich. Und sehr offen. Sie hat jedem die Wahrheit ins Gesicht gesagt, ohne Scheu. Meine erste Version war, dass sie vielleicht von etwas in dem Hotel Wind bekommen und man sie deshalb beseitigt hatte. Damit sie nicht reden konnte.«

»Sie haben also vermutet, dass Lilja Burowa bei ihrem engen Umgang mit den Schauspielern etwas über dieselben erfahren haben könnte?«

»Ich habe daran gedacht«, erwiderte der Untersuchungsführer bedrückt. Er wirkte sichtlich beschämt. »Aber was konnte sie schon erfahren? Die Schauspieler kamen her und fuhren wieder weg. Lilja hätte niemals anonyme Briefe geschrieben, und wen verblüfft man heute noch damit, dass Menschen betrunken herumbrüllen und mit anderer Leute Frauen schlafen?«

»Und Burow?«, fragte ich. »Sie selbst haben im Hotel nicht nachgeforscht, aber er hat dort doch bestimmt alle ausgequetscht.«

»Keineswegs.« Der Untersuchungsführer winkte ab. »Die haben ihn nicht über die Schwelle gelassen.«

»Ach ja?«

»Anfangs war Samochin dort tätig, unser operativer Mitarbeiter. Er erzählte allen, dass Burow der Hauptverdächtige sei. Und dann, nehme ich an, wird man denen auch nahe gelegt haben, die Klappe zu halten.«

»Eine letzte Frage«, sagte ich. »Der Tatort. Das Flussufer, oder hat man die Leiche dorthin gebracht?«

Der Untersuchungsführer sah mich irgendwie sonderbar an. Er schwankte sichtlich – sollte er alle Geheimnisse preisgeben, oder würde das für ihn schlecht enden? Dann traf er eine Entscheidung. Er öffnete den Panzerschrank und warf einige Fotos auf den Tisch.

»Was ist das?« Ich drehte die Fotos in der Hand hin und her, da ich nicht gleich wusste, wo oben und wo unten war.

»Ich bin kein Idiot. Was mir unsere Miliz auch unterjubelt, ich bin seit zwanzig Jahren Untersuchungsführer und verstehe ein bisschen was von der Sache. Hier, das sind Schleifspuren. Der Slip lag drei Meter entfernt, und die Schuhe waren ebenfalls ein Stück weit weg – das heißt, man hat sie hingeschleppt. Das sind keine Spuren sexueller Gewalt. Und wissen Sie, wie sie dorthin gekommen ist?«

»Wie?«, fragte ich zurück.

Der Untersuchungsführer tippte mit dem Finger auf die Fotos. »Das Ufer da ist sandig. An dem Abend war es feucht. Daher sind Spuren zurückgeblieben.«

»Spuren? Wessen Spuren?«

»Die Reifenspuren eines Autos. Das hier sind Fotos davon. Im ersten Eifer habe ich Abgüsse von den Reifenspuren gemacht. Dann, als ich die Akte bereinigte, habe ich die Abgüsse zu mir in den Panzerschrank gelegt. Ich hätte es nicht über mich gebracht, sie zu vernichten.«

Der Untersuchungsführer öffnete den unteren Teil des vorsintflutlichen Panzerschranks und wies auf etwas in Zeitungspapier Gewickeltes. Aus dem Papier ragten die typischen rauen Kanten eines Gipsabdruckes heraus.

»Und das Protokoll der Tatortbesichtigung, haben Sie das umgeschrieben?«

»Ja.« Er nickte.

»Und die Spurensuche?«

»Was für eine Spurensuche? Das hier ist nicht die Hauptstadt. Ich mache die Fotos und die Abgüsse selber. Es kommt auch vor, dass ich die Leichenschau vornehme.«

»Wo ist bei Ihnen die Post?«, fragte ich, während ich die Fotos mit den Reifenspuren betrachtete.

16

Auf der Post gelang es mir, per Fototelegraf die dem Untersuchungsführer abgeluchsten Aufnahmen an Gena Fedortschuk zu übermitteln. Ich rief Gena von der Post aus an und sagte ihm, dass er Fotos erhalten werde, die er mit den Reifenabdrücken vergleichen müsse, die bei der Besichtigung des Fundorts von Burows Leiche genommen worden waren. Außerdem meldete ich mich bei Kostik Migulko. Ohne mich mit der Erwähnung des nächtlichen Vorkommnisses aufzuhalten, bat ich ihn darum, Fedortschuk eiligst die Abdrücke der Reifenprofile zu übersenden, die von dem bewussten Hauseingang stammten, in dem Burows Leiche gefunden worden war. Ich hielt die Chance für winzig klein, aber es entsprach meiner Gewohnheit, nichts unversucht zu lassen … Und um noch etwas bat ich Kostik – für den Fall der Fälle. Er war sehr erstaunt, versprach aber, meine Bitte zu erfüllen, und wir verabredeten, uns am folgenden Tag telefonisch in Verbindung zu setzen. Wir hatten uns schon verabschiedet, als Kostik einfiel, dass er mir noch etwas Wichtiges mitzuteilen hatte: Auch in der Wohnung der Klimanowa war aus Korobizyn angerufen worden, jedenfalls beim letzten Mal. Von demselben Telefon.

»Habt ihr herausbekommen, wessen Nummer das ist?«, fragte Migulko.

»Teilweise. Es ist die Nummer des Hotels.«

»Gut. Pjotr soll weiterrecherchieren. Viel Erfolg.«

Auch mir fiel noch etwas ein, und ich fragte Kostik, ob er mit den Posten gesprochen habe, die den blutüberströmten Manager von »Best-oil« festgenommen hatten.

»Ja, habe ich. Es hat ihnen tatsächlich jemand den Tipp gegeben, ein Mann in einem weißen Milizauto. Die Nummer haben sie sich natürlich nicht gemerkt.«

»Aber das Aussehen des Mannes haben sie sich eingeprägt?«

»Vage.«

»Würden sie ihn wieder erkennen?«

»Sie sind nicht sicher.«

»Verdammt!«

Gegen drei Uhr kam ich wieder zum Gebäude der Staatsanwaltschaft. Pjotr Valentinowitsch ging bereits dort umher, seine Miene wirkte besorgt. Als er mich sah, erstrahlte er. Verständlich, er hatte um mich Angst gehabt. Wir setzten uns auf eine Bank, und ich erzählte ihm von den Kollisionen, die es bei der Ermittlung gegeben hatte.

»Das war mir schon klar, dass da etwas nicht stimmt. Die Leute kriegen einfach den Mund nicht auf. Ich werde mich noch mit Ihnen beraten, wie man aus denen etwas herausholt.«

»Pjotr, wir sind doch per du«, erinnerte ich ihn.

Wieder wurde er feuerrot. »Gut«, sagte er gefügig. »Ich versuch's. Ich werde mich noch mit dir beraten, wie man sie zum Reden bringt. Erst einmal habe ich etwas anderes überprüft.«

»Pjotr, ich habe mit Migulko telefoniert. Er sagt, die Klimanowa sei ebenfalls aus dem Hotel ›Arche‹ angerufen worden.«

»Ja, genau. Eben das habe ich überprüft. Heute Nacht, als die Anrufe für dich kamen, war die Vermittlung doch ausgeschaltet.«

»Ja.«
»Aber das Telefon klingelte.«
»Ja.«
»Was folgt daraus?«
»Was daraus folgt?«, wiederholte ich. »Dass nicht über die Vermittlung angerufen wurde.«
»Sondern wie?«
»Keine Ahnung, Pjotr. Ich bin eine technische Null.«
»Der Unbekannte muss sich direkt ans Kabel angeschlossen haben.«
»Ich wüsste gern, wer das tut und warum.«
»Ich habe vorerst nur einen Kandidaten ausfindig gemacht.« Pjotr hielt mir ein Blatt Papier hin. »Das ist die Liste der Hotelangestellten sowie von Leuten, die in irgendeiner Weise Dienstleistungen für das Hotel erbringen.«
»Oh, sieh mal!« Sofort stieß ich in der Liste auf die Daten eines Angestellten des Automatischen Fernsprechamtes gleich hinter dem Hotel. Der Fernmeldemeister könnte ohne weiteres eine Direktverbindung zum Kabel herstellen und mich so im Hotelzimmer anrufen, auch in St. Petersburg. Sein Name jedoch, obwohl einigermaßen unüblich klingend – Michej Nikolajewitsch Oporos –, sagte mir nichts. Wenn wirklich er bei mir angerufen hatte, dann aus welchem Grund?
»Warum sollte er das tun, Pjotr?«, sagte ich laut.
»Ich weiß es noch nicht«, antwortete Pjotr Valentinowitsch nachdenklich. »Man muss mehr über seine Persönlichkeit herausfinden. Aber weißt du, was wir erst einmal tun sollten?«
»Was denn?«
»Wir gehen Mittag essen. Und aus dem Restaurant rufen wir Michej Oporos an. Ich habe hier ein nettes kleines Res-

taurant entdeckt, das ›Weiße Heckenrose‹ heißt. Ich lade dich ein.«

Das Restaurant war in der Tat sehr nett. Es lag unmittelbar am Fluss, war nach Art einer Jagdhütte eingerichtet und von weißen Heckenrosen umrankt. Im Speisesaal hingen Gemälde an der Wand, die eine Hetzjagd mit Hunden darstellten, und über dem Kamin zeigten zwei Porträts einen Mann und eine Frau, vermutlich die flüchtige Gräfin und ihren Liebhaber. Dafür sprach auch, dass der Mann eine Gardeuniform trug. Seine Erscheinung erinnerte mich an jemanden, aber vielleicht kam mir das nur so vor.

Im Restaurant saß außer uns niemand. Beim Blick in die Speisekarte dachte ich, dass sich das Ausbleiben der Gäste wohl kaum mit der Tageszeit erklären ließ – eher damit, dass die Preise hier in »VE« angegeben waren, zu entschlüsseln als »Verrechnungseinheit«, die einem amerikanischen Dollar entsprach. Etwas völlig Untypisches für die Provinz. Allgemein war bekannt, dass sich das Preisniveau in ländlichem Gebiet stark von dem in Petersburg unterschied und dass man sich hier zu viert den Bauch voll stopfen konnte für einen Betrag, der in der Stadt gerade mal für einen ausreichte, um in einem bescheidenen Bistro einen Happen zu sich zu nehmen.

Wie dem auch sei, man hatte mich eingeladen, daher wollte ich mit der Preisspalte in der Karte überhaupt nichts zu tun haben.

»Was sagen wir diesem Michej?«, fragte ich Pjotr zögerlich, nachdem der Kellner unsere Bestellung entgegengenommen hatte und wieder gegangen war. »Das muss gut überlegt sein, sonst verschrecken wir ihn am Ende.«

»Wir werden uns etwas ausdenken«, sagte Pjotr. Er drehte erst einmal den Kopf hin und her und nahm den Saal in Augenschein. Sein Blick blieb an den Porträts der Gräfin und des Offiziers hängen, und er fragte mich: »Das Gesicht erinnert mich an jemanden. Kannst du mir sagen, wem der Offizier ähnlich sieht?«

»Es will mir auch nicht einfallen. Aber es stimmt, er sieht jemandem ähnlich. Vielleicht einem Schauspieler?«

Der Kellner brachte den Aperitif.

»Kann man bei Ihnen telefonieren?«, fragte Pjotr.

»Natürlich.«

Mit freundlichem Lächeln stellte uns der Kellner ein Telefon mit einer langen Schnur auf den Tisch.

»Sagen Sie, das hier sind wohl die Gräfin Molotschkowa und ihr Geliebter?«, erkundigte sich Pjotr und nickte in Richtung des Porträts.

»Genau«, bestätigte der Kellner. »Die Gemälde sind Originale, Arbeiten des leibeigenen Malers Wladimirow, achtzehntes Jahrhundert.«

»Wem sieht der Mann nur so ähnlich?«, setzte Pjotr seine Befragung fort. »Einem Schauspieler vielleicht?«

Der Kellner schüttelte den Kopf. »Mich erinnert er an niemanden«, entgegnete er höflich, aber teilnahmslos. Er wartete noch einige Sekunden, und als er sah, dass sich unsere Fragen erschöpft und wir auch sonst keine Wünsche mehr hatten, ging er an den Tresen zurück und erstarrte dort.

Pjotr schob mir den Apparat zu und legte den Zettel mit einer Telefonnummer vor mir auf den Tisch.

»Ruf an«, sagte er. »Das ist sein Diensttelefon.«

Ich zögerte einen Moment und wählte dann die Nummer. Es meldete sich eine weibliche Stimme.

»Guten Tag«, sagte ich in den Hörer. »Kann ich Michej sprechen?«

»Augenblick. Wer ist dort, bitte?«

»Ich rufe aus dem Hotel an«, erwiderte ich etwas unsicher.

Die Frau am anderen Ende der Leitung bedeckte die Muschel und rief jemandem zu: »Ruft Oporos her, Telefon für ihn! Aus dem Hotel!«

»Einen Augenblick«, sagte sie dann erneut zu mir. »Er kommt gleich.«

Ich bedankte mich und wartete. In der Leitung raschelte es, dann hörte ich Schritte, und jemand nahm den Hörer.

»Oporos. Wer ist da?«, sagte mir eine dumpfe, leblose Stimme ohne jede Tonmodulation direkt ins Ohr. Die Stimme eines Roboters. Oder eines Gespensts. Jetzt bekam die Stimme einen Namen – Oporos, Michej Nikolajewitsch. Obgleich ich mich innerlich darauf eingestellt hatte, wurde mir doch ganz mulmig. Es kostete mich einige Mühe, mich zu fassen und fortzufahren.

»Oh, Michej Nikolajewitsch, entschuldigen Sie, ich melde mich später noch mal«, piepste ich und legte auf.

»Und?« Pjotr hatte mich die ganze Zeit nicht aus den Augen gelassen.

»Er ist es. Das Scheusal«, zischte ich unbeherrscht.

»Was tun wir jetzt?«, fragte Pjotr. Er wirkte ein wenig unschlüssig.

»Arbeiten«, seufzte ich. »Wie kommen wir an ihn ran? Sollen wir Migulko herholen?«

»Meinst du, ich schaffe das nicht?«

Ich seufzte abermals. »Pjotr, Burows Frau war dem Vernehmen nach sehr umgänglich und offen. Dafür, vermute ich mal, hat sie auch bezahlt. Die simpelste Annahme, die sich mir aufdrängt, ist, dass sie etwas erfahren hat, das nicht an die große Glocke gehängt werden sollte. War es bei ihrer Kontaktfreudigkeit nicht möglich, dass sie doch jemandem davon erzählt hat?«

»Hör mal, wenn dieser Michej unser Mann ist, dann hat

sie vielleicht mitbekommen, dass er sich in die Telefonleitungen des Hotels einschaltet.«

»Und weiter? Nein, das ist Unsinn. Was dieser Michej auch für ein Mensch sein mag, das ist kein Grund für einen Mord. Da liegt etwas Schwerwiegenderes vor.«

»Trotzdem«, beharrte Pjotr und beugte seinen Kopf mit der Igelfrisur vor. »Ich möchte überprüfen, wo dieser Michej in der für uns relevanten Zeit gewesen ist.«

»Meinst du den Tod der Burowa oder den der Klimanowa? Vergiss nicht: Als wir uns in der Wohnung der Klimanowa aufhielten, hat er dort von Korobizyn aus angerufen.«

»Ja, stimmt«, sagte Pjotr betrübt. »Aber daraus ergibt sich, dass er mit jemandem in St. Petersburg in Verbindung stehen muss.«

»Wie kommst du darauf?«

»Solch ein Zusammentreffen gibt es nicht. Die Klimanowa stirbt, und er ruft in ihrer Wohnung an. Burow kommt aus Korobizyn zurück und wird umgebracht. Du ermittelst in dem Fall, und Michej ruft bei dir an.«

»Wer weiß, vielleicht erleben wir noch ein weiteres hübsches Zusammentreffen«, erwiderte ich nachdenklich. »Lass uns nach dem Essen in St. Petersburg anrufen. Womöglich hält Gena Fedortschuk etwas für uns bereit.«

»Für alle Fälle habe ich beim hiesigen Einwohnermeldeamt nachgefragt«, erklärte Pjotr bescheiden. »Ich habe das gesamte Filmteam überprüft. Niemand von denen wurde bei seinem Aufenthalt hier registriert.«

»Daran habe ich auch gedacht«, sagte ich. »Und Kostik Migulko gebeten, etwas für mich zu klären. Aber darüber können wir später reden.«

Das Essen war phänomenal. Es widerlegte meine Erfahrung, dass, je teurer das Lokal, desto schlechter die Küche.

Im Weggehen warfen wir noch einen Abschiedsblick auf das Bildnis des Gardeoffiziers. Sein männliches und vornehmes Antlitz hatte etwas Anziehendes. Ja, in solch einen Menschen konnte man sich verlieben. Und alles für ihn aufgeben – den Hof, den aristokratischen Gatten ... Es schien, als ob die Gräfin von ihrem Porträt mit verliebten Augen auf ihn blickte.

Wir verließen das Restaurant und gingen zur Post. Gena Fedortschuk bestätigte uns telefonisch, dass, soweit dies anhand der von mir übersandten Fotos von den Autospuren zu beurteilen war, diese von dem gleichen Reifenprofil wie die Spuren neben jenem Hauseingang stammten, in dem Burows Leiche gefunden worden war.

»Nun ja, Leute, wer sucht, der findet, wie?«, sagte Gena. »Bei euch ist das Karussell anscheinend in Schwung geraten.«

»Es geht so. Weißt du, ob Migulko für mich Informationen hat?«, fragte ich.

»Keine Ahnung, ich habe ihn heute noch nicht gesehen.«

»Gena, gib ihm bitte die Faxnummer von der Verwaltung für Inneres. Wenn etwas ist, soll er dorthin faxen.«

Nachdem ich mich von Fedortschuk verabschiedet hatte, fragte ich Pjotr, was wir nun unternehmen sollten. Er überlegte und machte dann den einfachsten und zugleich klügsten Vorschlag: zur Miliz zu gehen und sich dort nach Michej zu erkundigen.

Aus Pjotr würde ganz sicher etwas werden, dachte ich bei mir, als die Kollegen vom operativen Dienst bei Michejs Namensnennung schmunzelten.

»Eine lokale Berühmtheit«, erklärten sie. »Wer kennt Oporos nicht!«

Wie sie dann erzählten, war Michej Nikolajewitsch Oporos in Korobizyn dadurch bekannt, dass er Kehlkopfkrebs gehabt hatte und ihm eine raffinierte Prothese eingesetzt worden war, weshalb er so sprach, dass jemand, der darauf nicht gefasst war, vor Schreck einen Herzanfall erleiden konnte.

»So eine mechanische Stimme. Wie bei einem Roboter.«

»Aber das ist nicht alles«, ergänzte der andere Kollege. »Michej ist auch unser Stadttrottel.«

»Wie das?«, fragte ich.

»Na, er ist geisteskrank. Nicht zurechnungsfähig.«

»Aber wie macht er dann seine Arbeit?«, wollte Pjotr wissen.

»Er arbeitet ja nicht bei der Miliz. Wo sollte man da hin mit ihm?«

»Immerhin arbeitet er im Fernsprechamt, in einem strategisch wichtigen Objekt.«

»Bei Ihnen in St. Petersburg mag das ein strategisch wichtiges Objekt sein, bei uns arbeitet er einfach, und Schluss. Soll er betteln gehen?«

»Sie sagen, er sei geisteskrank. Wäre er zu einem Mord fähig?«

Die operativen Mitarbeiter lachten einmütig.

»Michej? Nein, er ist absolut harmlos«, sagte der eine, aber der andere korrigierte ihn: »Ganz so harmlos nun auch wieder nicht. Weißt du nicht mehr, weswegen er mal vor Gericht gekommen ist?«

»Weswegen denn?«, fragten wir interessiert.

»Tja, Michej hatte mal so 'ne Phase, wo er sich vom Fernsprechamt aus zu den Telefonen allein stehender Frauen durchschaltete und ihnen mit seinem Engelsstimmchen durch die Röhre in seinem Kehlkopf zuraunte: ›Niemand liebt dich, du musst sterben.‹ So war das!«

Ich kam mir vor wie ein kompletter Idiot.

Da hatten wir den Wahnsinnigen also gefunden, der sich

als Telefonrowdy betätigte. Klar, man musste ihn sich natürlich ansehen, aber die Kollegen hier versicherten, er sei kein Mörder. Wer war *dann* der Mörder?

»Wann ist das gewesen?«, fragte ich schließlich.

»Was meinen Sie? Als Michej den Frauenschreck am Telefon gespielt hat?«

Die operativen Mitarbeiter sahen einander an und überlegten.

»Vor etwa fünfzehn Jahren«, schätzte der eine.

»Nein, das ist dreizehn Jahre her. Es war mein erstes Dienstjahr.«

Ich verstehe gar nichts mehr, dachte ich und sagte es dann laut: »Wie konnte er den Satz aus einem Film sprechen zu einer Zeit, als es den Film noch gar nicht gab? Noch nicht einmal das Buch war geschrieben.«

»Welchen Film?«, fragte einer der operativen Mitarbeiter.

»Welches Buch?«, fragte der andere.

»Bei Ihnen hier wurde ein Film gedreht, nach dem Buch eines Schriftstellers«, erläuterte ich. »Darin ruft ein Geisteskranker immer wieder eine Schauspielerin an und sagt zu ihr: ›Niemand liebt dich, du musst sterben.‹«

»Ein Geisteskranker?«, fragte amüsiert einer der Kollegen.

»Eine Schauspielerin ruft er an?«, freute sich der andere.

»Wann wurde der Film gedreht?« Der Erste kicherte.

»Vor zwei Jahren«, sagte ich und wurde langsam ärgerlich.

»Wahnsinn!«, riefen die beiden im Chor. Durch meinen Kopf aber huschte ein vorerst unscharfer Gedanke: Wenn Michej den Satz aus einem Buch verwendet hatte, als es das Buch noch gar nicht gab, hieß das …

»Pjotr, verstehst du das?«, fragte ich den zuständigen operativen Mitarbeiter Koslow.

»Kollegen«, wandte der sich an die hiesigen Milizbeamten. »Mich beschäftigt eine Frage: Was hat Burow eigentlich hier gemacht?«

Die beiden Männer tauschten Blicke.

»Es ging ihm darum, Informationen aus dem Zentralen Einwohnermeldeamt zu erhalten«, sagte derjenige, der Burow den Schlüssel zu dem Dienstzimmer gegeben hatte.

»Lassen Sie uns also klären, was er im Meldeamt vorhatte«, schlug ich vor.

Die beiden Milizbeamten taten noch ein bisschen wichtig, forschten dann aber nach, und binnen zwanzig Minuten wussten wir, dass sich Burow für die kompletten Personendaten von Michej Oporos interessiert hatte.

»Der Spur gehen wir nach«, sagte ich zu Pjotr.

»Man möchte nur nicht da ankommen, wo es ihn hingeführt hat«, erwiderte Pjotr leise.

In dem Moment erschien die Sekretärin und teilte mit, dass für uns gerade ein Fax aus St. Petersburg eintreffe. Stille senkte sich über den Raum. Die Sekretärin eilte davon, mit dem Versprechen, uns das Fax sofort zu bringen.

Offenbar um das Warten zu überbrücken, stellte Pjotr den Kollegen eine Frage, die ihn seit dem Mittagessen beschäftigte. »Sagt mal, dieser kaiserliche Gardeoffizier, der die Gräfin verführt hat – wem sieht der bloß ähnlich? Im Restaurant behaupten sie, das Gemälde dort sei ein Original. Ich zerbreche mir die ganze Zeit den Kopf darüber, wo ich schon mal jemandem begegnet bin, der ganz ähnlich aussieht.«

»In der ›Weißen Heckenrose‹?«, sagte einer der Männer. »Ja, angeblich ist das ein Porträt aus dem achtzehnten Jahrhundert. Aber wem der ähnlich sieht … keine Ahnung.«

»Verflixt, es lässt mir keine Ruhe«, erklärte Pjotr. »Wie lautet sein Name? Der Name des Offziers? Vielleicht kann ich, wenn ich wieder in St. Petersburg bin, mal in einem Geschichtslexikon nachschlagen oder so.«

»Wie der Name lautet?«, fragte der ältere der operativen Mitarbeiter. »Von dem Gardeoffizier?«

Die Sekretärin kam erneut hereingerannt und legte mir ein Fax hin, das jene Informationen enthielt, die Kostik Migulko liebenswürdigerweise für mich eingeholt hatte. Noch während ich das Fax las, in dem es hieß, dass nach Auskunft des Jupiter-Verlages der Autor Andron Nikolajewitsch Oporos unter dem Pseudonym »Latkowski« publiziere, besann sich einer der operativen Mitarbeiter auf den Namen des Gardeoffiziers und sagte zu Pjotr: »Der Name ist Latkowski, das ist hier allgemein bekannt.«

17

Am meisten bedauerte ich, mich nicht zerreißen zu können. Natürlich musste ich unbedingt hier wie dort sein, in Korobizyn und in St. Petersburg. Da dies aber unmöglich war, hieß es sich damit abfinden, dass andere Leute an meiner statt wichtige Ermittlertätigkeiten ausführten.

Das Schlimmste war, dass Ljoscha zu so unpassender Zeit mit gebrochenem Bein im Krankenhaus lag. Er wäre mir jetzt sehr nützlich gewesen.

Gleich nachdem wir Migulko angerufen und ihm unsere jüngsten Erkenntnisse übermittelt hatten, nahm unsere Mordkommission Latkowskis neue Ehefrau in die Mangel – und außerdem drei weitere Damen, die mit Latkowski länger dauernde amouröse Affären gehabt hatten.

Kostik selbst fuhr in die Nervenklinik zu eben jenem

Doktor, der die Klimanowa behandelt hatte. Seine Absicht war es, den Doktor nach seinem Eindruck von Latkowski zu befragen.

Der Doktor gab zu, Latkowski zu kennen, berief sich jedoch zunächst auf die ärztliche Schweigepflicht. Erst nach längerer und mühseliger Bearbeitung erklärte der Arzt, dass er auch Andron Nikolajewitsch behandelte. Wobei es sehr günstig gewesen sei, die Krankenakte auf dessen tatsächlichen Namen anlegen zu können, denn einem Unbefugten, der die Anamnese zufällig zu Gesicht bekäme, würde gewiss nicht einfallen, den Namen Oporos mit dem bekannten Bestsellerautor in Verbindung zu bringen.

Die Beweise rieselten jetzt wie aus einem Füllhorn. Einen solchen Fall hatte ich lange nicht gehabt. Der Doktor bestätigte lediglich das, was jene drei Damen und Latkowskis letzte Frau berichtet hatten. Andron Oporos litt an einer ernsthaften psychischen Störung: plötzlich aufkommende Aggressivität, Wutausbrüche und Handgreiflichkeiten. So hatte er einige Male seiner geliebten Frau Tatjana Klimanowa die Rippen gebrochen. Als die Scham über das ihr Angetane zu groß wurde, ging er fort und heiratete eine andere, besuchte Tatjana aber weiterhin.

Tatjana verstand sein Verhalten als eine Folge der Krankheit. Der Arzt hatte ihr all das erläutert, ebenso, dass es sich um eine Erbkrankheit handelte, bei der kaum Heilungschancen bestanden.

Tatjana wahrte Stillschweigen und verlor selbst ihren engsten Freundinnen gegenüber kein Wort hinsichtlich der Rippenbrüche. Wer weiß, wie lange das noch so weitergegangen wäre, hätte sich Tatjana während der Dreharbeiten in Korobizyn nicht mit dem jungen Zimmermädchen Lilja angefreundet. Irgendwann überstieg es ihre Kräfte, Latkowskis Verhalten still hinzunehmen – hier sah sie nun eine

Gelegenheit, sich mitzuteilen, um danach wieder wegzufahren und Lilja mitsamt Beichte zu vergessen. Allein, Lilja bewertete die Dinge anders.

»Das ist keine Krankheit, sondern Irrsinn«, erklärte sie. »Dagegen muss man etwas tun.«

Tatjana versuchte, so gut sie konnte, Lilja davon abzubringen, etwas dagegen zu tun. Sie schenkte ihr ein Kleid und Kosmetika, aber als Lilja im Luxusappartement der Klimanowa unverhofft Zeugin einer solchen Gewaltattacke wurde, mischte sie sich ein. Latkowski stürzte sich nun auch auf sie und schlug zu. Dabei geschah, was eher selten vorkommt – ein reflektorischer Herzstillstand infolge eines Schlages.

Nun musste man sich der Toten entledigen. Die Klimanowa half ihrem Exmann, Liljas Leiche zum Flussufer zu bringen – Latkowski war im eigenen Wagen nach Korobizyn gekommen. Danach aber begann Tatjana, hysterisch zu werden. Sie klagte, Lilja sei ihretwegen umgekommen, sie schrie in den Nächten wie wild und versetzte das ganze Hotel in Aufruhr. Latkowski wusste sich keinen Rat. Er wandte sich an seinen Bruder und bat Michej, nachts im Hotelzimmer der Klimanowa anzurufen und zu ihr die gleichen Worte zu sagen, mit denen sich der kranke Michej viele Jahre zuvor seinen Jux gemacht hatte. Er bat den Bruder jedoch, dies nicht über die Vermittlung zu tun, da man sie so erwischen könne. Michej erinnerte sich mit Vergnügen an den Vorfall.

Latkowski stand vor dem Problem, die Nervosität der Klimanowa irgendwie erklären zu müssen. Vorerst genügte dafür die Geschichte, dass sie sich einbilde, nächtliche Anrufe zu erhalten.

Sie verließen Korobizyn ohne Konsequenzen. Das Verfahren im Mordfall Lilja Burowa wurde gestoppt, denn Latkowski hatte seinen Mäzen Karapusa gebeten, seine Verbindungen spielen zu lassen und dafür zu sorgen, dass in der Angelegenheit nicht zu tief gegraben wurde. Und so geschah es.

In St. Petersburg wurde die Situation dann komplizierter. Tatjana erkrankte tatsächlich. Immer häufiger sagte sie zu Latkowski, dass sie über den Mord sprechen müsse – und das ausgerechnet in dem Moment, als Karapusa ihm vorschlug, für einen Abgeordnetensitz zu kandidieren. Wenn Tatjana sich irgendwie verplauderte, wäre für Latkowski jegliche Chance dahin.

(Als ich Latkowski dies sagen hörte, verfluchte ich mich im Stillen. Barrakuda hatte mir doch davon erzählt, dass Latkowski in den Wahlkampf ziehen wollte, ich aber hatte das nicht ausreichend berücksichtigt, obwohl ich bemerkt hatte, dass er keinen Skandal gebrauchen konnte.)

Weil Tatjana ihm immerzu mit der Staatsanwaltschaft drohte, ging er selbst eines Tages unter einem Vorwand in die dortige Sprechstunde, um ganz nebenbei abzuklären, ob seine Exfrau vielleicht schon da gewesen war.

Als er Tatjana zum letzten Mal besuchte, wollte sie eben zum Theater aufbrechen. Sie war bereits geschminkt, aber noch nicht angekleidet. Nebenbei erwähnte sie, dass sie in der Staatsanwaltschaft gewesen sei – vielleicht wollte sie nur seine Reaktion prüfen. Latkowski bekam einen Panikanfall. Es gab eine heftige Auseinandersetzung, Tatjana schrie, dass sie ein solches Leben nicht länger ertragen könne. Sie bat ihn um Wasser. Er brachte ihr ein Glas und bemerkte zu spät, dass sie das Wasser auf eine Riesenmenge geschluckter Dimedrol-Tabletten nachtrank, ein Vorrat, der ihr noch aus der Zeit in Korobizyn geblieben war.

Er floh, kehrte aber nach einigen Stunden zurück, als ihr Körper schon erkaltete. Auf dem Toilettentischchen sah er das Glas und einen Zettel, auf dem Tatjana begründete, weshalb sie aus dem Leben schied.

Latkowski brachte das Glas in die Küche, wusch es ab und stellte es weg. Den Abschiedsbrief durfte auf keinen Fall jemand zu Gesicht bekommen. Wenn er ihn jedoch einfach verschwinden ließ, wäre das verdächtig gewesen. Da erinnerte er sich, dass er von den Dreharbeiten in Korobizyn noch einen Zettel aufbewahrte, den Tatjana eigenhändig beschrieben hatte. Das war die Rettung.

Danach setzte er sich mit seinem kranken Bruder in Verbindung und bat ihn, in Tatjanas Wohnung anzurufen und seine Glanznummer abzuziehen. Aber erst zu dem von ihm, Andron, gewünschten Zeitpunkt.

Als Latkowski sich der Wohnung näherte, rief er übers Handy seinen Bruder an und gab ihm das Signal zum Handeln.

Dieses Gesamtbild fügten wir wie aus Mosaiksteinen zusammen – aus den Aussagen des Doktors, aus den bruchstückhaften Informationen, die wir von Latkowskis krankem Bruder erfuhren, sowie aus dem, was uns Latkowski selbst erzählte. Und während er sich mitteilte, kam es mir vor, als ob er Erleichterung verspürte, weil nun alles ein Ende hatte.

Zum Schluss wurde er geradezu heiter.

»Aber warum haben Sie auch mich anrufen lassen?«, fragte ich ihn.

Er geriet sichtlich in Verlegenheit. »Ich dachte, damit bei Ihnen noch mehr Verwirrung zu stiften. Eines wusste ich sicher: Da ich, als der Anruf für Tatjana kam, in der Wohnung war und leibhaftig vor Ihnen stand, würden Sie mich ausschließen. Dabei hätte ich es belassen sollen. Aber ich bin jemand, der es immer noch besser machen will, und das war mein Verhängnis.«

»Burow hatte herausgefunden, dass Michej Ihr Bruder ist?«

»Wissen Sie, als ich ihn sah, war ich zu Tode erschrocken. Ich glaubte, alles sei aufgedeckt, und bat meinen Bruder, diesen operativen Mitarbeiter im Dienst anzurufen und ihn irgendwie aus dem Haus zu locken – das Weitere sollte er mir überlassen. Burow aber muss Michejs Stimme erkannt haben. Da er in Korobizyn gewohnt hatte und seine Frau im Hotel beschäftigt gewesen war, konnte er ihm durchaus begegnet sein. Es hat bei ihm dann wohl ›klick‹ gemacht. Am Sonntagabend kam er zu mir. Sie verstehen sicher, mir blieb gar nichts anderes übrig ...«

»Ich verstehe nicht«, entgegnete ich schroff. Er machte nicht den Eindruck eines Kranken, deshalb tat er mir auch nicht Leid. Ich rief den Begleitposten.

»Auf Wiedersehen«, sagte er und lächelte.

»Warten Sie, Augenblick. Sind Sie tatsächlich ein Verwandter des Gardeoffiziers Latkowski? Von dem, der die Gräfin verführt hat?«

»Ach was, von wegen«, erwiderte er schleppend. »Mir wurde nur schon als Kind eingeredet, ihm ähnlich zu sehen. Ich habe den Namen sogar als Pseudonym gewählt. Aber Tatjana hat ihre Rolle gut gespielt, nicht wahr?«

»Das ist wahr«, bestätigte ich finster. »Sie hat die Rolle gespielt, die Sie sich für sie ausgedacht haben.«

»Die Rolle des Opfers?«, fragte er und grinste raubtierhaft. In diesem Moment erkannte ich, dass er tatsächlich krank war.